어느 이등병의 편지

어느 이등병의 편지

문형렬 장편소설

도서출판 북인

그들이 다 돌아올 때까지

전역하는 탄약계 선임하사를 위해 만든 〈늙은 군인의 노래〉(김민기 작사, 작곡)가 처음 불린 12사단 51연대 1대대에서 나는 군 복무를 했다. "꽃 피고 눈 내리기 어언 30년"이라는 가사에 나오듯 나는 그 선임하사들을 많이 보았다. 아무 말하지 않아도 저절로 이해되는 그 모습들이 어디 그곳뿐이랴. 운이 좋았는지 나는 병사 중에서 휴전선 근무를 가장 오래 했을 것 같다. 전방근무를 하고 철수하자마자 봄, 여름, 가을 동안 전방 진지공사에 투입되었고, 그해 늦가을에 또 전방근무에 투입되었다. 월급에다 날마다 생명수당까지 받았으니.

1978년, 비무장지대에 큰 불이 나서 심어두었던 지뢰가 남북 할 것 없이 불길에 거의 터져버렸다. 불을 끄러 비무장지대에 들어갔던 병사 일곱 명이 질식해 숨졌고 불길은 장마가 져서야 잡혔다. 우리가 경계근무를 맡은 비무장지대에 다시 지뢰를 심기 위해 대전차지뢰, 대인지뢰, 발목만 날아가는 폭풍지뢰를 실은 M60 트럭이 수십 대 올라왔다. 나는 그것들을 창고에 쌓았다가 다음날, 매설하기 위해 방책선 각 기지로 실어날랐다. 대전차지뢰 하나를 두 손으로 들면 허리가 삐끗할 정도로 무거웠다. 그렇게 심었던 지뢰가 남북합의로 차례로 없어진다니 아련해지는 마음, 여한이 없다. 지금 병장 월급은 그때 병장 월급 3,800원보다 백배 넘게 올랐고, 군 복무기간도 우리가 바쳤던 33개월보다 훨씬 줄어들었으니 정말 많이도 달라졌다. 남북정상회담도 몇 차례 있었지만, 아직도 가야 할 먼 길이 있다.

함께 입대했지만 같이 제대하지 못한 병사 중에 내내 잊히지 않는 병사가 있다. 그는 서울대 물리학과를 다니다 입대했는데 근시가 너무 심해서 안경이 없으면 아무것도 보이지 않았다. 그때 서울대 물리학과는 그 어느 학과보다 뛰어난 인재들이 모인 곳이었다. 훈련소는 물론 후반기 교육을 가서도 선착순 달리기를 하면 그 엄 이등병과 내가 늘 꼴찌를 번갈아 했다. 동부전선에서 우리는 서로 다른 부대로 명령이 떨어져 헤어졌다. 제대하는 날, 나는 그와 함께 근무했던 제대병을 통해 그가 검문소에서 암구호에 답하지 않던, 지독히 괴롭히던 위병조장을 쐈다는 소식을 들었다. 우리는 다시 만나지 못했다.

제대하고 난 뒤 석달이 지나면서 군대시절, 이소룡 쌍절곤으로 두드려 맞은 자리가 아프기 시작했다. 쌍절곤으로 내 가슴팍을 후려쳤던 그 일병이 이민 가서 아르헨티나에 살고 있다는 소식을 우연히 들었다. 그때도 그랬지만 지금 또한 그에 대한 어떤 원망도 없다. 다만 오래 아팠다. 수많은 명의와 약으로도 치료되지 않던 어느 날, 나는 깨달음처럼 이 통증을 치료하겠다는 희망이 잘못되었음을 알았다. 나는 친구처럼 통증과 동행하기로 했고 지금도 사이좋게 지내려 애쓴다. 누군가는 군에서 빰을 맞은 뒤 삼십 년이 넘게 이명에 시달린다는 사실도 알게 되었다.

제대한 뒤, 이 땅의 젊은이들처럼 좌절의 순간들이 내게도 많이 찾아왔지만 다시는 봄이 오지 않는다고 외치듯 퍼부어대던 동부전선의 폭설이 오히려 등불처럼 찾아와 머나먼 이정표를 보여주었다. 나는 보이지 않고 어쩌면 이름도 소리도 없는 전선의 현장, 동부전선에 내가 우연히 있었기 때문에 보이지 않는 전쟁 앞에 바친 막막한 우리의 청춘을 기록해야겠다는 부채감이 들었다. 나는 내가 보았던 그 시절의 동료 병사와 선임하사, 장교들에 대한 이야기를 하기 위해 소설가로서 첫걸음을 시작했는지도 모른다. 나는 이 소설을 쓰며 군대는 젊은 날 우리에게 새로운 꿈을 꾸는 길을 동시에 보여주고 있다는 사실을 전하고 싶었다. 신군부정권 때 발표했던 중편 「금강산 꽃구경」 때문에 "이런 말만 해도 월북하자는 의미"라며 속상한 일을 겪기도 했다. 우리가 청춘을 반납했던 곳은 동부전선이 아니라 바로 분단 자체였다.

이라크전이 한창일 때, 미 태평양사령부(현 인도태평양사령부)의 초청을 받아 하와이를 방문한 적이 있었다. 그 무렵 나는 언론사의 북한·미국 담당 논설위원이었다. 이라크에 참전하는 미군들은 하와이에서 훈련을 받았다. 태평양사령관 전용 작은 부두에는 우방국 국기들이 꽂혀 있었다. 진주만을 공습한 일본기도 꽂혀 있었는데 아무리 찾아봐도 태극기가 보이지 않았다. 나는 손님을 초청한 예의가 아니라며 사령관에게 태극기를 깃봉에 꽂아달라는 요청을 했고, 나폴레옹을 닮은 프랑스계

사령관은 그렇게 하겠다고 약속했다. 그들은 약속을 지키는 일을 명예로 안다. 물론 개인적 약속과 국가적 약속은 아주 다르지만. 그때 그들이 나의 요청을 받아들이는 신사적인 태도나 이라크 파병부대 훈련 참관, 강행군 세미나, 주한미군을 태평양사령부가 지휘한다는 사실, 빈틈없는 진주만 기록, 그리고 태평양사령관의 소박한 전용 선박과 부두 등등 인상 깊은 모습이 많았지만 나는 미국의 그 어떤 모습보다 오래 잊을 수 없는 장면을 만났다. 핵 항공모함인 칼 빈슨 호를 탔을 때도 미국의 힘이 무엇인지 별로 느끼지 못했지만 그날, 아픔 같은 감동이 혈관을 타고 자르르 흘렀다.

하와이의 JPAC(전쟁포로 실종자 확인 합동사령부) 부대를 방문했을 때였다. 투명한 유리창 넘어 탁자 위에는 수많은 유해들이 놓여 있었다. 그들은 미국이 참전한 모든 전투에서 실종된 군인들의 유해였다. 1973년 설립된 JPAC은 아무리 오랜 세월이 걸린다 해도 미국이 참전한 전투에서 실종된 미군 유해를 끝까지 발굴해서 실종자 가족들의 유전자와 대조해 가족들의 품으로 돌려준다고 했다. 그 당시 제이팩JPAC 부대장은 북한에서도 비용을 지불하고 미군 유해를 발굴하고 있는 중이라고 전했다.

"그들이 집으로 돌아올 때까지!Until They Are Home!"

부대장은 굳세고 경건하게 외쳤다.

그는 실종된 미군들 8만여 명의 유해를 다 찾아서 가족의 품에 돌려주기 위해서 이 부대가 존재한다고 말했다. 알피니스트와 유전공학자 등 4명이 한 팀이 되어 유해발굴작업을 진행하는 JPAC은 그 뒤 인력과 예산이 확대, 개편되어 DPAA(미 국방부 전쟁포로 실종자 확인국)가 되었다. 연 예산은 1억1천만 달러가 넘는다. 또 필요시에는 의회에서 먼저 나서서 예산을 늘려준다. 미국의 힘이 무엇인지 그때 비로소 알았다.

우리는 어떤가. 2000년 김대중정부 때 시작해서 노무현정부 때인 2007년, 처음으로 유전자 검사로 실종군인의 유해를 찾아주는 국방부 유해발굴감식단이 생겼지만 해마다 예산은 충분하지 않다. 그래도 그 덕분에 미국이 북한에서 발굴한 유해 가운데 포함되었던 국군 유해가 한미 공동감식으로 돌아올 수는 있었지만 우리 정부가 북한에서 유해를 직접 발굴한 것은 아니다.

중단되었던 미군 유해발굴작업이 북한에서 다시 시작되니 북한에서의 미군 유해발굴작업에 우리도 함께하기를 바란다. 미 해병대의 3대 전투 중 하나인 한국전쟁의 장진호전투 현장인 개마고원 황초령 장진군 부근에는 미군은 물론이거니와 서울, 경기가 대부분 고향인 한국전투경찰대, 미 육군 7사단에 소속된 부산 출신 청년들로 이루어진 카투사병뿐 아니라 중국군도 아직도 고향 하늘을 그리며 잠들어 있다. 북한과 중국도 함께 나서 남북미중이 공동으로 유해발굴작업에 나선다면 비로소 이들 병사들의 희생이 한반도 평화에 기여한 의미를 드높일 뿐 아니라 새로운 가치로 인도하는 이정표가 되지 않을까 싶다. 비무장지대 유해발굴작업에도 북한과 미국, 중국이 함께하기를 기대한다.

북한에서 발굴된 미군의 유해가 고향으로 돌아가는 모습을 보며 전사자들에 대한 그들의 존경심이 너무 부러웠다. 우리는 그리 거창한 이름도 없이 청춘을 동부전선에서 보냈지만. 이제 우리 정부는 한국전쟁은 물론 월남전에서 실종된 군인들의 청춘을 찾아서 그 잊혀진 이름들을 불러 집으로 돌아오게 해야 한다. 조국을 위해 청춘을 바친 병사를 국가는 잊지 말아 달라. 외로운 흙 속에서도 그들은 죽지 않았다. 고향으로 돌아와야 하므로.

『어느 이등병의 편지』 개정판을 내는 까닭을 이제 말해야겠다.

수십 년이 지났는데도 지금도 눈만 크게 뜨면 눈앞에서 동부전선의 폭설이 쏟아져 내린다. 살아서도 이런데, 거친 전쟁터, 황량한 고원에 묻혀 집으로 돌아가지 못한 12만3천여 병사들의 한과 가족들의 그리움은 무엇으로 불 밝힐 수 있으랴. 첫사랑처럼 사라진 우리 젊은 날의 꿈을 그리운 언어로 새겨서 고향으로 돌아오지 못한 옛 병사들에게 그들이 돌아오는 길을 한자락이나마 비추고 싶어서다. 한국전쟁과 월남전에서 돌아오지 못한 그들이 다 돌아오면 우리가 떠나보낸 청춘들도 뒤따라 돌아오리라.

이 소설을 처음 쓰기 시작한 뒤 30년이 걸려 책을 내고, 이제 다시 한 문장, 한 문장 살피며 개정판을 낸다. 40여 년 한 생애를 군문에 바친 권오성 전 육군참모총장이 소설을 읽고 추천사를 보내주어 삼가 고마움을 전한다.

2021년 1월

문형렬

작가의 말

사라지는 것들이 사람과 그리움뿐이겠는가

스물세 살부터 스물다섯 살까지 동부전선에 있었다. 그곳을 떠나온 뒤 한 세대가 거의 지난 어느 해 겨울, 다시 가보았다. 풍문으로는 들었는데 가보니 정말 민간인 통제선이 없어지고 해안으로 가는 길목에 있는 서화와 돌산령의 검문소도 사라졌다. 해안마을은 제4땅굴관광지가 되어 있었다. 그 땅굴은 우리가 근무하던 때 이미 그 징후를 발견해 상부로 정보보고를 했지만 묵살되었던 곳이다. 휴전선에 붙은 205GP(경계초소)는 민간인 관광객들이 찾아오는 을지전망대로 바뀌었다.

나는 을지전망대에 서서 어디가 1026고지이고, 기드온교회가 있었던 자리이며, 소주를 사기 위해 해안마을로 가던 내리막길이 있었는지 찾을 수 없었다. 세찬 바람과 칼날능선과 비무장지대, 긴 방책선만이 예전 그대로였다. 205GP 앞에서는 병사 셋이 농구를 하고 있었다. 그들의 모습은 스물 몇 살 때의 옛 우리들 모습과 조금도 다르지 않았다. 문득 나는 그들의 얼굴 속에서 아직 그곳에 그대로 서 있는 이십 초반의 내 모습을 보았다.

세상은 달라졌다고 한다. 남쪽사람들은 금강산도 가고, 개성공단도 만들어졌다. 남북정상회담도 세 번 있었다. 인터넷으로 군대에 간 아들의 씩씩한 모습을 찍은 사진을 볼 수 있듯 군대는 너무 세련돼 있었다. 과거와 달라진다는 것은 아름다운 일이지만 아직 변하지 않는 현실도 있다. 1, 2차 서해교전이며 연평도 포격사건은 분단의 현실을 극명하게 드러내고 있다.

내가 동부전선에서 하루 70원의 생명수당을 받으며 20대 초반을 고스란히 보냈는 데 비해 아들은 서부전선에서 하루 400원의 생명수당을 받으며 20대 초반을 보냈다. 생명수당의 차이도 변화라고 할 수 있다면 그런 변화 속에서 나는 우리가 경계근무를 맡았던 휴전선 지역으로 월북한 소령이 북한의 사상범교화소에 수용되어 있다는 사실도 알게 되었다.

1970년대 후반, 분홍빛 꿈으로 아롱져야 할 청춘을 소리 없이 떠나보냈던 그 시절은 이제 오래된 흑백 사진 속에서나마 남아 있다. 시간이 갈수록 많은 이들은 한국전쟁마저 추억으로 기억할지 모른다. 세상이 바뀌면서 나는 그때 병사들이 무엇을 위해 그렇게 애썼는지 점점 알 수 없어졌다. 다만 이런 무수한 변화가 있기까지 수많은 병사들이 젊음을 바쳤다는 것을 세상이 잊지 않았으면 한다.

처음 이 소설을 시작했을 때가 신군부정권 시절인 1982년이었다. 한 편씩 쓰며 잊혀진 얼굴을 떠올리다 보니 내내 손이 시렸다. 게으름인지, 부끄러움 때문인지 30년이 되어서야 그 시절 병사들의 일기를 끝마쳤다. 스물다섯 살 청춘에서 너무 많은 날들이 멀어지고 떠나갔다.

방송국에서 기자로 일하고 있을 때였다. 가수 김광석이 심야 생방송을 마치고 나면 같이 포장마차에서 소주를 마시곤 한 적이 많았다. 그때 나는 어느 이등병에 대한 소설을 쓰고 있다고 했고 김광석은 소설책이 나오면 기념으로 그의 노래 〈이등병의 편지〉를 불러주겠다는 약속을 했다. 노래를 불러주겠다고 약속했던 그도 세상에 없다.

사라지는 것들이 사람과 그리움뿐이겠는가.

별로 내세울 것도 없지만 꽃 분홍처럼 고왔던 병사들과 이름 없이 사라져간 얼굴들, 서화리검문소 앞에서 군복을 입은 사내가 눈앞에 불쑥 나타나기를 하염없이 기다리던 연인, 그리고 지금도 휴전선 앞에 우뚝 서 있는 수많은 병사와 선임하사, 장교들에게 이 소설을 바친다.

2012년 9월

Contents

5월의 꿈

내가 그를 처음 만난 곳은 금옥金玉이네 집이었다.

나는 자정부터 아침 6시까지 후반조 방책선 경계근무를 선 뒤 병사들과 같이 아침 식사를 마치고 눈이 녹아 질척거리는 산 비탈길을 바로 내려왔으므로 조금 지쳐 있었다.

그곳은 해안마을에서 하나뿐인 간판 없는 술집이었는데 다들 금옥이네 집이라고 불렀다. 금옥은 읍 소재지 여고를 졸업한 처녀였다. 들리는 소문으로는 꽤 많은 사내가 그녀의 몸 위를 지나갔다고 했다. 금옥은 술집 주인 포 영감의 하나밖에 없는 딸이었다. 금출金出이라는 백치 아들이 하나 있긴 했지만.

술집의 사랑이 그렇듯이 금옥을 스쳐간 남자들은 소리 없이 떠나버렸고 새로운 남자가 그녀를 찾아들어왔다. 금옥의 남자들은 모두가 객지 사람이었고 또한 군인이었다. 군인들이 떠나고 나면 포 영감은 딱 한마디로 딸을 위로했다.

"군바리 조재가 조재디?"

포 영감은 딸이 뭇사내들의 노리갯감이 되는 것에 마음 쓰지 않고 새로 찾아드는 군인에게 또 다른 희망을 걸었다.

우리가 금옥이네 집에 간 까닭은 오소리 가죽을 팔기 위해서였다. 금옥이네 집은 술만 파는 것이 아니라 말린 약초와 짐승 털가죽을 가공해서 서울에 비싼 값으로 팔아넘기는 부업도 했다. 가끔씩 삐삐선으로 만든 올무에 오소리가 걸리면 고기는 삶아먹고 가죽은 금옥이네 집으로 팔러 가곤 했다. 오소리 털가죽은 제법 값이 나갔는데, 그것을 우리는 돈과 바꾸는 게 아니라 소주와 맞바꾸는 것이어서 포 영감은 몇 곱으로 이익을 남겼다.

보통 오소리 털가죽 하나와 2홉들이 경월소주 두 상자를 맞바꾸었다. 그런데 그때 우리가 가지고 간 암컷 오소리 털가죽은 보기 드물게 털이 촘촘하고 매끄러웠다. 우리는 소주 한 상자를 더 얹어 받을 수 있을 것 같아 기분이 들떠 있었다. 그런 초라한 흥겨움 속에서 나는 그와 두 눈을 마주치게 되었다.

누군가 군화를 건드리는 것 같아 나는 탁자 아래를 내려다보았다. 그는 내 군화에 묻은 진흙과 눈을 앞발로 긁어내다가 나를 올려다보았다. 그와 눈이 마주치자 나는 조금 멍해졌다. 그는 털북숭이 얼굴로 나를 올려다보며 고개를 갸웃했다. 그 눈빛은 도대체 여기서 무엇을 하고 있느냐고 묻는 듯했다. 우습게 들릴지 모르지만 그의 맑고 검은 눈동자는 짧은 순간이나마 나를 적막한 착각 속으로 빠뜨렸다.

그날 나는 가장 고참임을 내세워 병사들의 투덜거림을 못 본 체하고 오소리 가죽 값으로 소주 두 상자에다 그를 얹어가기로 했다. 포 영감은 읍내 장터에서 종자가 좋은 수놈이라 비싼 값으로 사온 삽살개라고 너스레를 떨었다. 우리가 단골이니까 손해보고 얹어준다며 아깝다는 듯이 내게 그를 안겨주었다. 그때 나는 어이없게도 헤어진 첫사랑을 떠올렸는지 모르지만, 어쨌든 그의 검고 깊은 눈빛이 낯술 한 잔에 드러나는 나의 외로움을 건드렸던 모양이었다. 가칠봉으로 해가 조금씩 내려앉을 무렵, 나는 그를 안고 밤이면 처녀귀신이 나온다는 세월교를 건너갔다. 그의 목에 달린 방울이 잘랑거렸다. 문득 뒤돌아보니 마을 한가운데 우뚝 솟은 교회의 양철지붕 위로 붉게 얼룩진 햇빛 몇 점이 앉아 있었다.

1026고지의 바람이 매서웠기 때문에 1기지 벙커로 팔려온 그는 처음에는 고생이 심했다. 잘 만한 곳도 없어서 나는 그를 벙커에서 떨어진 취사장에 데려다놓았다. 취사병은 "하, 요 녀석 네가 바로 소주 한 상자 값이구나" 하며 그를 몇 대 쥐어박았다. 그는 소리 없이 눈만 껌벅였다. 나는 그때 그가 벙어리가 아닌가 하고 생각했다.

취사장 가운데 놓여 있는 화목火木난로 옆으로 그의 잠자리가 정해졌다. 그는 난로 옆에 웅크려 앉았다. 며칠이 지나자 그는 낯선 환경에 익숙해졌는지, 방울을 흔들며 벙커 안으로 머리를 들이밀거나 부잣집 울타리처럼 산 능선을 따라 이어져 있는 방책선의 쇠기둥 밑을 파헤쳐 구멍을 뚫었다. 그 일이 싫증나면 그는 방책선 너머 황폐하게 쓰러져 있는 비무장지대를 보며 긴 털을 한번 세차게 떨고는 다시 취사장 난로 옆으로 돌아와 웅크렸다. 그는 취사장에서 50미터쯤 떨어져 있는 '기드온교회'에 놀러가기도 했다. 그 교회 안은 갈라진 시멘트 바닥에다 참나무로 만든 십자가가 벽에 달랑 걸려 있었고 덜컹거리는 문 입구 벽에는 글씨를 겨우 알아볼 정도로 퇴락한 간판이 달려 있었다. 지붕 위에 매달린 부러진 십자가가 없었다면 누구든지 그곳을 버려둔 창고쯤으로 여겼을 것이다. 1026고지에서 북한군이 관측할 수 있는 유일한 지상 건물은 기드온교회밖에 없었다. 취사장도 지상 건물이었지만 산비탈에 가려져 있었다. 나는 북한군 동향을 살피는 포대경 관측병인 이인석 상병이 교회를 드나드는 모습을 보았다. 이 상병은 포대에서 파견나와 있었다.

처음 우리는 오소리 값에 덤으로 얹어온 그를 '똥개'라고 불렀다. 눈을 덮을 듯 눈썹 아래로 털이 길게 내려오는 모습이 포 영감 말처럼 삽살개를 닮은 듯도 했지만, 검은 털로 뒤덮인 몸과 그리고 왼쪽 눈 둘레로 갈색 털이 동그랗게 돋아나 있는 모양새를 보고 그의 혈통을 알기는 어려웠다. 삽살개 튀기쯤으로 보였다.

그가 벙커로 온 뒤 보름쯤 지나자, 이름을 하나 지어주자는 이야기가 나왔다. 병사들도 대체로 그에게 무관심했기 때문에 아무렇게나 지을 수도 있었지만 그의 이름을 지어주는 일은 그리 쉽지 않았다. 그의 이름은 갖가지가 나왔다. 생각나는 대로 말하면 삽살이, 금출이, 포 영감, 점박이, 쫑 등이다. ROTC 출신 소대장 조 중위는 다음해 여름에 잡아먹게 복伏이라고 하면 어떠냐고 했다. 그의 이름 때문에 벙커 안이 잠시 떠들썩했다. 야간근무와 제설작업, 화목작업, 수면으로 이어지는 단조로운 전방 벙커 생활에 그의 등장은 병사들에게는 조금은 새롭고 즐거운 일이었다. 하루 두 끼 밥을 챙겨줘야 하는 취사병에게는 일이 하나 늘어났지만.

그의 이름은 쉽게 지어지지가 않았다. 소대장은 내가 그를 데려왔으니까 내 마음대로 이름을 짓는 게 좋겠다고 말했다. 병사들은 곧 닥칠 혹한과 폭설에 겁을 집어먹고 있었다. 나는 바위처럼 무감각하게 겨울을 보내고 싶었으므로 그의 이름을 '바위'라고 붙여버렸다. 청마 유치환의 시처럼 나는 아예 '애린에 물들지 않는 바위'가 되고 싶어했는지도 모른다.

그는 작은 덩치와 달리 거창하게 붙여진 자신의 이름에 무관심했지만, 우리가 "바위!" 하고 이름을 부르면 고개를 처박고 있다가도 우리 얼굴을 올려다보았다. 그의 이름은 멍청하다는 뜻의 '바우'로 더 많이 불리기도 했지만, 그는 제 이름이 어떻게 불리든 관심이 없어보였다. 다만 우리를 바라보는 작고 까만 눈빛에서 집을 오래 떠난 여행자의 객수와 허황함, 흰 소금기 서린 무구함 같은 얼룩들이 고지를 내려서는 바람처럼 새어나왔다.

새로 부임한 대대장이 벙커 순찰을 왔을 때였다. 저녁을 먹다 말고 우리는 빳빳해진 몸으로 허리를 곧게 펴고 취사장 줄 의자에 앉아 있었다. 밥그릇을 반쯤 비우고 생각에 잠겨 있던 그는 취사장 안으로 들어서는 대대장 앞으로 다가가 앞을 가로막고는 고개를 갸우뚱거리며 낯선 얼굴을 빤히 올려다보았다. 그에게는 신임 대대장을 처음 만나는 자리였다.

대대장이 물었다.

"웬 강아지인가?"

소대장이 말을 머뭇거리자, 같이 저녁을 먹던 선임하사가 대답했다.

"신병입니다!"

"그래? 거참 당돌한 신병이군. 길을 비켜주지 않으니. 관등성명이 뭔가?"

대대장은 우스운 듯 다시 물었다.

"바웁니다!"

나는 탁자를 짚고 벌떡 일어서며 내 자신의 이름을 대듯 크게 소리쳤다. 나의 대답이 '바우'로 들렸는지는 모르지만 그 말끝에 누구 할 것 없이 갑자기 웃음을 터뜨렸다. 병사들이 왜 웃는지 영문을 모른다는 듯이 그는 혼자 눈만 껌벅거리고 있었다. 대대장도 씩 웃었다.

그는 누군가의 군화발에 채여 밥을 굶기도 했다. 나 또한 그를 데려올 때 기분과는 달리 아무 까닭 없이 그를 발로 툭 차곤 했다. 그는 발에 채여도 소리를 지르거나 겁을 집어먹지 않고 다만 멍하니 우리 얼굴을 올려다볼 뿐이었다.

북서쪽에서 날아오는 바람소리가 갈수록 거칠어지기 시작했다. 눈발이 번득이기 시작하면서 고지에 머물던 햇빛은 유리조각처럼 재빠르게 사라졌다. 어둠은 더 빨리 왔다. 뼈대를 드러내는 산줄기와 북쪽 GP를 들락거리는 북한 병사들의 흐릿한 움직임, 늑대의 외침처럼 귓바퀴에 부딪치는 바람소리는 겨울의 전주곡이었다. 그 전주곡에 맞춰 막막해하던 병사들은 금기사항인 술을 마시기 위해 출입제한 지역인 금옥이네 집까지 내려갔고 출처를 알 수 없는 증오심 때문에 괜히 그에게 발길질했는지도 모른다.

비무장지대 안에서 방책선 철조망의 받침대인 갱목이 부러진 곳을 고치는 작업을 할 때였다. 그는 갱목 사이를 뛰어다니다가 갑자기 불모지를 지나 얼어붙은 지뢰밭으로 냅다 달려 내려갔다. 그 일은 순간적으로 일어났다. 북쪽으로 달아나버린 것이다. 되돌아오겠거니 했지만, 그는 지뢰밭을 건너가 우리를 딱 한번 뒤돌아보고는 군사분계선 쪽으로 뛰어 내려갔다. 나는 벙커로 달려가 이 상병에게 포대경 초점을 군사분계선 쪽에 맞춰달라고 부탁했다. 이 상병이 초점을 맞추어주자 나는 포대경을 들여다보았다. 눈밭 위로 검은 점이 하나, 군사분계선 사이를 왔다갔다하다가 북쪽 언덕을 뛰어오르더니 사라져버렸다. 검은 점은 너무 멀어서 그게 정확히 그인지 아닌지도 알 수 없었다. 갱목보수작업을 마치고 벙커로 돌아온 나는 깜깜해질 때까지 비무장지대를 살피며 그를 기다렸다. 그는 나타나지 않았다.

소대장은 어이없다는 얼굴로 말했다.

"정말 산꼭대기에서 바위가 굴러내리듯이 잘도 달리더군. 월북해버렸어."

저녁을 먹고 나는 저녁 6시부터 밤 12시까지 전반前半조 근무를 나갔다. 근무를 마칠 때까지 귀를 곤두세웠으나, 그의 방울 소리는 들리지 않았다. 아침 6시까지의 후반後半조 근무자와 근무교대를 한 뒤 벙커로 들어왔다. 다른 분초에서 전반조 근무를 섰던 병사가 방울 소리를 들은 것 같다는 말을 듣고 취사장으로 뛰어갔으나 그는 보이지 않았다. 그는 다음날 새벽 엉뚱하게도 취사병 품에 안겨 돌아왔다. 숯검정이 묻어 몸이 새까맣게 되었고 왼쪽 귀는 불에 그슬려 있었다.

취사병은 그를 난롯가에 내려놓으며 말했다.

"새벽에 밥하려고 아궁이에 버너 불을 집어넣는데 갑자기 안에서 무엇인가가 튀어나옵디다. 나는 산토끼인 줄 알았는데 잡고 보니 바우네요. 이거 월북한 놈을 잡았으니 포상휴가감인데."

언제, 어떻게 그가 돌아왔는지는 알 수 없었다. 자기가 파둔 방책선 개구멍으로 들어와 따스한 기운이 남아 있는 아궁이 속으로 들어갔던 모양이다. 난롯가에 웅크려 앉은 그는 쓰라린 듯이 앞발로 자꾸 귀를 만졌다. 나는 비상 의약함을 꺼내어 버너 불에 그슬린 귀의 상처를 소독하고 약을 발라주었다. 상처는 왼쪽 귀밖에 없었다. 무엇을 먹었는지 그는 배가 통통하게 불러 있었다.

"월북해서 대접을 잘 받은 모양이네. 이런 놈은 목끈으로 묶어두어야지."

선임하사가 웃으며 말했다.

몇 날이 지나자, 귀의 상처는 아물었지만 그 끝이 짜부라진 흉터가 남았다. 그 사건 이후 그의 목에는 끈이 채워졌다. 잠자리도 벙커 안으로 옮겼다. 한겨울이 닥치고 있었다. 그를 위해 취사장 화목난로에다 장작을 밤새도록 넣을 수는 없는 일이었다.

그를 벙커 안의 화목난로 받침대에 묶어놓으려 할 때, 나는 그가 벙어리가 아니라는 것을 알았다. 그는 목끈이 답답한 듯이 내내 고개를 꼬다가 격렬하게 짖어댔다. 누군가 엉덩이를 걷어차지 않았다면 그는 밤새도록 소리를 질렀을 것이다.

내가 바위를 데려온 까닭은 그의 무구한 눈빛과 만났기 때문이라고 했고, 그 눈빛은 나를 적막함 속으로 빠뜨렸다고 했지만 사실 나는 그와 그리 친하게 지내지는 않았다. 그 또한 우리 가운데 누구 하나에게도 특별히 관심을 보이지 않았다. 불에 귀를 덴 뒤로는 그는 아예 난롯가에 엎드려 생각에 잠겨 있었다. 병사들은 하루 두세 번 그를 밖으로 데리고 나가 산책을 시켜주었다. 그가 목끈에 매인 채 난롯가에 주저앉을 때부터 겨울은 늑대가 홀로 소리지를 때의 외로움처럼, 그 은색 송곳니처럼 병사들의 살갗 속으로 파고들어왔다.

눈이 쉼없이 내리기 시작했다.

남파된 무장간첩이 인근 부대가 맡은 방책선을 수류탄으로 뚫고 북쪽으로 넘어간 사건이 일어났다. 보름간 전후반조 할 것 없이 전 병력이 저녁 6시부터 이튿날 아침 6시까지 방책선 근무에 투입되었다. 비상근무 체제였다. 언 주먹밥을 입김으로 녹여 먹으며 근무를 서는 내내 병사들은 산 위를 뻗어나간 칼날능선처럼 신경이 날카롭게 돋아 있었다. 폭설의 계절이 병사들에게 찾아왔다. 겨울이 깊어갔다.

그는 잘 먹지도 않았다. 그의 앞에는 식은밥이 며칠을 그대로 놓여 있었다. 후반조 근무를 나가다가 앞발에 턱을 괸 채 눈을 멀뚱거리고 있는 그를 보았다. 나는 미안한 느낌이 들어 그의 목끈을 풀어주었다. 그는 반갑지도 않다는 눈빛으로 나를 쓱 올려다보고는 캄캄한 눈동자를 껌벅이며 난롯가에 다시 엎드렸다.

나는 방책선 앞 분초로 걸어갔다. 눈보라가 일고 있었다. 그 겨울에 많은 눈보라를 만났지만 혓바닥을 끌어낼 듯이 악착스럽게 몸을 휘감으며 땅에서 솟구치는 눈보라는 처음 보았다. 눈송이는 하늘에서 쏟아지는 게 아니라 오히려 산줄기에서 하늘로 치솟아오르고 있었다. 눈기둥 같은 회오리바람이 곳곳에서 일어섰다.

경계 분초에 들어서서 캄캄한 북쪽을 보며 나는 무슨 생각인가를 쉼없이 했다. 끝없이 날아가는 환상이라든지, 내가 겪은 일 가운데 가장 즐거웠던 때를 애써 찾아내려고 했다. 방한복을 입고 방한모를 썼지만 뼈 속 깊이 써늘해지는 추위를 견디기 위해서였다. 아찔한 생각도 했다. 저 눈보라 속을 힘껏 달리면 10분도 안 돼 북쪽에 이를 수 있었다. 가끔씩 월북사건이 일어났다. 중부전선에서 대대장과 무전병이 함께 월북한 사건도 있었다. 그 사건은 〈육군회보〉에 실렸다. 모든 지뢰가 다 얼어붙어 있으니 한겨울에는 월북하기 쉬웠다. 북쪽에서는 '월북하기 좋을 때'라는 삐라를 남쪽으로 자주 날려보냈다. 그 삐라들 가운데 한 장은 인상적이었다.

지난 가을, 정보사령부 소령이 동부전선의 작전계획을 한 가방 채워 월북해버린 사건이 일어났다. 그 사건 뒤 모든 부대의 명칭이 한순간에 바뀌었다. 부대 명칭을 바꾼다고 위치를 바꿀 수는 없지만 말이다. 그는 운전병을 데리고 군사분계선에서 가장 가까운 201GP로 순찰을 나갔다가 돌아오는 길에 운전병 복부를 쏘고 북한 GP로 넘어가버렸다. 달려가면 5분도 채 되지 않는 거리였다. 그 사건은 복부에 총을 맞은 운전병이 방책선 통문까지 운전해 내려와 통문 근무자에게 알리면서 드러났다. 전 부대원에게 비상이 걸렸다. 수색중대원들이 비무장지대로 급히 투입되었다. 포대경에 소령이 관측되는 대로 즉각 포사격을 하라는 명령이 내려졌다. 4.2인치 포의 발사 준비가 끝나고 모든 포대경들이 그를 찾기 위해 초점을 군사분계선 쪽을 맞추었지만 소령은 보이지 않았다. 북한 GP에서 총소리가 몇 번 날아왔다. 그것은 이미 그가 북한 GP에 도착했다는 사실을 친절하게 알려주는 신호였다.

우리는 그 뒤 풍문으로 들었다.

소령은 진급불만과 여자문제, 돈문제 등으로 아주 난처한 처지에 빠져 있었다고 했다. 그는 201GP를 순찰하고 남쪽에서 포대경에 관측되지 않는 S자형 도로에 이르자 권총으로 운전병을 위협하며 같이 월북하기를 요구했다. 제대가 몇 달 남지 않는 운전병이 갈 이유가 없었다. 운전병이 거절하자 권총으로 쏘고는 군사분계선을 넘어 북쪽으로 가버린 것이다. 운전병은 복부 총상을 입었지만 야전병원에 후송되어 생명은 건졌다고 했다. 소령이 월북하고 열흘쯤 지나서 바로 월북을 권유하는 삐라가 날아왔다. 삐라 속 사진에는 북한에서 이 계급이 특진되어 대령급이 된 그가 얼굴이 갸름하고 눈초리가 위로 올라간 평양 여자와 앉아 있었다. 두 사람의 결혼식 흑백사진이었다. 두 사람 앞에 높인 교자상에는 과자와 과일, 음식이 빽빽이 놓여 있었다. 결혼 상차림이라기보다는 환갑 상차림 같았다. 삐라 뒷면에는 그가 살고 있는 평양시내 5층 아파트 흑백사진이 찍혀 있었고 월북하기 좋을 때를 알려주는 선전문구가 박혀 있었다.

안개 낄 때.
비 올 때.
눈보라 칠 때.

사실 그럴 때가 군사분계선을 넘어가기 가장 좋은 때였다. 나는 황색 외등 불빛 아래 드러나는 눈보라를 보며 갖가지 생각을 부지런히 했다. 이 눈보라 치는 밤에 북쪽으로 넘어가기는 식은 죽 먹기였다. 땅이 얼어서 지뢰도 터지지 않는다. 그렇지만 다시는 송창식의 노래 〈밤눈〉을 듣지 못한다고 생각하니 갈 수 없었다. 근무를 마치고 벙커로 돌아오면 잠들기까지 나는 소대장이 가지고 있는 녹음기를 빌려 귀에 대고 〈밤눈〉을 수도 없이 반복해서 듣곤 했다.

> 한밤중에 눈이 내리네 소리도 없이
> 가만히 눈 감고 귀 기울이면
> 까마득히 먼 데서 눈 맞는 소리
> 흰 벌판 언덕에 눈 쌓이는 소리
> 당신은 못 듣는가, 저 흐느낌 소리
> 흰 벌판 언덕에 내 우는 소리
> 잠만 들면 나는 거기엘 가네
> 눈송이 어지러운 거기엘 가네

나는 경계분초에서도 외등 불빛 아래 하얗게 펼쳐진 불모지를 가늘게 눈을 뜨고 내려다보며 흩날리는 눈발처럼 느리게 노래를 흥얼거렸다. 지난 봄 진지공사 때 흙과 나무로 만든 마구간 같은 초소를 허물고 철근을 넣은 시멘트 골조로 단단하게 지어진 경계분초에서 이런저런 생각을 하는 동안 등뼈가 딱딱하게 굳어왔다. 나는 등이 길었다. 몸을 몇 번이나 부르르 떨고 함께 근무를 서고 있는 졸병과 서로 등을 번갈아 문질러주었지만 등뼈는 막대고드름처럼 딱딱해지기만 했다. 입김이 방한 마스크와 속눈썹에 하얗게 맺혔다. 나는 방한모의 속깃으로 얼굴을 문지르며 8월의 뙤약볕을 거듭 떠올렸다. 지독한 가뭄으로 탁탁 솟아오르는 먼지바람조차 그리웠다. 뜨거운 김이 솟는 물주전자가 놓인 달아오른 난로 곁에 오래 서 있고 싶었다. 도서관에서 무슨 책인가를 찾고 있는 첫사랑 현숙의 얼굴이 떠올랐다. 나를 보며 환하게 웃는 그녀의 웃음소리를 환청처럼 들었다. 나는 그녀를 향해 손을 내밀었다.

그런 환상 속에서 바스락거리는 소리를 들었다. 나는 자동소총의 방아쇠 자물쇠를 풀어 총안구에 걸치고 개머리판을 오른쪽 쇄골 아래 바짝 당겨 붙이고는 방책선 너머 불모지를 노려보았다. 눈보라밖에 보이지 않았다. 다시 바스락거리는 소리가 났다. 그것은 분초 안에서 나는 소리였다. 나는 분초 안을 살폈다. 같이 근무를 서고 있던 졸병이 자동소총을 끌어안은 채 어둠을 짓이겨놓은 것 같은 모습으로 시멘트 벽에 기대어 있었다. 나는 장갑을 벗고 손등으로 가는 성에가 낀 속눈썹을 비볐다. 방울 소리가 났다. 발밑을 내려다보았다. 나는 거기서 나를 올려다보며 고개를 흔들고 있는, 파랗게 빛나고 있는 그의 눈동자를 보았다. 그가 언제부터 그곳에서 나를 올려다보고 있었는지는 모른다. 추위를 잊기 위해 딴 생각을 하느라, 그가 곁에 다가선 줄도 모르고 있었다. 나는 자동소총의 방아쇠 자물쇠를 잠근 뒤 바닥에 내려놓고 그를 안았다. 그는 파르르 떨고 있었다. 여전히 등은 시리다 못해 딱딱 소리를 지르듯 아파왔다.

나는 탄띠를 풀고 스키 파카를 벗어 그를 등에 업고 다시 스키 파카를 입고 탄띠를 둘렀다. 그는 답답한 듯이 몸을 뒤척거리다가 곧 가만히 콧등으로 나의 등을 문지르며 잠 속으로 빠져들었다. 갈수록 그의 몸놀림이 느려졌다. 꼽추처럼 등이 튀어나왔지만 내 몸은 따스해졌다.

어지럽게 닥쳐오는 희망처럼 어둠이 흩어지고 새벽이 오고 있었지만 눈보라는 멈추지 않았다. 근무를 마치고 벙커로 돌아와 등에 업힌 채로 잠들어 있는 그를 난롯가에 내려놓았다. 난로 속으로 참나무 장작을 가득 집어넣었다. 불꽃 때문인지 얼굴이 화끈거렸다.

그 일이 있고 난 뒤 나는 그와 함께 화목작업과 노루 사냥을 나갔고 방책선을 따라 산책을 나갔다. 소대장이 "개팔자 상팔자"라고 할 정도로 나는 그와 자주 어울렸지만 그는 나의 그런 마음 씀씀이에 대해 별로 신경을 쓰지 않았다. 그는 누구와도 같이 어울려주었다.

그 겨울의 끝에 나는 한 달이 채 되지 않은 짧은 기간이나마 실명기失明期를 겪었다. 나는 설맹雪盲에 걸렸는데, 그것은 보안경 없이 오랫동안 눈밭을 돌아다니면 일시적으로 나타나는 시력의 극심한 혼란상태를 말한다. 아주 가까이 있는 사물도 흐릿하거나 겹쳐보였으며 때로는 눈앞으로 검은 얼룩이 내려와 시야를 가리기도 했다. 햇빛이 눈동자에 닿으면 견딜 수 없을 정도로 눈이 쓰렸다. 낮에는 붕대로 느슨하게 두 눈을 가려야 했다. 그렇다고 해서 야간근무를 나가지 않을 수 없었다. 햇빛이 없으면 견딜 만했다.

내가 다시 사물을 볼 수 있었을 때 겨울은 저녁 해같이 조금씩 떠나가고 있었다. 나는 붕대를 풀고 흐려진 시력이 조금씩 되살아나고 있음을 산줄기 위로 연녹색을 숨긴 메마른 풀잎과 가는 햇빛을 보고 알았다. 전방근무 기간도 거의 끝나가고 있고 병사들은 철수 준비에 바빴다. 나는 한번도 열지 않았고 열어볼 여유도, 마음도 없었던 소대 책장 서랍을 간추리다가 먼지가 덮인 성경책을 한 권 발견했다. 누군가가 두고 간 모양이었다. 검정 책 표지를 펼치자 '언제나 당신과 함께 옥玉'이라고 적혀 있었다. 나는 그것을 먼지만 닦아 책장 안에 그대로 두려다 군장 안에 넣었다. 병사들은 철수 준비에 여념이 없고 그는 혼자 산을 돌아다녔다.

그가 두 번째로 돌아오지 않는 일이 생겼다. 나는 그가 전처럼 돌아오겠거니 하고 믿었다. 벙커를 나간 지 사흘째 되는 날, 그는 완전히 지친 모습으로 돌아왔다. 어디를 갔고 어떻게 돌아왔는지도 알 수 없었다. 다들 후속부대와의 인수인계 준비에 바빴다. 그의 모양새는 말이 아니었다. 발을 절룩거렸고, 내내 굶었는지 눈이 쑥 들어갔으며, 뱃가죽은 등에 닿아 있었다. 나는 그의 머리를 쥐어박거나 발로 툭 걷어찬 때는 있었지만 곤죽이 되도록 두들겨준 적은 없었다. 나는 화가 나서 그에게 마구 발길질을 해댔다. 그는 발길질을 피하려고 하지 않았으므로 나를 더욱 화나게 했다. 소대장이 말리지 않았다면 그는 그 자리에서 뻗었을지도 모른다. 늘씬하게 얻어맞은 그는 난롯가로 엉금엉금 기어가 엎드렸다. 나는 목끈을 채워 그를 취사장 식탁에 매어두었다.

전방 철수를 며칠 앞두고 나는 폭설이 퍼붓는 밤이면 내게 전화를 해대곤 했던 고향 친구 황동수黃東洙 병장이 있는 소라지계곡, 금강산이 마주 보이는 고지로 아침 일찍 출발했다. 그 전날, 지뢰사고를 입은 황동수가 헬기로 후송 중에 출혈이 심해 죽었다는 것을 대대 군의관을 통해 전해 들었던 것이다. 앰뷸런스에 실린 채 피에 젖어 GOP(일반전초) 통제검문소를 빠져나가던 모습이 내게는 마지막 흔적이었다. 작별인사를 할 기회조차 우리에게는 주어지지 않았다.

지뢰사고가 난 다음날, 나는 그의 유품을 내 손으로 직접 정리하고 싶다고 소대장에게 부탁했다. 소대장은 황동수가 있었던 기지의 소대장에게 연락을 해주었다. 다음날 아침, 진중 트럭을 얻어 타고 그곳에 가서 나는 그의 소지품을 간추렸다. 그게 내가 그를 위해 마지막으로 할 수 있는 일이었다. 소지품을 정리하다 책갈피에서 빠져나온 그의 사진과 만 원짜리 한 장이 들어 있는 편지는 상의 왼쪽 주머니에 넣었다. 그것만은 내가 직접 그의 어머니에게 전해주고 싶었다. 나는 그의 소지품을 끈으로 단단히 묶은 다음 더블백에 넣어 고향집으로 부쳐달라고 기지 소대장에게 맡겼다. 더블백은 헌병대를 거쳐 그의 집으로 혼자 돌아갈 것이다. 그 다음 나는 군화끈을 바짝 당겨 매고 그가 있던 고지를 서둘러 내려왔다. 1기지까지 돌아가려면 빨리 걸어가도 한나절은 넘게 걸릴 것 같았다.

다행히 봄날은 길었다.

나는 원산, 함흥으로 이른다는 464번 주보급로의 남쪽 길을 따라 빠르게 걸어서 소라지계곡을 빠져나왔다. 몸은 가벼웠다. 철모와 자동소총, 실탄이 든 여섯 개의 탄창과 탄띠에 달린 수통이 전부였다. 먼지가 피부병처럼 길 위로 번지며 눈앞으로 몰려왔다. 방책선이 고지에서 평지 쪽으로 급하게 내려서며 다가왔다. 주보급로가 왼쪽으로 꺾어지자 나는 개울로 내려섰다.

바위 위에 자동소총을 올려놓고 그 위에 철모를 벗어두었다. 낯을 씻었다. 손이 시리도록 물이 차가웠다. 탄띠를 풀어 수통에 물을 채웠다. 물을 한 모금 마시다가 황동수가 있었던 고지를 돌아다보았다. 이제 이

모퉁이를 돌아서면 그가 있던 고지도 보이지 않을 것이다.

개울가 바위 위에 앉아 상의 왼쪽 주머니에 넣어둔 그의 사진을 꺼내 보다가 편지를 읽었다. 그가 이등병 때 어머니에게 쓴 편지였다. 클랙슨 소리가 급하게 들렸다. 나는 바위에서 일어섰다. 아침에 GOP 통제 검문소에서 소라지계곡까지 나를 태워주었던 트럭 운전병이었다. 그가 타라고 손짓했지만 나는 고개를 흔들며 웃기만 했다.

"걸어가면 너무 먼데요!"

운전병은 고개를 갸웃하며 소리를 지르더니 액셀러레이터를 세게 밟았다. 트럭 바퀴가 스프링처럼 튀었다. 트럭은 금방 왼쪽으로 꺾어져 보이지 않았다. 비로소 나는 비무장지대 안에서 무더기로 피어 있는 흰 조팝꽃을 보았다. 한순간 정적이 찾아왔다. 방책선이 공중으로 붕 솟아오르는 것처럼 보였다.

다시 한번 군화끈을 단단히 묶었다. 나는 이 길을 마지막으로 걷고 싶었다. 탄띠도 졸라매었다. M16 자동소총을 오른쪽 어깨에 메고 갑자기 나는 뛰기 시작했다. 주보급로를 따라 왼쪽으로 꺾어들었다. 얼굴로 쉴 새 없이 땀이 흘러내렸지만 정체를 알 수 없고 까닭도 알 수 없는 억울함과 애잔함이 목 안 가득이 치밀어왔다. 나는 오른쪽 어깨에 멘 자동소총 멜빵을 손으로 꽉 잡아당겼다. 달리다가 뒤돌아보곤 했지만 돌아본다고 달라질 풍경은 없었다. 오른쪽에 있던 비무장지대가 돌아보면 왼쪽에 놓여 있었을 뿐이다. 달려온 길을 돌아보는 까닭이 황동수를 버리고 나 혼자 이 길을 벗어나고 있다는 야속함 때문이었는지, 다시 찾아와 볼 수 없다는 아쉬움이었는지, 아니면 또 다른 이유 때문이었는지 알 수 없었다. 자동소총을 맞고 달아나다 산등성이에 멈춰 서서 돌아보는 노루처럼 나는 멈춰 서서 뒤돌아보았고 다시 앞으로 달려갔다.

비무장지대 안에서 고라니 한 쌍이 교미를 하고 있었다. 다시는 찾아오지 않을 것 같았던 봄이 정말 오고 있었다. 비무장지대는 연초록색이었다. 조팝나무 꽃들은 나를 따라오듯 길옆으로 줄지어 피어 있었다. 길을 따라 '지뢰주의'라고 써붙인 삼각형 쇳조각이 외줄 철선에 매달려 흔들렸다. 방책선 주변에서 단독행동은 금한다는 근무수칙이 있었지만 제대 말년병장에게 무슨 상관이 있겠는가. 제대할 날이 눈앞에 있는데 월북할 리도 없었다. 트럭 두 대가 앞에서 먼지를 일으키며 소라지 계곡 쪽으로 들어갔다. 지프도 세 대 지나갔다. 나는 그때마다 멈춰 서서 왼손을 펴 오른쪽 어깨에 멘 자동소총 덮개에 대고 습관처럼 지프에 경례를 바쳤다.

201GP로 들어가는 방책선 통문이 점점 가까이 다가왔다. 나는 두 시간쯤 쉬지 않고 달려왔다. 통문 맞은편에는 수색중대본부가 있었다. 연병장에 텐트가 있고 그 안에 대형 태극기가 덮인 두 개의 관이 놓여 있었다. 나는 수색중대 앞에서 멈추어 섰다. 텐트 좌우에는 병사 둘이서 오른 쪽 옆구리에 자동소총의 개머리판을 대고 경계근무 자세로 서 있었다. 텐트 옆에는 야간매복을 준비하는 병력들이 실탄, 클레이모어, 수류탄 등 매복할 때 갖추어야 할 장비를 점검하고 있었다. 그들은 그림자처럼 움직였다. 침묵에도 움직임이 있다면 바로 저들의 움직임이었을 것 같았다. 어두워지기 시작하면 방책선 통문이 열리고 그들은 비

무장지대 안으로 들어가 밤새도록 매복근무를 설 것이다.

나는 통문 근무자에게 태극기에 덮인 두 개의 관이 누구인지를 묻지 않았다. 비무장지대 안으로 야간매복을 나갔던 병사들의 발밑에서 지뢰가 터졌는지, 매복 중 침투 중인 간첩과 총격전을 벌였는지, 아니면 또 다른 사고였는지를. 지뢰밭 길을 따라 무심한 듯 점점이 날리는 흰 꽃잎들이 눈앞으로 다가왔다. 땅벌 떼들이 윙윙거렸다. 황동수의 목소리가 흩날려왔다.

황동수는 입버릇처럼 수색중대나 GP에서 근무하고 20원을 더 받았으면 좋겠다고 했다. 비무장지대 안의 GP 근무자나 수색중대 병사들에게는 하루 90원씩 생명수당이 나왔고 방책선 근무자에게는 70원이 나왔기 때문이다. 그는 하루 70원씩 한달 2,100원의 생명수당을 차곡차곡 모아 동생들 학비에 보태겠다고 했다.

"90원을 받는다면 그 즐거움은 20원어치보다 훨씬 커질 거다. 월급도 주고 생명수당도 주니 나는 정말 전방이 좋다."

나는 수색중대 앞을 흐르는 개울로 걸어갔다. 개울가에 철모를 벗어놓고 그 위에 자동소총을 놓았다. 탄띠를 끌렀다. 목과 얼굴을 씻었다. 개울은 넓었다. 개울가에 있는 염적무 저장고는 문이 열려 있었다. 나는 소금물만 바닥에 허옇게 고여 있는 두 개의 빈 저장고 안을 들여다보았다.

소라지계곡에 있는 고지로 쫓겨 가기 전인 지난 가을, 황동수는 월동 김장을 하는데 날더러 같이 가자고 했다. 나는 그를 따라나섰다. 그는 각 중대에서 차출된 김장 사역병 열두 명을 데리고 수색중대 옆을 흐르는 개울로 왔다. 병사들은 장화를 신고 넓은 개울을 돌로 성기게 막고, 개울가에 경주 왕릉처럼 쌓인 김장용 배추와 무를 물속에 던져 넣고는 개울 안으로 들어가 배추와 무를 밟으며 뛰어다녔다. 그들은 대충 배추와 무를 발로 밟아 씻고 손으로 두어 번 헹군 다음 반으로 잘라, 배추 한 층, 소금 한 켜, 고춧가루 한 켜, 생강과 마늘 한 켜, 젓갈 한 켜씩 해서 비닐을 깐 드럼통에 김치를 담았다. 그들은 이틀 만에 전방 기지 600여 명이 3개월간 먹을 김장김치를 수십 개의 드럼통에 채워 넣었다. 저장고는 무 한 층, 소금 한 켜씩 해서 담근 염적무로 채워졌다.

얼음이 완전히 녹아버린 봄 개울물은 배추와 무를 밟으며 첨벙거리던 지난 가을의 장면을 금방이라도 되풀이할 듯 반짝거렸다. 그들의 얼굴이 물속에서 반짝거리다 사라지곤 했다. 그 장면 속에는 싱글벙글하는 황동수와 가을 개울물에 젖은 병사들의 흰 이빨이 잘 보였다. 나도 그들 속에서 웃고 있었다.

나는 개울가에 앉아서 동수의 편지를 몇 번이나 다시 읽다가 봄 하늘을 올려다보았고, 수색중대 연병장과 텐트 입구 양쪽에 총을 들고 서 있는 두 명의 병사와 대형 태극기에 덮인 두 개의 관, 그리고 매복 준비를 하고 있는 병사들을 번갈아보았다. 그러나 나는 어둡기 전에 1기지로 돌아가야 했다. 가팔랐던 숨결이 가라앉자 나는 1기지를 향해 다시 뛰기 시작했다. 칼날능선을 끼고 빙 돌아서니 산꼭대기에 있는 1기지가 시야에 들어왔다. 거기서부터는 오르막길로 이어졌다.

나는 걷다가 뛰다가 하며 이곳을 떠날 날짜를 헤아렸다. 난데없이 의무복무 기간이 북한군처럼 10년이 된다는 소문이 떠돌기도 했다. 베트

남과 중국이 국경에서 전쟁 중인 때였다. 지미 카터 미국 대통령이 서울에 와 주한미군을 곧 철수시킨다고 했다는 것이다. 박정희 대통령이 주한미군 철수를 대비해 핵폭탄을 개발하고 100만 대군으로 병력을 늘린다는 소문도 곁들여졌다. 전역특명마저 더디게 내려왔으니 소문은 그럴듯했다. 나는 10년도 괜찮을지 모른다는 생각도 했다. 군대생활이 끝나면 그 사이 청춘도 가버릴 테니까. 젊은 날들이 내게 무슨 의미가 있겠는가. 그 소문의 와중에 내게 전역특명이 내려왔다. 해가 서산에 걸려서야 1기지로 돌아왔다. 땀범벅이 된 채 나는 가장 먼저 취사장으로 갔다. 바위가 식탁 다리에 잘 묶여 있는지를 확인하고 싶어서였다. 그는 웅크린 채 식은밥그릇 앞에 엎드려 있었다.

전방에서 철수가 시작되었다. 우리는 후속부대와 완전히 임무교대를 한 뒤 남쪽 후사면의 수곡리水曲里 헬기장에 중대별로 집결하여 후방 예비지역까지 야간행군을 하게 되어 있었다. 병사들이 군장을 지고 벙커를 벗어나 캄캄한 산길을 소리 없이 빠져 내려올 동안 나는 한번도 돌아보지 않았다. 어느 곳이 지뢰밭이며, 어느 산줄기에 더덕이 많고, 또 두릅과 머루가 비무장지대 어디쯤에 있는가를 환하게 알 수 있었기 때문은 아니었다. 어미 반달곰이 새끼 두 마리와 장난치는 개울이 어디인지도 알고 있고, 고독한 싸움을 벌이던 산양 두 마리 가운데 누가 이겼는지 알고 있기 때문도 아니었다. 나는 잇달아 밀려가는 병사들의 발걸음을 따라가야 했다.

나는 바위의 목끈을 쥐고 수곡리 헬기장으로 내려갔다. 다리를 절룩이며 그는 답답한 듯이 목을 뒤로 힘껏 채었다. 방울 소리가 땅바닥에 부딪혔다. 그는 내 손에 질질 끌려왔다. 헬기장을 중심으로 병력이 집결하자, 대대장 지프가 불을 끈 채 언덕길을 내려왔다. 병사들은 길 양쪽으로 늘어서는 행군 대형으로 벌려 남쪽으로 뻗어난 길을 향해 희미하게 움직이기 시작했다.

대전차 방벽이 나타났다. 병사들은 낙석落石지대를 빠져나갔다. 그믐 달빛이 부서져 내렸다. '배고픈다리'를 지났다. 나는 다리 건너 오른쪽 숲길을 지나 소양강 상류 쪽으로 자꾸 눈길이 갔다. 그곳에는 지난해 장마 때 목숨을 잃은 세 명의 병사들을 기리는 비석이 하나 차갑게 서 있었다. 이곳을 떠나면 저 비석의 사연을 알고 있는 사람도 없어질 것이다. 갑자기 가래가 끓었다. 고개를 숙인 채 병사들은 소리 없이 움직이고 있었다.

나는 그의 목끈을 잡아당기며 달빛에 흐릿하게 드러나는 길가의 지뢰밭을 보았다. 그는 질질 끌리듯 따라왔다. 방울이 불규칙적으로 딸랑거렸다. 지뢰밭 속에 쌀밥 같은 조팝꽃이 무리지어 피어 있었다. 우리가 갈 수 없었으나 눈에 익었던 지명을 나는 하나씩 외었다.

타미동굴, 낙타봉, 박달재, 큰들, 장들.

그믐달이 산 위로 떠올랐다. 그는 발로 버티며 자꾸 목을 채었다.

나는 목끈을 풀어주며 말했다.

"앞만 보고 걸어가야 한다. 알겠지?"

그는 내 말을 알아들은 것 같았다. 목끈을 풀어주자 그는 다리를 절면서도 나보다 몇 걸음 앞서 방울을 흔들며 부지런히 걸어갔다. 나는 앞서 걸어가는 그를 보며 집으로 돌아갈 날을 헤아렸고, 그날이 오면 그와 함께 돌아가리라고 마음먹었다. 자동소총과 철모와 군복, 군장, 우의, 방한모, 속옷까지, 군에서 받았던 모든 물건은 반납해야 했지만 그는 반납 품목이 아니었다. 1기지에서 점점 멀어질수록 지난 겨울의 순간순간들이 환등기처럼 나타났다가 사라졌다. 갑자기 내 눈 속으로 무릎이 푹 꺾이는 노루의 모습이 회오리치면 나는 손등으로 두 눈을 세차게 비볐다. 그때, 누군가 내 어깨를 거칠게 잡아당겼다. 소대장이었다. 나는 혼자 행군대열에서 벗어나 경계철선이 길 따라 늘어서 있는 지뢰밭 쪽으로 지척지척 걸어가고 있었다.

행군대열로 들어온 나는 그가 잘 걸어가고 있는가를 살폈다. 그가 보이지 않았다. 나는 대열 앞으로 달려가며 그의 이름을 낮게 불렀다. 방울 소리가 들리지 않았다. 서둘러 대열 뒤쪽으로 뛰어가며 그의 이름을 낮게 소리 내었다. 나는 그를 큰소리로 부르지 못했다. 지프를 타고 스쳐가던 대대장이 내게 무슨 말인가를 했으나 그 말이 제대로 들리지 않았다. 대열 어디서도 그를 볼 수 없었다. 나는 소대원들 쪽으로 달려갔다. 그들은 기계처럼 걸어가고 있었다. 그들의 어깨를 하나씩 붙잡아 흔들며 그를 못 보았느냐고 물었다. 그가 없어졌다고 했다. 그들은 하나같이 고개를 흔들며 앞으로 나아갈 뿐, 대답이 없었다. 갑자기 가슴으로 무엇인가가 콱, 치밀어올랐다.

나는 소리를 버럭 질렀다.

"야! 너희들, 친구를 버리고 그냥 가?"

그 말을 끝으로 나는 그 자리에 서버렸다. 그런데… 그때 나는 소대원들이 갑자기 정지된 화면처럼 멈추어 서는 모습을 보았다. 곧 그들은 대열에서 빠져나와 입에 손을 대고 그의 이름을 낮은 소리로 부르며 무언극을 하듯이 대열 앞뒤로 흩어져 나갔다. 행군대열은 순식간에 엉망이 되었다. 소대장이 놀란 눈치로 나를 불렀다. 뒤에서 밀려오는 행군대열이 멈추었다. 바위를 부르는 낮은 목소리들이 새벽빛 속을 떠다녔다. 나는 멍청히 서 있었다. 병력 이동을 지휘하던 대대장이 지프에서 내려 내 앞으로 다가왔다. 그는 다짜고짜 군홧발로 나의 가슴 가운데를 걷어찼다. 나는 길바닥으로 나동그라졌다가 가까스로 일어섰다. 숨이 막혔다.

소대장이 대대장에게 무슨 말인가를 하고 있었다. 나는 그의 다음 발길질을 기다리고 있었다. 소대장의 말을 듣고 난 대대장은 잠시 나를 보다가는 무슨 말인가를 했다. 그 말을 들은 나는 그만 고개를 푹 꺾으며 대열로 들어갔다.

그는 이렇게 말했다.

"개 한 마리 때문인가? 지난 겨울, 우리가 얼마나 다치고 희생했는지 아는가? 전부 대열로 들어가!"

나는 그 말을 듣고 할 말이 없었다. 정말 우리에게 개 한 마리는 아무것도 아니었다. 나는 더 이상 그의 이름을 부르지 않았다. 병사들은 고갯길을 넘어 동부요새를 빠져나와 남쪽으로 급경사진 내리막길로 빠르게 접어들었다.

후방지역으로 철수한 뒤, 나는 여러 번 내가 있었던 벙커로 전화를 걸어 혹시 그가 돌아왔는가 하고 물어보았으나 한결같이 모른다고 했다. 그러다가 한번은 그 벙커의 상황병이 날씨가 풀려서인지 비무장지대 안에서 지뢰사고가 가끔 난다며, 며칠 전에도 지뢰밭에서 지뢰가 터졌는데, 불에 그슬린 짐승 귀 조각이 하나 불모지에 떨어져 있는 것을 찾을 수 있었을 뿐이라고 했다.

제대를 이틀 앞두고 대대는 유격훈련 준비로 부산스러웠다. 나는 전방으로 들어가는 연대 부식차를 얻어 타고 마지막으로 내가 있었던 전방 벙커로 가며, 동부요새 검문소부터 시작해서 검문소마다 그의 모습을 말하며 혹시 그를 보았는가 하고 물었다. 근무자들은 고개를 가로저으며 나의 소속을 묻고는 이상한 눈초리로 나를 훑어보았다. 그들은 내가 소속된 부대의 대대장도 이곳을 지날 때면 그렇게 묻는다고 했다. 나는 한겨울을 지냈던 벙커 위의 흙더미에 서서 비무장지대의 산줄기들을 바라보았다. 벙커 위를 덮은 잔디가 짙푸르게 자라고 있었다.

제대하는 날은 대대 유격훈련이 시작되는 날이었다. 대대의 제대병은 나 혼자뿐이었다. 대대 인사과 계원은 전역에 필요한 서류를 건네주며 유격훈련 때문에 연대장 신고가 없으므로 바로 사단 보충대로 가라고 했다.

나는 대대장에게 거수경례로 짧게 전역 신고를 마쳤다. 그는 내 얼굴을 물끄러미 바라보더니 사단 보충대까지 자기 지프를 타고 가라고 말하고는 유격훈련 군장 검열을 받기 위해 연병장에 줄지어 선 병력 쪽으로 걸어갔다. 나는 그의 지프를 타고 사단 보충대로 갔다. 지프가 보충대가 내려다보이는 고갯길을 넘어서자, 나는 운전병에게 대대장이 전방 들어갈 때 무어 이상한 일이 없었느냐고 물어보았다.

운전병은 우리가 철수한 그날 아침, 갑자기 전방으로 들어가자기에 무슨 작전회의가 있는가 싶었는데, 동부요새 너머 언덕길에서 지프를 왔다갔다 하게 하며 무엇인가를 찾은 적이 있었다고 했다. 그는 1호차로 제대병을 태워보내는 일은 처음이라며 무슨 말인가를 더 하려는 듯이 보였다. 지프가 사단 보충대 연병장에 들어섰다. 나는 지프에서 내렸다.

누군가 그까짓 기억을 왜 담아두는가 할 수도 있다.

그렇다. 우리는 첫눈이 내린 얼마 뒤에 만나 같이 한겨울을 보냈으며, 이듬해 봄날 새벽에 헤어졌을 뿐이다. 그는 병사들과 함께 겨울을 보냈고 그 겨울의 기억도 함께 가졌지만 한갓 짐승에 불과했다. 그게 무슨 의미가 있겠는가.

콩트나 볼테르, 투르고 같은 이들은 인간 인식의 역사 발전 단계를 몇 단계로 나누고, 한 단계에서 다음 단계로 발전할 때는 온갖 갈등과 불안, 고통스러운 혁명을 통해서만 이행된다고 했다. 그와 마찬가지로 우리의 삶 또한 다른 차원으로 이행할 때 불안과 위협, 고통이 폭풍우처럼 몰아치지 않겠는가 싶다. 지프에서 내리던 그 순간에 사회로 돌아가는 길이 한없이 불안했던 것처럼.

나는 그가 전방 산속 어딘가에서 늑대처럼 살아 있으리라고는 생각지 않는다. 그곳의 겨울은 길고, 춥고, 눈도 많이 내린다. 시간마저 많이 지났다. 언젠가 우리도 다른 차원의 마을로 가듯 그에게도 영혼의 마을은 있을 것이다. 5월이면 그가 문득 생각나고, 옅은 조팝꽃 향기 속에서 201GP 통문 맞은편 수색중대 연병장에 놓인 두 개의 대형 태극기와 매복을 준비하고 있던 장면도 떠오르곤 한다.

내가 그와의 작별의 순간이 굳이 5월 어디쯤이라고 꾸미고 싶은 까닭은 새로운 차원으로 가는 그의 이행기에 빛나는 햇빛과 싱싱한 바람, 화려한 꽃잎이 함께하기를 바라는 뜻에서다. 5월은 누구에게나 길고 짧음이 없지 않는가. 솟구치는 꽃잎과 햇빛, 바람 한 점으로도 그 누구든 영혼의 마을로 떠나는 아픔을 다스릴 수 있지 않을까 싶다. 그리하여 별로 내세울 것도 없고 자랑할 것도 없었지만 젊은 날을 떠나보냈던 그곳에서 있었던 모든 작별의 시간이 5월이었으면 한다. 편안한 현실을 누리고 싶은 욕망이 투명한 삶을 위한 그리움을 갈수록 마비시켜, 그 젊은 날을 더 이상 비출 수 없다 해도.

세월교歲月橋

세월교 이야기를 하자면 금출金出이 이야기를 먼저 하지 않을 수가 없다. 금출이 아직 살아 있다면 그의 나이가 얼마쯤 되었을지를 말하는 것은 별로 의미가 없다. 살아 있다 할지라도 그는 여전히 침을 흘리고, 넋이 나간 듯 뜬구름 같은 눈빛을 지니고 있을 것이다. 사람의 몸에 깃든 정신이 저마다 다르다 해도 한번 달아나버리면 좀처럼 돌아오지 않으니까 말이다.

금출이 죽었는지, 살았는지는 아무도 모른다. 어느 날 그가 마을에서 없어졌고, 그의 아버지 포 영감은 금출의 행방에 대해 한번도 입을 열지 않았다. 그가 없어진 뒤로도 포 영감은 여전히 술장사를 계속했고, 말린 털가죽과 약초 자루를 들고 서울을 드나들었다. 금옥은 변함없이 술 손님들을 받았다.

금출이 마을에서 없어지고 난 뒤 언제부터 세월교에서 처녀귀신이 나타났는지는 정확히 모른다. 사람들 입에서 입으로 전해온 바에 따르면 확실하지는 않지만 대충 그 시기는 1960년대 말 무렵이었으니까 제법 현대판 귀신이었다. 세월교 처녀귀신 이야기는 근거 없는 풍설처럼 입에서 입으로 전해져왔다.

세월교는 마을에서 북쪽 산비탈로 올라가는 곳에 놓여 있는 다리 이름이다. 누가 이름을 붙였는지는 알 수 없지만 마을사람들은 그 다리를 세월교라고 불렀다. 다리 아래는 맑은 물이 흘렀고, 금모래가 반짝거렸다. 개울가에는 빨래하기 좋은 넓적한 돌이 물길을 따라 가지런히 놓여 있었다. 그 다리에 처녀귀신이 나타난다는 소문이 돌기 전까지 그곳은 마을 아낙들의 공동 빨래터였다. 산골 마을이 으레 그렇듯이, 갑작스레 어둠이 떨어져 내리고, 마을이 어둠 속으로 가라앉는 저녁 무렵부터 세월교에서는 처녀의 애절한 울음소리가 들리면서 "제발… 돌려보내 줘유, 제발유…" 하는 충청도 사투리를 쓰는 처녀가 머리를 산발한 채 다리 위를 왔다갔다 한다는 것이다.

이제 그 이야기를 하려면 많은 시간이 지났지만 그 귀신을 직접 목격한 마을사람들도 많았다는 것과, 때로는 그 간절하고 섬뜩한 흐느낌이 마을사람들이 누워 있는 방안에까지 들렸다는 사실을 누가 믿겠느냐마는 세월교의 처녀귀신은 전방부대의 방책선 근무 인수인계시 중요한 품목으로 자리를 잡고 있었음은 틀림없는 사실이다. 전방근무 부대가 근무기간을 끝내고 후속 병력과 교체를 할 때에는 반드시 처녀귀신이 중요 무형물품으로 인수인계되는 것이다. 처녀귀신이 탄약이나 클레이모어, 조명지뢰, 치장장비, 특수 보안경, 컴퍼스, 4.2인치 포탄 등과 같은 서류상에 잡혀 있는 품목은 아니지만 절대 해 질 무렵 이후로는 병사들이 세월교를 통과해서는 안 된다는 금기사항이 다음 근무 병력에게 비공식적으로 전해진다. 그 처녀귀신은 군인을 보면 마구 달려들어 목을 조르기도 하고, 바지가랑이를 잡고 늘어지기도 한다는 것이다. 누군가는 목이 졸려 기절했다거나 바지가랑이가 다 찢어졌다고 전해지는 이야기도 많았다. 그게 사실인지 아닌지는 알 수 없지만.

세월교에 처녀귀신이 나타나면서부터 다리 아래 빨래터에는 이끼가 돋았고, 약초를 캐기 위해 그곳을 지나는 사람들도 잽싼 걸음으로 지나쳐버렸다. 또 이런 이야기도 있다. 어떤 초급장교가 금옥을 품고 한나절을 꿈처럼 보내다가 부대로 돌아가기 위해 세월교를 지나갔다. 날은 이미 저물어 있었다. 그때 처녀귀신이 나타나 그의 바지를 붙들고 늘어지는 바람에 달아나다 엎어지면서 얼굴을 팥처럼 갈아버렸다고 했다. 다시 말하면 처녀귀신이 실재한다는 신빙성을 강조해주는 그런 사건들도 인수인계 품목에 곁다리로 끼어들어 병사들에게 전해졌다.

처녀귀신 이야기를 하자면 어디서부터 실마리를 잡아나가야 할지 막막하다. 또 그리 옛날도 아니어서 허무맹랑한 사설이라고 무시할 수만도 없기 때문에 더욱 그렇다. 전설이거나 신화라면 그런대로 정확성이나 신빙성의 문제는 일단 접고 말할 수도 있지만, 아직도 어둠이 내리고 물 흐르는 소리가 검은 대기 속을 솟아오르는 밤이면 나타나는 처녀귀신 사연을 풀어내기는 쉽지 않다. 그렇지만 어쩌랴. 누구든지 세월교 다리에 잠시 서 있어 본다면 등줄기가 오싹해지기까지 하는 한 많은 처녀귀신의 서러움이 밀려오는 듯한 기분을 느낄 수 있을 것이다.

한국전쟁이 끝나고 더구나 미군들이 놓아주었다는 시멘트 다리인 세월교에서 처녀귀신이 나타난다고 하면 누구든 믿기 어렵다. 보고도 믿지 못하는 게 세상사인데, 하물며 듣는 것만으로 믿기는 더욱 불가능할 것이다. 그냥 떠도는 이야기로 단정해버릴 수도 있다. 허나, 인생도 하나의 이야기가 아닌가? 굴곡 많고 간절했던 삶마저 마침내는 하나씩 이야기로 남을 뿐이다. 이렇게 말하는 뜻은 딴 게 아니다. 왜 이야기는 지금 살아가고 있는 삶이 될 수 없는가 하는 항변일 뿐이다.

처녀귀신 이야기를 하자면 포 영감과 금출을 먼저 말하는 게 순서다. 두 사람은 처녀귀신과 직접적인 관계가 있다. 다른 등장인물도 있기는 하지만.

『신동국여지승람』에 보면, 옛날 이 마을은 춘천부에 속했다가 세종 6년에 내속來屬하여 양구현에 속하게 됐다고 나와 있다. 서쪽에 가칠봉加七峰, 도솔산, 남으로 대암산大巖山이 자리잡고, 동쪽에 산허리가 끊긴 물골이 있다. 고려시대에는 속칭 두꺼비마을로 불렸는데, 뱀이 워낙 들끓어 그곳을 지나던 한 고승의 말에 따라 마을 이름이 뱀과 상극인 돼지 해 자를 써서 해안亥岸으로 바꾸었다고 한다. 이 이름은 아직까지 그대로 쓰이고 있다. 해안은 한국전쟁 전에는 북한 치하에 있다가 전쟁이 끝난 뒤인 1954년 11월 강원도 인제군의 한 면으로 편입되었고, 1956년 4월, 150가구 965명이 그 황폐한 마을에 처음으로 입주했다. 그 뒤 1972년 4월 2차로 100가구 426명이 재입주했으며, 이듬해 1973년 7월, 행정구획이 인제군에서 양구楊口군으로 바뀌었다.

마을은 그릇 모양 둥근 분지를 이루고 있다. 물에는 철분이 많이 녹아 있고 검은 모래가 많다. 마을의 바깥쪽 경사면은 화산분지와는 전혀 다른 울퉁불퉁한 형태의 험한 언덕으로 이루어졌다. 이 마을이 1천만 년 전쯤 동쪽으로 약간 기울어진 하늘로부터 2억5천만 톤 가량의 거대한 운석이 음속의 2백 배에 달하는 초속 66.5킬로미터로 떨어져 직경 8킬로미터, 깊이 810미터의 운석 구덩이로 형성되었던 것이 지금에 이른다고 주장하는 천체과학자도 있다. 세계에서 가장 큰 운석 구덩이인 미국 애리조나 운석 구덩이보다 무려 일곱 배나 크다는 것이다. 보통 운석은 초속 5.7에서 15킬로미터 정도의 속도로 빠르게 떨어지기 때문에 운석 대부분은 대기 마찰로 없어지게 마련인데, 이 마을의 경우를 보면 엄청난 크기의 별이 떨어졌음을 알 수 있다고 그 과학자는 주장한다. 어쨌든 별이 만든 구덩이든 아니든, 그것은 그다지 문제가 아니다. 왜냐하면 오래 전에 별이 떨어져 이루어진 마을이라 할지라도 한국전쟁 당시 수없이 퍼부어대던 쌍방 간 포탄의 양에 비긴다면 별이 지상에 부딪칠 때의 충격은 아무런 일도 아닐 수 있으니까.

해안의 논밭은 얼마나 기름진지, 그곳에서 나는 소출은 다른 땅의 두 배를 넘을 뿐 아니라, 농사일도 그렇게 힘들지 않다는 과장된 이야기가 나오지만, 그 말이 그렇게 틀리지 않다는 역사적 사실이 있다. 그 땅에서 국군과 미군, 중국군, 인민군을 포함해서 수많은 군인들이 죽었고, 그것이 땅의 밑거름이 되었던 것이라고 해도 그리 지나친 말은 아니다.

이야기가 곁가지를 친 것 같지만 그렇다고 처녀귀신 이야기를 하면서 그 마을의 독특한 이력을 말하지 않을 수는 없지 않은가. 사연 없는 귀신이 없으니까. 먼저 포 영감에 대해서 분분하게 떠도는 내력을 밝히다 보면 금출의 행방도, 처녀귀신의 사연도 하나씩 드러날 것이다.

포 영감은 성이 장張 씨다. 그런데 그가 포 영감으로 불리는 까닭은 그가 인민군으로 징집되었을 때 포병이었다는 사실이 그대로 별명처럼 붙여진 때문이다. 술이 거나하게 취하면 포 영감은 자주 인민군 시절을 회상했다.

"내가 가는귀가 먹었슴. 얼마나 빵빵거리는지 불알이 떨어지는 것 같았슴메. 또 그놈의 이는 어드렇게나 많았는지. 전투가 없는 날 옷을 벗고 잡으면 한 바께스가 되었슴. 그래, 거짓부레가 아니지. 이만큼, 허연 이팝 같은 이를 한 바께스 잡았어."

반토막 남은 오른손 엄지손가락을 꼬물거리며 포 영감은 자주 너스레를 떨었다. 첫아이 금출이 여간 똑똑한 게 아니어서 아들 자랑에 신바람이 나 있던 무렵, 그는 인민군으로 입대하게 되었다. 금출이 일곱 살 나던 해에 전쟁이 터졌다. 해안이 그에게는 고향이나 다름없었다. 포 영감은 백두산 기슭 두만강가, 감자가 많이 난다는 대홍단大紅湍 마을에서 태어나 살다가 열 살 때 아버지를 따라 해안으로 옮겨 살았다고 전한다. 포 영감이 어릴 때 본 고향 대홍단의 기억은 끝없이 늘어선 이깔나무, 가문비나무, 사스레나무, 피나무와 흰 감자꽃, 사정없는 눈보라밖에 없다고 했다. 그래도 짧은 봄이 오면 온통 진달래와 산철쭉이 피어 하늘처럼 높고 넓은 벌판을 붉게 물들이고 여울물마저 핏빛으로 흘러갔다. 사슴과 이리, 범, 노루가 흔하고 백두산 호랑이가 백 리 밖에서 우는 소리에 산꿩과 들꿩, 메닭이 제풀에 놀라 날아가는 날개짓 소리만이 정적을 무너뜨리는 대홍단에서 포 영감의 아버지는 사냥도 하고 화전도 하고, 봇나무를 주로 잘라 두만강가로 나르는 산판일도 했다.

"감자 하나가 말이디, 금출이 대갈통보다 더 크디. 삶아도 먹고 구워도 먹고 튀겨도 먹고 해도 배때지가 고팠슴! 내 아방이는 날마다 들쭉술, 감자술을 마셔대어서 코가 딸기코가 되어부렀당이. 내래 호개(호랑이)도 봤슴. 오밤중에 대접보다 더 큰 등잔 같은 두 눈이 번쩍번쩍함둥."

연평균 기온은 섭씨 2도가 채 되지 않는 곳, 여름에도 써늘하고 겨울에는 너무 추워서 남쪽으로 조금씩 옮겨간 포 영감의 집안이 마침내 자리잡은 곳이 해안이었다. 그의 아버지도, 할아버지도 해안에서 묻혔다. 그도 그곳을 떠날 줄을 몰랐다. 첫아이 금출이 다섯 살 때 천자문을 줄줄 외워서 신동 소리를 들을 정도였으니 그가 금출에게 거는 기대는 굉장했다.

포 영감은 낙동강전투에서 인민군 포로가 되어 거제도수용소에 갇혀 있다가 반공포로로 석방되었다. 그는 집과 논밭이 있는 곳으로 가고 싶었다. 그가 선택한 것은 자유가 아니라 기억이 서려 있고 발뙈기가 있는 집이었다. 그 집은 전쟁 전과는 달리 휴전선 이남에 있었다. 그러나 그가 바로 집으로 돌아올 수 있었던 것은 아니다. 완전히 파괴가 된 마을에는 사람이 살 수 없었다. 또 전쟁 전에 북한 치하에 있었으므로 일종의 적색부락이 되어버려 출입이 금지되어 있었다. 그가 해안으로 다시 돌아간 때는 1956년 4월, 재건촌이라는 이름으로 재입주가 시작될 때였다. 그때까지 그는 원통과 양구 일대에서 고물장수를 하며 강원도 일대를 떠돌았다.

그가 그 부근에서 고물장수를 한 까닭은 그의 아내와 아들 금출이 살아 있다면 행여 만날지도 모른다는 염원이 있었기 때문이다. 1년 가까이 그는 원통, 양구, 현리, 멀리는 속초, 거진까지 떠돌았다. 더러 마을 사람을 만났으나 아무도 가족의 생사를 아는 이가 없었다. 그가 만나는 고향 사람들 또한 자신들의 가족 안부를 수소문하고 다녔다. 그러다가 그는 인제 장터에서 거지가 되어 있는 아들을 우연히 만났다. 금출은 이미 백치가 되어 있었고, 귀마저 반쯤 먹었다. 아버지를 보고 웃기만 했다.

"에미는 어디 갔슴?"

"죽었어. 폭탄 맞고, 나도 같이 맞았어. 에미가 나를 안아주었어."

포 영감은 아들을 안았다. 이런 베락을 맞을 놈들! 포 영감은 멍청하게 품에 안겨 있는 아들을 내려다보며 힘없이 외쳤다. 그 무렵 그는 전쟁통에 해안에서 북쪽으로 30여 리 떨어진, 금강산 가는 길목에 있는 무산 산간마을에서 떠내려 왔다는 여자를 원통시장에서 만나 살림을 차렸다. 무산댁은 딸을 하나 낳았다. 그 딸이 바로 금옥金玉이었다 포 영감은 해안으로 돌아와 술집을 차려 새로 얻은 여자에게 맡기고 산등성이를 돌아다니며 약초를 캐고 산짐승을 잡고 고철을 주워 팔았다.

해안 사람들에게는 별도로 출입증이 주어졌다. 당시 이야기로는 휴전선 이북으로 제사를 지내러 가기도 할 정도로 북쪽과 연고가 있는 사람이 많았고, 목책으로 만든 휴전선이 허술했기 때문에 남파간첩들이 침투 경로로 이용하기도 했다고 한다. 그런 이유로 해안은 적색부락이었고 군인, 경찰, 행정요원 등 특별한 용무가 있는 이외에 어떤 '외지인'도 그 마을을 마음대로 출입할 수 없었다. 물론 해안 사람들도 출입증을 분실하게 되면 재발급을 받을 때까지 여간 불편한 게 아니었다. 출입증은 2년마다 한번씩 새로 발급했다.

적색부락 출신이니 남자들은 그 마을을 떠나 살기도 힘들었고 떠나 살 생각도 별로 없었다. 여자들도 그와 다를 바가 없었다. 휴전선 북쪽 끝까지 흘러들어온 사람이 다른 데 갈 곳이라고는 아무 데도 없었으니까.

금출과 금옥은 성큼성큼 자랐다. 금출은 제정신이 돌아오지 않았다. 금옥은 원통에 있는 여고를 다녔다. 포 영감은 군인들을 상대로 장사하면서 악착같이 돈을 모았다. 그는 어떻게 하면 금출을 장가들일지가 가장 큰 고민이었다. 무슨 수를 써서든지 빨리 아들을 장가보내고 싶었다. 대를 이을 후손을 얻고 싶었던 것이다.

포 영감이 털가죽을 거래하던 단골은 서울 종로에 있는 도부꾼인 화교 명明 씨였다. 포 영감은 그곳에서 약초와 털가죽을 넘겨주고는 돈을 받아 서울역 근처를 맴돌며 무작정 상경하는 처녀를 훔쳐보다가 빈손으로 마을로 돌아오곤 했다. 포 영감은 몇몇 처녀를 서울에서 원통까지 데려오는 데는 성공했지만, 갈수록 골짜기로 파고드는 길이 처녀들에게 두려움을 주었는지 원통읍 식당이나 시외버스 정류장에서 공들여 데려온 처녀들은 달아나버리곤 했다. 거듭되는 실패 끝에 드디어 포 영감은 서울역에서 한 처녀를 마을로 데려오는 데 성공했다.

그 처녀 이름은 계순桂順이었다.

계순의 집은 충청도 보은에서 한 백 리 길을 두메산골로 접어드는 곳이었는데, 부모가 병들어 굶기를 밥 먹듯이 했다고 한다. 계순은 그 무렵 일기 시작하는 무작정 상경바람을 타고 서울역에 떨어진 처녀였다. 포 영감은 계순에게 자기 집에서 일을 하면 고향으로 돈도 많이 부쳐주고, 시집도 보내주겠다고 했다. 포 영감은 자신의 집이 속초에 있다고 거짓말을 했고, 어리숙한 계순이 그 말을 곧이듣고 따라나섰던 것이다. 포 영감은 원통까지 차표를 끊었다.

두 사람이 원통에서 내려 속초로 들어갈 차를 기다리는 동안, 포 영감은 계순에게 사이다에 수면제를 몰래 태워 먹여 잠을 재운 뒤 해안으로 데리고 들어왔다. 원통에서 해안으로 들어가기 위해서는 두 개의 검문소를 거쳐야 했는데, 이 검문은 철저했다. 일일이 출입증을 조사했고, 가지고 있는 짐보따리까지 모두 파헤쳐 살펴보고서야 통과시켜주었다. 그런 검문 속에서 어떻게 해서 출입증도 없는 계순을 데리고 들어올 수 있었는지 알 수가 없다. 추측하기로는 포 영감이 검문소에 뇌물을 먹였으리라는 짐작은 할 수 있지만. 1960년대 말만 하더라도 해안을 통해서 월북하는 사람들도 더러 있었으므로 검문은 양파껍질을 벗기듯 빈틈이 없었다. 계순이 출입증도 없이 마을로 들어오는 검문소를 통과하기는 불가능한 일이었지만, 일단 해안으로 들어온 이상 그곳을 빠져나가는 일은 더욱 불가능했다. 포 영감은 그 점을 노렸던 것 같았고, 사실 그렇게 되었다.

포 영감은 계순을 데려온 뒤, 그녀의 부모에게 서울의 어떤 부잣집에 고공살이로 들어가 잘 있다는 편지를 쓰게 했고, 그 편지를 받아 서울로 가서는 그 당시로는 제법 많은 돈을 우체국 소액환으로 바꾸어 편지와 함께 충청도 산골에 부쳐주었다고 한다.

계순이 해안으로 들어와보니 사방이 다 막막하였다. 둘러서 있는 것이라곤 산뿐이었다. 밤이 오면 사람들은 집에서 한 발짝도 나가지 않았다. 며칠을 집안에서 서성대던 계순은 포 영감 몰래 서화로 빠져나가는 검문소 길을 달려 올라갔다. 매일 아침 10시에 출발하는 원통행 버스를 타면 포 영감에게 들킬 것 같아서였다. 그녀는 가쁜 숨을 몰아쉬며 검문소로 다가갔다.

검문소 병사가 출입증을 보여달라고 했다.

"나 그런 거 없어유. 영감님 따라왔는데 막막하고 겁이 나서 못 살겠어유. 돌려보내줘유."

"안 돼요! 아가씨. 이곳을 나가려면 출입증이 있어야 합니다."

"들어올 때도 그냥 들어왔는디, 왜 나가지 못하게 해유?"

"어떻게 들어왔는지, 우린 몰라요. 근무자가 바뀌니까. 하지만 우리는 통과시킬 수가 없습니다."

그렇게 실랑이를 벌이고 있을 때 자전거를 개조한 오토바이를 타고 포 영감이 뒤따라 달려왔다. 계순이 포 영감을 보자, 병사의 바지가랑이를 붙들고 늘어지며 돌려보내달라고 사정했다.

"이봐라, 악아. 여기도 사람 사는 곳인디 무어 무서울 것이 있슴? 다 정 붙이면 살 수 있디 않갔니?"

계순이 막무가내였다. 발버둥질을 쳤다.

"영감님이 날 속였구만유. 제발, 영감님. 날 보내줘유."

그때, 언덕굽이를 돌아 금출이 헐레벌떡 뛰어올라와 계순의 머리채를 잡아끌고 내려갔다. 포 영감은 그들 뒤를 따라 탈탈거리는 자전거 오토바이를 타고 천천히 내려가며 중얼거렸다.

"좋은 세상이 오면 이곳도 살 만하디 않갔니. 내가 속이고 싶어서 속였슴둥? 불쌍한 아들놈, 장가들이고 싶어서 그랬슴…."

포 영감은 금출의 방에 울고 있는 계순의 등을 떠다 밀어넣으며 간곡하게 말했다.

"악아. 그래도 저놈이 한때는 아주 좋았슴. 다섯 살 때 천자문도 생생

외웠디. 눈에 선함둥. 암 선해. 좋은 세월이 오면 본정신이 틀림없이 올 것이니 그저 죽은 목숨 살리듯 봐주소. 아이고 불쌍한 것….”

계순이 불쌍한지, 금출이 불쌍한지, 둘 다 불쌍한지, 콧물을 팽 풀어 마당에 던지며 포 영감은 금출과 계순을 방안에 함께 넣어두고 밖에서 문을 걸어 잠갔다. 방안에서 밤 늦도록 금출이 웃음소리가 났다. 그들이 부부의 정을 나누었는지 어땠는지는 알 수 없으나, 두 사람이 한방을 쓰게 되면서부터 계순은 세월교 다리 아래로 빨랫감을 들고 나가기도 하고 우물로 물을 길러 가기도 했다. 금출은 계순이 꽁무니를 졸졸 따라다녔다.

포 영감은 계순의 마음이 잡히는 대로 두 사람의 혼례식을 올리기로 작정을 하였다. 그러나 그 며칠 뒤, 계순은 다시 달아났다. 해안에서 밖으로 나갈 수 있는 길은 두 곳뿐이었다. 하나는 평촌으로 해서 서화, 원통으로 빠지는 길이고, 다른 하나는 대암산 돌산령을 넘어 양구로 빠지는 길이다. 두 길 다 검문소를 거쳐야 했다. 출입증이 없는 계순이 그곳을 통과하기란 있을 수 없는 일이었다.

이번에 계순은 양구로 빠지는 대암산 검문소 쪽으로 달아났지만 검문소에도 이르지 못하고 금출이 손에 이끌려 되돌아왔다. 계순이 달아났다 잡혀오는 날이면 금출에게 곤죽이 되도록 두들겨 맞았다. 포 영감이 사이에 들어 금출을 뜯어말려도 그는 입에 거품까지 품고 눈에는 시퍼런 불을 켜가며 계순을 두들겨 팼다.

“야, 이놈아. 색시를 그렇게 다루면 누가 붙어 있슴? 그만둬. 이놈아….”

그렇다고 해서 금출이 늘 계순을 개 잡듯 패는 것은 아니었다. 계순이 달아나는 일만 없으면 그는 벌쭉벌쭉 웃어대었다. 마을 아낙들이 눈치를 주며 수군거려도 계순이 들고 있는 빨래방망이를 빼앗아 들고 빨래를 두드려대는가 하면 들꽃을 한 다발 꺾어와 치마폭에 확 펴주기도 하고 더덕을 캐와 먹으라고 자꾸만 코앞으로 들이밀기도 했다.

그러나 백치의 사랑이 계순에게는 징그러움 이상의 것이 아니었던 모양이다. 계순은 틈만 나면 달아났고, 그럴 때마다 어김없이 금출이나 포 영감의 손에 끌려 집으로 돌아왔다.

"영감님유, 제발유. 나 못 살겠으유. 돌려보내줘유."

계순이 금출에게 잡혀와 머리칼이 한 주먹이나 뽑히고 얼굴에 퍼런 멍이 얼룩졌다. 계순은 포 영감에게 통사정을 했지만, 그는 묵묵부답이었다.

그 무렵, 금옥이 가출하는 사건이 일어났다. 금옥에 대한 마을사람들 이야기는 아주 분분했다. 어릴 때부터 끼가 많았으며, 몸매가 조숙했다는 것이다. 밤 늦게 검문소 길을 군인과 같이 걸어내려오는 모습을 자주 보았다고 했다. 금옥이 원통에 있는 여고를 다닐 때도 버스 속의 군인들과 자주 농지거리를 하는 일은 이미 잘 알려져 있었다. 금옥이 가출한 까닭은 한 제대병의 꼬임에 넘어갔기 때문이었다. 그때 금옥의 나이 열일곱이었다. 그녀는 집을 빠져 나오며 아버지의 도장과 은행 저금통장, 어머니의 금 쌍가락지를 훔쳤다. 포 영감은 금옥이 없어진 줄을 알면서도 별로 찾을 생각을 하지 않았다. 다만 그는 가지고 있는 금붙이와 다른 저금통장을 더 깊이 감추어두고 먼 하늘을 볼 뿐이었다.

'잘 살아야 한다. 전들, 여기가 어린 마음에도 사람 사는 곳 같지 않았으니 어련하겠슴.'

딸자식이 있는 마을사람들은 포 영감의 그런 태도를 이해했다. 금옥이 아직 시집갈 나이는 아니지만, 세월은 금방 어린아이를 늙게 만들어 버렸다. 마을사람들은 몹쓸 전쟁을 겪었으므로 언제 무슨 일이 어떻게 자신을 덮칠지 늘 불안해했다. 그들은 자식들이 이 마을에서 대를 이어 살게 하고 싶어하지 않았다.

금옥의 가출은 오래가지 않았다. 그녀는 열흘이 못 지나서 집으로 돌아왔다. 얼굴에는 시퍼런 멍이 들어 있었고, 며칠을 굶었는지 얼굴은 핏기마저 없어 보였다. 포 영감은 아무런 말도 하지 못했다. 소문으로는 금옥이 제대병을 따라 서울로 갔다가 그곳에서 제대병이 금옥이 가져온 저금통장과 쌍 금가락지를 들고 줄행랑을 놓았다고 했다. 제대병은 저금통장을 받아들고 은행에 가서 돈을 찾아올 동안 금옥이 더러 다방에 기다리게 해놓고 사라져버렸다는 것이다.

금옥이 돌아온 며칠 뒤, 포 영감은 사단 사령부로 가서 그 제대병의 주소를 알아낸 모양이었다. 포 영감은 금옥을 데리고 부산에 산다는 제대병 집을 찾아갔으나, 그는 종적이 묘연했다. 그 집 부모 이야기로는 어디를 돌아다니는지 집에 거의 들어오지 않는다고 했다. 포 영감은 이웃 사람들에게 제대병이 어떤 인간인지 행동거지를 소상히 물어보았다. 이웃사람들 말로는 한마디로 개망나니라고 했다. 그들은 "군대 갔다오면 사람이 되는가 싶었는데…" 하며 포 영감과 금옥을 번갈아 훑어보며 혀를 찼다. 꼭 찾아보고 싶거든 화물선 부두로 나가보라고 했다.

부두에서 시멘트 하역 인부들과 어울린다는 소문을 들었다고 했다. 그 길로 포 영감은 화물선 부두로 갔으나 제대병을 찾지 못했다. 사흘을 부산 거리를 헤매다가 그들은 다시 집으로 돌아왔다.

"그 국방군 새끼. 반드시 외나무다리에서 만날팅께니, 포 한 방으로 날려버리겠으야. 가자, 금옥아. 니가 무슨 죄 있니? 다 애비 탓이지. 일 없다. 군바리 조재가 조재디? 가심애피 말라."

그 뒤로도 금옥의 가출은 몇 번 더 있었으나, 길게는 한 달을 넘기지 못하고 돌아왔다. 그녀가 다니는 학교에서도 퇴학을 시키려고 한 모양이었으나, 포 영감이 두 손, 두 발로 싹싹 빌어 겨우 졸업은 하게 되었다. 들리는 말로는 포 영감이 교장의 바지가랑이를 꽉 붙들어 가슴에 안고는 학교가 떠나가도록 대성통곡을 하며 빌었다고 했다. 금옥의 가출 상대는 모두 군인이었다. 제대병도 있었고, 전출 가는 선임하사, 장교도 있었다. 그러나 그 계급이 어떻든 간에 금옥은 그들로부터 버림을 받았다. 어린 나이에 그런 풍파를 겪어서인지, 금옥은 점차 자신의 그런 신세를 팔자라고 여기는지 그렇게 가슴 아파하거나 슬퍼하지 않았다. 대낮에 혼자 소주를 홀짝거리며 술추렴을 하는 일이 잦았고, 고등학교를 졸업하자 아예 어머니를 제치고 주모로 들어앉았다.

금옥의 이런 변신이 예정되어 있는 일이라고 짐작이라도 했던 듯 포 영감은 그렇게 놀라지 않았다. 다만 그는 딸에게 이렇게 말했다.

"니가 어린 나이에 세파를 겪어봤으니 알갔지? 그래도 국방군이 최고인 법이네. 언젠가는 니 배필이 있을 테니 그때까지 기다려야 쓰는 법이네. 함부로 따라다니지 말람메. 그저 아방이 니가 힘센 국방군 만

나서 여기 말고 따뜻한 남쪽 멀리 나가 잘 사는 것 보는 게 소원임둥. 이 술집에 드나드는 국방군 잘 살펴서 내게 귀띔하면 내가 무슨 짓이든 못 하겠슴?"

금옥이 술청에 들어앉자 포 영감의 술집은 군인들 사이에서 아주 인기 있는 장소가 되었다. 금옥이 몸 위로 많은 사내가 기어갔다고는 하지만 아직 나이가 있어서 몸은 싱싱하고, 얼굴이 곱고, 보조개가 오목하고 콧날도 뾰족한 게 사내를 감치게 해주는 맛이 여간 아니라는 것이다. 양 볼에 피는 보조개를 한번 보는 날이면 그만 아랫도리가 자르르 떨린다는 소문까지 났다. 군인들은 낮술을 마시기 위해 몰래 금옥이네 집을 찾아왔다.

금옥의 문을 여는 열쇠는 사랑도 돈도 아니었다. 이곳을 떠나서 자신을 버리지 않고 같이 살기만 한다고 약속하면 금옥은 쉽게 다리를 벌렸다고 전한다. 금옥이 순정파였는지 아닌지는 모르지만 욕정을 제대로 풀어내지 못하는 젊디젊은 군인들이야 그까짓 약속 하나 못하는 법이 세상에 어디 있겠는가. 금옥이 얼마나 많은 군인들에게 그런 약속을 받아내고 새끼손가락을 걸어 맹세를 하였는지, 그 수효를 헤아릴 필요는 없다. 그런 약속을 한 군인들은 모두가 떠나버렸고 금옥은 버림받은 신세를 서러워할 겨를조차 없었다. 또 다른 군인이 씩씩하게 그녀의 가슴 속으로 찾아들어왔고, 그녀는 새로운 약속이 이뤄지기를 또 기다려야 했다. 이따금씩 금옥은 올케언니라고도 할 수 있는 계순과 같이 빨래터로 나오곤 했다.

계순은 금출과 한방을 쓰면서부터는 아예 마을을 벗어나기를 포기했는지 소죽을 끓이기도 하고 집안 청소를 하기도 했다. 포 영감은 그런 계순이 너무나 고맙고 대견한지, 그녀 앞에서는 절절 매었다. 이런 말까지 덧붙였다.

"아직 정식 혼례도 못 올렸지만 때가 되면 사돈집에도 갔다와야지. 정 붙이면 앉은 자리가 고향인 법이네. 니도 가심애피 말라. 기다리다 보면 금출이도 제정신이 돌아오갔디 않니? 살림도 뚝 잘라 니 몫을 줘야지. 떡두꺼비 같은 자식만 하나, 쑥 낳아보게. 그때 새아가 입을 쇤쇠도 츨츨히 하고 자봉침도 넣고 혼례식도 올리고 이 집 살림 전부가 니 것임메."

계순이 어떻게 포 영감에게 대답했는지는 알 수 없다. 또 금출과 같은 방을 쓰면서부터 그녀는 아이를 가졌는지도 모른다. 마을사람들은 빨래터에 나타나는 계순이 자꾸만 치마끈을 조여 매는 게 필시 태기가 있는 징조라고 쑥덕거렸지만, 혹 마을 아낙이 "태기가 있소?"라고 물으면 화들짝 놀라며 그 자리를 피하기만 해서 더 이상 알 수가 없었다. 다만 날이 흐를수록 포 영감과 무산댁의 사진, 그 곁에 붙은 금출과 폭격에 맞아 죽었다고 한 전처가 들어 있는 낡은 사진, 사진병이 찍어준 금출과 계순의 어깨동무 사진에 파리똥이 까맣게 뒤덮여갔을 뿐이다.

포 영감은 매달 계순이 고향으로 돈을 부쳐주었다. 계순은 전처럼 검문소로 달아나지도 않았고, 포 영감에게 돌려보내달라고 사정하지도 않았다. 계순은 들길에 지천으로 널려 있는 익모초를 캐어 말렸다. 포 영감은 수태에 좋다는 익모초를 캐어 말리는 계순을 보고 마음을 놓았다. 그녀는 체념한 듯이 보였다. 금출은 무엇이 즐거운지 늘 웃고 다녔다. 이빨을 드러내고 침을 흘리면서도 간혹 술집에 드나드는 군인이 계순에게 말을 붙일라치면 쌍심지를 돋우며 군인에게 달려들었다.

누구에게나 자기 자신을 방어하는 방식이 있고, 소중한 것이 무엇인지는 아는 법이다. 천자문을 줄줄 외우던 금출이 어떤 충격으로 제 이름자도 쓰지 못할 정도로 백치가 되어버렸다 해도 보통 사람이 느끼는 슬픔이나 기쁨, 두려움은 본능적으로 가지고 있었다. 다만 바깥에 드러나는 모양새가 앞뒤 사정을 완전히 무시했을 뿐이다. 계순을 지키려는 금출의 노력은 필사적이고 눈물겹기까지 했다. 밤이 되면 금출이 계순에게 을러대는 소리가 이웃집 담을 넘을 만큼 크게 들렸고, 간간히 계순의 숨죽인 비명소리가 방에서 새어나왔다.

금옥은 계순에게 다정하게 대했다. 군인들이 가져다주는 군수품 중에는 여자들이 필요한 물건은 별로 없었지만 계순에게 영양제도 주고 글리세린 같은 동상치료제도 나눠주었다. 그녀는 계순이 불쌍하다고 생각했다. 그녀가 자기 식으로 계순을 도울 수 있는 방법은 그것뿐이었다. 그녀의 힘으로는 계순을 마을에서 벗어나게 해줄 수 없었고, 설사 그런 제안을 한다 하더라도 계순이 믿지도 않았을 것이다. 계순은 금옥을 또 한 사람의 감시자로 여겼다.

군대가 비상이 걸려 찾아오는 손님이 없으면 금옥은 계순과 같이 빨래를 하러 나갔다. 어느 날, 빨래터에서 계순은 금옥에게 말라리아 치료제인 금계랍을 구해달라고 넌지시 부탁했다. 휴전선 인근에서는 말라리아가 자주 발생해서 금계랍은 필수적인 군용의약품이었다. 말라리아는 민간에서는 학질이라고 했는데, 열이 얼마나 심하게 나는지 이

틀에 한번씩 고열이 나서 몸을 덜덜 떨다가 죽어가는 무서운 열병이었다. 금계랍은 조선 개항 이후 학질치료제로 엄청난 인기를 끌었고 해열제, 진통제, 신경통, 감기 등 거의 모든 병에 만병통치약으로 민간에 알려졌다. 독일인이 수입해 제물포에 상점을 열어 파는 금계랍과 일제 금계랍이 서민들에게는 비상약품이었고, 이들에게서 물건을 받아 마을마다 다니며 금계랍 장사를 하는 방물장수도 많았다. 약초 키니네를 한자 음을 따서 금계랍金鷄蠟이라고 불렀다.

계순은 금옥이라면 드나드는 군인에게 부탁해서 충분히 구할 수 있지 않느냐고 했다. 금옥은 계순의 부탁을 듣고 오랫동안 계순의 얼굴을 바라보았다. 계순의 눈빛은 까맣게 자지러질 듯이 보였다.

"알았어요, 언니."

계순의 눈가로 깨알 같은 기미가 몰려 있었다.

금옥이 계순에게 금계랍을 얼마나 많이 구해주었는지는 모른다. 그게 독일제 군용의약품인 키니네인지, 아니면 미제 의약품 프리마퀸이었는지는 모르지만. 금계랍은 열이 나는 모든 병에 직효였지만 민간에는 유산을 하는데도 특효라고 소문이 나 있었다. 아기들이 젖을 떼는데도 엄마 젖꼭지에 쓰디쓴 금계랍 가루를 발랐다. 계순은 익모초를 짙게 달인 물과 금계랍을 먹고는 부뚜막에서 수없이 뛰어내리다가 까무라쳐버렸다. 익모초도 금계랍도 쓰기는 마찬가지였다. 계순은 익모초가 수태하는 데는 도움이 되지만 자궁수축을 하는 작용이 있어서 산모가 지나치게 닳여 먹으면 유산도 할 수 있다는 것을 알았는지도 알 수 없다. 익모초 짙게 달인 물과 금계랍은 계순의 목숨까지 위협했다. 포 영감은 아궁이 천장에 붙은 숯검댕이를 소금물에 섞어 늘어진 계순의 입을 벌리고 부어넣었다. 계순의 아랫도리에서 검붉은 피뭉텅이가 빠져 나왔다. 포 영감은 계순의 어깨를 마구 흔들며 다급하게 소리질렀다.

"악아, 제발. 정신차리랑이. 여기가 그렇게 살기 싫네? 다 내 잘못이네. 제발 목숨만 붙어 있으면 고향으로 보내줄 것임메. 버린 목숨 하나 구하려다 산목숨까지 다 버리겠네. 아이구 어쩌잔 말이? 악아……."

금계랍을 금옥이 구해주었다는 것을 알았는지 어땠는지, 갑자기 금출이 금옥의 머리채를 휘감아 마당에 내동댕이치고는 배 위에 걸터앉아 개 패듯이 두들겼다. 금옥의 싸구려 나일론 붉은 치마와 검은 블라우스가 뜯어져나갔다. 무산댁이 금출의 어깨죽지를 물고 늘어지며 악을 바락바락 질러대었다.

"저 미친놈이 내 딸 잡네. 지 꼴 모르고 누구를 탓해, 이놈아! 이놈아!"

계순을 안아 마루 끝에 비스듬히 앉혀 아궁이 숯검정을 태운 소금물을 먹이던 포 영감이 맨발로 마당으로 달려나오더니 지게 작대기를 잡고 무산댁과 금출이 등을 사정없이 후려쳤다.

"사람 목숨이 경각에 매였는데, 이게 무슨 짓임둥? 에잇 옘병할 것들! 그만두지 못함메?"

무산댁이 뒤통수에 작대기를 맞고 뒤로 나동그라지며 입에 거품을 뿜었다. 금출은 포 영감에게 멱살을 잡힌 채 골방에 갇혔다. 금옥은 마당에 누워 시퍼런 하늘을 오래도록 올려보았다. 어두운 눈물이 쉼 없이 굴러나왔다.

"금옥아, 뜨거운 물 갖고 오라! 한시가 급하당이."

포 영감이 금옥에게 소릴 질렀다.

"하혈이 심함메. 옷을 벗기고 몸을 닦아줘야 함둥. 내, 어피덩 약 사러 나갔다올 것이니."

포 영감이 집 밖으로 뛰어나갔다. 금옥은 계순의 옷을 하나씩 벗겼다. 계순의 몸에는 누구에게 물렸는지, 이빨자국이 새겨져 있었다. 등에도, 배에도, 허벅다리에도 이빨자국이 뱀처럼 푸르죽죽하게 휘감겨져 있었다.

이게 무슨 일인가….

금출 오빠가 그랬단 말인가? 금옥은 계순의 옷을 벗기고 계속 피뭉텅이가 흘러나오는 아랫도리를 군용 솜으로 깨끗이 닦아내었다. 피는 멈출 줄 몰랐다. 금옥은 계순의 아랫도리 안으로 알코올을 적신 군용솜을 밀어넣고 붕대를 몇 겹이나 다리와 허리 양쪽으로 동여매었다. 심장에 손을 대자, 계순의 가슴은 가늘게 뛰고 있었다. 금옥은 계순이 유산을 하기 위해 금계랍을 구해달라고 했던 것을 알고 있었다. 그녀는 계순을 돕고 싶었다. 불쌍했다. 만약 자식이 태어난다면 그 자식은 더 불행해질 것 같았다. 포 영감이 자전거오토바이를 타고 서화리로 나가 약을 구해 득달같이 돌아왔다.

그는 보자기를 끌러 물약을 꺼내어 계순의 입 속으로 흘려넣고 약초를 달여 먹였다. 골방에서 금출이 울부짖는 소리가 쉬지 않고 들려왔다. 목숨이 모질어서 그런지, 익모초와 금계랍의 양이 작았던지 다행히 하혈이 멈추었고, 계순은 다시 일어날 수 있게 되었다. 그 일이 있고 난 뒤 포 영감이 계순을 돌려보낼 생각을 했는지는 알 수 없다. 금출이 자주 발작을 일으켜, 아예 손발을 묶어 골방에 가두어두는 일이 많았고, 그 때문이어서인지 포 영감은 미처 계순에게 신경쓸 틈이 없었다.

계순은 다시 자리에서 일어나자 빨래터로 나갔다. 그녀는 마을 아낙들이 없는 이른 새벽이나 늦은 저녁을 틈타 빨랫감을 들고 세월교 아래에 쪼그려 앉아 있었다. 빨랫감을 물에 적셔 대야에 담아놓고는 하염없이 먼 산을 바라보았다. 저녁 무렵 빨래하러 나간 계순이 들어오지 않으면 금옥은 그녀를 데리러 세월교로 나갔다. 계순은 물살에 손을 넣어 헤적이며 가만히 웃기도 하고 무슨 말인가를 중얼거리기도 했다.

"그만 들어가요, 언니…."

금옥이 계순의 그런 뒷모습을 한참 보다가 나직이 소리내면 계순은 진작부터 금옥이 와 있는 줄 알고 있었다는 듯이 고개를 끄덕이면서도 그 자리에서 움직이지 않았다. 금옥이 다가가 계순의 팔을 잡아 일으키면 그녀의 몸은 나뭇잎처럼 가볍게 떠올랐다.

포 영감은 갑작스레 발작이 심해지는 금출에게 자주 수면제를 먹여 재웠다. 약 기운 때문인지, 놋요강을 벽에 집어던지곤 하던 금출이 골방에 갇혀 있다가 똥을 누러 변소를 가기 위해 밖으로 나올 때면 햇빛 아래 비칠거렸다. 포 영감이 금출을 부축해서 변소 가는 모양을 계순은 멀기니 지켜보았다. 어쩌다 계순과 금출의 눈빛이 마주치면 그녀의 입가로 희미하고 허망한 웃음이 잔잔히 흘렀다.

계순이 그 마을에서 사라진 때는 금계랍 소동이 있고 난 뒤 두 달쯤 지나서였다. 눈이 희끗희끗하게 뿌려대던 초겨울이었다. 세월교 아래를 흐르는 물에 살얼음이 잡히고, 대암산에는 눈이 뿌려 희고 꺼먼 얼룩들이 새겨졌다.

세월교 아래로 빨랫감을 들고나간 계순이 캄캄해져도 오지 않았다. 금옥이 그녀를 데리러갔을 때, 빨래터에는 아무도 없었다. 대야에는 금출이 빨래가 물에 젖은 채 담겨 있었고, 살얼음이 맺힌 물가로 국방색 군용 양말 한 짝이 맴돌고 있었다. 곧 포 영감이 달려나왔으나 그녀의 종적을 찾지 못했다. 초겨울 날씨라고 했지만 산에는 빨리 내린 눈들이 얼어붙어 있었다. 계순이 검문소를 통해 빠져나갈 수는 없었을 것이다. 여자의 몸으로 산세가 험한 대암산 줄기를 탈 수도 없었다. 포 영감이 얼마나 바쁘게 온 산을 돌아다녔는지 그 마을사람들은 잘 안다.

마을에서는 계순이 검문소 위병과 눈이 맞아 도망갔다는 말도 떠돌았다. 그런가 하면 누구는 이른 새벽, 여자 시체를 지고 대암산 중턱을 오르는 포 영감을 보았다는 말도 나왔다. 계순이 산으로 달아나다가 길을 잃어 얼어죽었다는 것이다. 그녀를 찾아 산으로 돌아다니던 포 영감이 그녀의 시체를 발견해서 양지 바른 쪽에 묻어주었다고 했다. 어떤 사람은 두 눈으로 똑똑히 보았다며, 약초를 캔 뒤 집으로 돌아오는 길에 세월교를 지나다가 여자의 울음소리가 들리기에 다리 아래를 보니 머리를 산발한 계순이 포 영감을 부여잡고 하염없이 울더라고 했다. 포 영감은 놀라지도 않고 오히려 보는 사람이 없는지, 사방을 두리번거리더라는 말도 했다. 세월교 다리 아래로 내려가볼까 했으나, 무섭기도 하고 괜히 남의 일에 끼어들어 눈총받을 일이 무어 있는가 싶어 그냥 왔다고 했다. 그 사람은 덧붙이기를 아마 계순은 세월교 다리 난간에 목을 매달았을 것이라고 침을 튀기며 주장했다. 자기가 본 계순은 죽어서 나타난 귀신이라는 것이다.

그녀에 대한 소문은 어느 하나 확실한 것이 없었다. 소문이 그렇듯이 말은 꼬리를 물고 마을 전체로 퍼져나갔다. 어떤 사람은 계순이 고향으로 돌아가서 시집을 갔을 거라는 추측도 했고, 또 누구는 계순이 자기 부모와 경찰을 데리고 멀쩡한 처녀의 몸을 망친 대가로 책임을 묻고 손해배상을 받기 위해 포 영감을 찾아올 거라는 말도 했다. 여러 가지 추측이 있었지만 계순이 없어졌다는 것만이 분명한 사실이었다.

계순이 없어지고 난 뒤 가장 큰 변화는 금출한테서 일어났다. 포 영감은 계순이 없어지자, 더 이상 그를 골방에다 가두지 않았다. 약을 오래 먹어서인지 금출의 몸은 날로 쇠약해졌고, 발작을 하더라도 금방 포 영감의 힘에 눌려버렸다. 금출은 계순이 마을을 들어올 때 가지고 들어왔던 흰 비닐 가방을 가슴에 꼭 품어 안고 다녔다. 비닐 가방은 찢어져 있었다. 그녀가 입었던 치마와 머리빗을 마루에 꺼내놓고 하루 종일 냄새를 맡는 날도 있었다. 이따금씩 눈에 헛것이 보이는 모양이었다. 금옥이 계순으로 보이는지, 금옥이 앞에 무릎을 꿇고 절을 하며 자꾸 울었다. 겨울이 깊어지자, 그는 빨랫감을 들고 세월교로 나갔다. 이미 물은 깊게 얼어 있었다. 그는 얼음을 깨고 그 속에 계순이 입었던 옷을 밀어넣어 적셨다가 꺼내어서는 방망이질을 했다. 물에 젖은 옷은 금방 꽁꽁 얼었다. 금출은 뻣뻣하게 굳은 그녀의 옷을 가슴에 품고 집으로 돌아왔다.

그 해 눈이 얼마나 많이 내렸는지는 알 수 없다.

금출은 겨우내 아침에 일어나면 첫차를 타고 검문소로 갔다. 검문소 병사들은 그가 금옥이 오빠이며, 반 귀머거리에다 백치임을 모르는 이가 없었다. 금출이 병사들의 손에 끌려 버스에서 내려지면 그는 병사의 군화를 움켜잡으며 애원했다.

"제발, 아저씨. 날 돌려보내줘유. 집에 가야 한당께유. 돈 많이 벌어 갖고 집에 가서 동생들 학비 대고 잘 살아야 해유. 군인 아저씨… 한번만유. 날 보내줘유. 평생 은혜를 잊지 않을게유. 정말 나는 이곳에서 못 살겠어유. 난 아무 죄가 없어유."

금출은 눈물을 뚝뚝 흘리며 병사의 바지가랑이를 잡고 늘어졌다. 얼굴은 온통 눈물범벅이 되어 있었다. 그는 서화 쪽으로 나가는 검문소와 양구로 빠지는 돌산령검문소를 번갈아가며 날마다 찾아갔다. 버스 운전기사가 태워주지 않으면 혼자서 그 가파른 언덕길을 달려 올라갔다. 뒤따라온 포 영감은 병사들에게 깊숙이 머리를 조아리고는 금출을 집으로 데려왔다. 한번은 금출이 가칠봉 산길을 올라갔다가 매복훈련을 나왔던 병사들에게 간첩으로 오인되어 사살 당할 뻔한 일도 있었다. 다행히 그들 가운데 금옥이네 집을 출입했던 하사관이 있었다. 그는 밧줄에 묶여 포 영감에게 인계되었다.

금출의 반복되는 가출 행동은 겨우내 진정될 줄 몰랐다. 마을사람들은 금출에게 계순의 혼령이 덮어 씌었다고 했다. 포 영감은 겨울이 끝날 무렵, 아들을 데리고 검문소를 넘어갔다. 그리고 며칠이 지나서 혼자 들어왔다. 그 며칠 사이에 포 영감이 아들을 어디에 두었는지는 그가 굳게 입을 다물었으므로 누구도 알 수 없었다. 속초를 지나, 거진 해

변가에 있는 정신병원에 입원시켰을 거라는 말이 들리기도 했다. 원통 시외버스 정류장에서 거진으로 가는 완행버스를 아들과 같이 타고 가는 모습을 본 원통 읍내 사람에게서 그런 말이 흘러나왔다.

계순이 마을에서 없어지고, 금출이 포 영감에 이끌려 마을을 떠난 뒤에도 금옥은 변함없었다. 자주 고주망태가 되도록 소주를 들이키기도 했지만, 그것이 술장사에 지장을 줄 정도는 아니었다. 마을사람들도 곧 그들 두 사람 계순과 금출을 잊어버렸다.

그리고 언제부터 세월교에서 처녀귀신이 나온다는 소문이 떠돌았는지는 모른다. 민간인 접근금지 구역인 군사지역 안에 약초를 캐러갔던 마을사람이 어둠이 짙어질 무렵, 세월교를 건너다가 다리 위에 앉아 혼자 울고 있는 계순을 보았다는 것이다. 그는 약초바랑을 버려두고 혼비백산해서 집으로 뛰어왔다고 했다. 또 한번은 금옥이네 집에서 낮술 한 잔에 짧은 사랑을 나누고 귀대하던 순찰장교가 세월교를 지나다가 그의 바지가랑이를 붙들고 늘어지는 계순이 때문에 정신이상자가 되어 의병 제대를 했다는 이야기도 있다.

산 이내가 많이 끼거나 부슬비가 내리는 날이면 세월교 쪽에서 흐느끼는 울음소리가 마을까지 들려왔다. "제발 돌려보내줘유. 지는 아무 죄도 없구만유……. 돌려보내줘유" 하는, 애간장을 타게 하는 목소리가 마을사람들의 귀밑에서 잔물살처럼 낮게 울려댄다는 이야기가 번져나갔다.

점점, 세월교로는 사람들이 다니지 않게 되었다. 마을 아낙들도 그곳을 빨래터로 이용하지 않았고, 어두워지면 지나다니는 사람은 더욱 없었다. 처녀귀신은 이상하게도 마을사람들에게는 달려들지 않았다. 하염없이 울고 있는 모습만 보일 뿐이었다. 처녀귀신은 마을로 소주를 마시러 오거나 군수품을 몰래 가지고 나와 팔러오는 군인들에게 달려들어 바지가랑이를 붙잡고 늘어진다는 것이다. 제발 돌려보내달라고 애원하며 말이다. 그 소문을 믿지 않는 용기 있는 신참 장교가 일부러 세월교에 가서 확인하려다가 얼마나 놀랐는지, 달아나다 엎어져서 앞니가 세 개나 부러졌다는 이야기까지 생겨났다. 세월교 처녀귀신의 인수인계 풍속은 시간이 지나도 조금도 퇴색함이 없이 계속되었다. 전시 작전계획에 해안마을은 전쟁이 다시 터지면 경찰과 공무원을 소개시킨 뒤, 집중 포탄세례를 받는 적색부락으로 분류돼 있었지만.

내가 세월교 이야기를 자세히 알게 된 것은 선임하사를 통해서였다. 그때 선임하사는 금옥에게 열중하고 있었으니까 아마 더 상세한 내막을 알았을 것이다. 나 역시 그 이야기를 모르는 바는 아니었지만 그 전까지만 해도 무덤덤하게 흘려들었을 뿐이었다. 취사장 난로 뚜껑 위에다 노루고기를 구워 먹으며 선임하사의 이야기를 듣는 동안, 우리는 몇 번이나 이야기를 중단해야 했다. 그날 소주병이 몇 개나 바닥에 뒹굴었는지는 모르겠으나, 그와 나는 번갈아 일어나 밖으로 오줌 누러 나갔다 와야 했다. 고기가 떨어지면 눈더미에 파묻어둔 노루 다리를 꺼내어 칼로 잘라 난로 뚜껑 위에 던지고 굵은 소금을 뿌렸다. 밖으로 나갔다 취사장으로 들어서면 머리 위로 눈꽃들이 화관처럼 쌓였다가 물방울이 되어 얼굴로 굴러내렸다.

선임하사와 나는 전반조 근무를 끝낸 뒤부터 〈밤눈〉 테이프를 되풀이해 틀어놓고 노래를 흥얼거려가며 술판을 벌였다.

눈발을 흩치고 옛 얘길 꺼내
아직 얼지 않았거든 들고 오리다
아니면 다시는 오지도 않지
한밤중에 눈이 내리네 소리도 없이
눈 내리는 밤이 이어질수록
한 발짝 두 발짝 멀리도 왔네
한 발짝 두 발짝 멀리도 왔네

그 노래의 울림 때문이었는지 어떻게 해서 세월교 이야기까지 이어졌는지 모든 것이 아득하기만 했다. 이야기와 노래 사이로 밤눈은 쉼없이 내렸다. 세월교 이야기에 이어 우리는 두고온 고향 이야기를 했을까? 아니면 우리와 마주 서 있는 북한 병사들은 지금쯤 무엇을 하고 있는지 궁금해했을까? 소주가 다 떨어지자 우리는 비틀거리며 취사장 문으로 걸어갔다. 조금이라도 눈을 붙여야 했다. 나는 취사장 문을 밀었다. 문이 열리지 않았다.

"어, 문이 열리지 않는데요?"

"이봐, 하 병장, 취했군. 좀 전에는 열렸잖아."

선임하사가 흔들거리며 다가왔다. 선임하사가 손으로 문을 밀었으나 문은 여전히 꿈쩍도 하지 않았다.

"정말 열리지 않네."

우리는 문에 몸을 붙여 힘껏 밀었다. 문돌쩌귀가 삐꺽거리더니 빠져버렸다. 문을 연 게 아니라 문을 빼버린 꼴이 되었다. 돌쩌귀가 빠지고 문이 떨어져나가자 비로소 우리는 문이 열리지 않은 까닭을 알았다. 그 사이에 눈보라가 밀려와 취사장 문 앞을 막아버린 것이다. 선임하사와 나는 눈더미 속을 손으로 파헤치며 걸어들어갔다. 벙커로 가는 길이 어딘지 종잡을 수 없었다. 취기가 심하게 몰려왔고 다시 오줌보가 터질 것 같았다. 우리는 눈 속을 엉금엉금 기기 시작했다. 허리끈을 풀고 오줌을 누어야 한다고 생각했지만 몸이 말을 듣지 않았다. 세월교 이야기에 몰두해서인지 들리지 않던 바람소리가 산을 날려버릴 듯 거칠게 울렸다. 오줌이 슬금슬금 자지 끝을 빠져 나와 국방색 내복을 적셨다. 나는 눈길을 더듬었다. 물컹한 것이 손에 잡혔다. 선임하사의 허벅지였다. 그는 눈밭에 엎드린 채 흐느적거렸다. 나는 그의 어깨를 잡아끌었다.

"선임하사님, 그만 돌아갑시다. 눈에 파묻히면 얼어죽습니다."

"누가 그걸 모르냐? 어디로 돌아가지? 돌려보내줘야 돌아가지."

그는 계순처럼 말했다.

퍼붓는 눈보라와 어둠 속에서 선임하사의 얼굴은 뜨거운 물기로 번들거렸다. 벙커로 돌아가는 길이 얼마나 먼지, 우리는 눈보라 속을 오래 기어다녔다. 발이 푹푹 빠지고 입으로 코로 눈보라가 쳐들어왔다. 산을 휘젓는 바람은 우리의 몸속 곳곳을 파헤치고 있었다.

"난, 금옥이를 사랑한다."

선임하사가 흐느적거렸다. 귀청을 뚫는 바람소리가 고원을 뒤흔들었다. 외등이 비무장지대를 비추고 있었다. 나는 얼핏 그 속에서 손바닥을 비비며 애원하는 계순의 모습을 헛것처럼 보았다. 제발 돌려보내줘유…. 그녀의 애끓는 목소리까지 또렷하게 들었다. 나는 엉금엉금 기다 고개를 확 쳐들어 하늘을 올려다보았다. 굵은 눈송이들이 눈앞을 가렸다.

별은 저 너머 있겠지.

어느 천체 과학자가 주장하듯이 그 마을이 별이 날아와 이룬 것이든 아니든, 나는 환청처럼 그녀의 목소리를 들으며 이제 내게는 의심할 수 없는 세월교 이야기의 주인공이 계순만이 아니라는 것을, 그렇기 때문에 그녀는 오래도록 세월교를 떠나지 못하리라는 것을 깨달았다. 왜냐하면 선임하사와 나도 눈밭을 기며 그녀처럼 외쳐대었으니까.

실명기失明期

"견딜 만한가, 어떤가? 후송을 가야 하겠나?"

"이 눈길에 어디를 갈 수 있겠습니까? 겨울이 끝나면 제대할 텐데요. 그런 대로 견딜 만합니다."

소대장이 물었고 나는 침상에 누운 채 큰소리로 대답했다. 붕대로 눈을 가리고 있어 답답했던 나는 소대장의 목소리에 이빨을 드러내며 웃었다. 눈을 가렸던 붕대를 코밑으로 밀어내고 감았던 눈을 떴다. 햇빛이 사라지면 눈이 편했다. 취사병 얼굴이 흐릿하게 나타났다.

"저녁 가져왔습니다. 좀 어떻습니까?"

"견딜 만해. 그런데 선임하사는 아직도 돌아오지 않았나?"

"아직…. 뭐, 금옥이네 집에 있겠지요."

벙커 시멘트벽이 다가왔다. 입안이 메말라왔다. 누군가 바닥에 M16 소총을 떨어뜨리는 소리가 났다.

"눈이 그치면 소대원을 금옥이네 집으로 보내봐야겠다. 거기 있겠지. 거기에도 없다면 지휘 보고를 하는 수밖에."

소대장 목소리는 담담했다. 만약 그곳에도 선임하사가 없다면 문제는 심각해진다. 소대장은 물론 중대장과 대대장까지 지휘 책임을 져야 한다. 금옥에게 간다고 눈보라 속을 걸어가던 선임하사의 뒷모습이 희미하게 어른거렸다. 나는 취사병에게 물었다.

"바위는?"

"난롯가에 죽은 듯이 웅크리고 있는데요."

나는 눈을 감고 시멘트 벽 쪽으로 돌아누웠다. 목 아래쪽에서 통증이 돋았다. 등을 구부리고 무릎을 오그려 가슴에 대었다. 눈 속으로 별이 한 개, 흰 빛을 뿌리며 솟구쳐 올랐다. 부식차를 얻어타고 위생병과 같이 올라온 군의관은 눈에 넣는 물약 한 통을 주며, 눈을 붕대로 가려놓고 기다리는 수밖에 달리 치료방법이 없다고 했다.

"설맹이야. 자외선 때문에 눈동자에 염증이 생겼어. 시간이 지나면 괜찮아질 거야."

군의관은 안약이라고는 이것밖에 없고 눈길이 험해서 또 올라오기 어렵다고 말했다. 오줌이 마려웠다. 선임하사는 금옥이네 집을 갔다온다고 눈보라 속으로 사라진 뒤 사흘째 소식이 없었다. 소금에 절여진 염적무처럼 그는 금옥이네 집에서 술에다 자신을 절이고 있을 것이다. 나는 벙커 밖으로 나왔다. 얼굴로 눈발이 탁탁 부딪쳤다. 눈은 여전히 내리고 있었다.

나는 눈알을 빙빙 굴렸다. 내가 눈밭을 헤매며 노루를 향해 총질을 하고 있을 때, 그는 금옥이네 집에서 소주타령을 하곤 했다. 방책선 철조망도 어른거렸고, 내리막길로 펼쳐진 비무장지대 모습은 백지 위에 번지는 먹물처럼 다가왔다. 나는 내 자신을 결코 이해할 수 없었다. 어떻게 그렇게 눈 속을 뛰어다니며 노루 사냥에 빠져들었는지. 총소리가 나면 상황보고를 하게 되어 있었지만 남쪽 산비탈에서 나는 총소리는 노루 사냥을 하면서 나는 소리라는 것을 병사들은 다 알고 있어 상황보고를 하지도 않았고 본부 상황실에서도 사격 연습하는 소리거나 누군가 노루 사냥을 나갔을 거라고 짐작하고 있었다.

내가 노루를 잡아오면 선임하사는 난로에 구운 노루 살점을 소금에 찍어 먹으며 말했다.

"하 병장, 사격 솜씨가 일품이군. 잡으면 재수 없다는 노루를 재수 좋게 잡아오니까 말이다."

그는 풀어진 눈빛으로 나를 쳐다보며 "헉" 하고 웃었다. 그의 웃음소리는 허망했다. 그는 아주 멀리 서 있는 것 같았다. 나는 그를 바라보며 다리가 푹 꺾어지는 노루와 대검으로 노루의 목 줄기를 찌르고 터져나오는 피를 볼펜 껍질을 박고 이빨 사이로 빨아넣는 내 모습을 낯선 듯이 떠올리곤 했다. 산비탈이 유리조각처럼 떠올랐고, 노루의 피가 점점이 번지는 산 능선으로 기어올라가는 내 모습도 잘 보였다.

"노루 사냥을 해보면 알 거야. 노루는 반드시 뒤돌아보는 습관이 있다. 아무리 더럽고 추악한 일이라도 그립다는 듯이 말이야. 노루가 뒤돌아볼 때 사격을 해야 해. 밑에서 위로 사격할 때는 조준점을 조금 높게 잡아야지. 허리 위를 겨누면 늑골에 맞을 거다. 명심할 게 있지. 총을 맞고 달아나는 노루를 뒤따라가서는 안 돼. 노루가 다시 뒤돌아볼 때까지 기다려야지. 꼼짝하지 말고. 노루는 누군가 뒤따라오는 것을 보면 피가 모조리 빠질 때까지 달아나거든. 뒤돌아보고 아무도 뒤쫓아오지 않으면 노루는 그 자리에서 주저앉는다. 평화롭게 주저앉지. 훌륭한 사냥꾼은 노루의 마음을 편하게 해주어야 하는 법이야."

선임하사는 노루 사냥의 경험에서 나온 법칙을 내게 전해주었다. 그는 등받이 없는 나무 의자에서 벌떡 일어서서 비틀거리며 취사장 비닐 창문 너머 어둠을 향해 자동소총을 겨누는 흉내를 내며 입으로 총소리를 내고는 피 흘리는 노루처럼 주저앉았다.

나는 벙커 남쪽 계곡을 샅샅이 훑었고, 건너편 대전차 방벽이 있는 산등성이까지 노루 사냥을 나갔다. 사냥을 나갈수록 눈동자 속에서 흰 거미줄 같은 것들이 스치거나 바늘로 찌르는 듯한 아픔이 불쑥불쑥 일어났지만 개의치 않았다. 단 1발로 노루의 머리통을 날려버리고 싶었다. 사냥개로는 쓸모가 없었지만, 데리고 다녔던 바위는 눈길을 잘 따라와주었다. 바위는 자동소총을 겨누는 나와 뒤돌아보는 산비탈의 노루를 올려다보며 목을 흔들었다. 잘랑잘랑 흔드는 방울 소리 때문에 나는 잠시 멈칫거리다가 방아쇠를 당겼다. 나는 전반조 근무가 있는 날이면 오전에 노루 사냥을 나갔다. 선임하사는 부지런히 금옥이네 집을 들락거렸다.

선임하사는 노루의 등뼈를 쪼개어 그 속에서 흰 고무줄 모양의 척수를 이빨로 끄집어내어 삼키며 말했다.

"이게 정력에는 그만이야, 하 병장. 새끼 밴 노루를 한번 잡아와. 아기집은 정말 진품이지. 하기야 겨울에 무슨 새끼를 배겠냐만. 짐승들은 먹을 것이 없으면 사랑도 하지 않아."

나는 남쪽 산 능선을 타고 파괴된 마을 흔적이 남아 있는 수곡리 산비탈까지 돌아다녔다. 벙커에서 멀리 떨어진 곳에서 뻗은 노루는 눈밭에 그대로 버려두었지만, 벙커와 가까운 거리에서 잡은 노루는 병사들이 나가서 노루 다리를 오리나무에 묶어 메고 벙커까지 운반해왔다.

노루를 쫓다 지치면 나는 자동소총 총구를 턱에 괴고 앉아 하늘을 올려다보았다. 하늘은 갑자기 함박눈을 쉴 새 없이 쏟아내곤 했다. 총구의 싸늘한 질감이 뼛속을 툭툭 건드렸다. 나는 눈밭에 벌렁 누워 누가 곁에 있는 듯이 말했다.

"아무도 나를 기다리지 않는다. 나는 아무도 기다리지 않는다."

까마귀들이 머리 위에서 맴돌고 있었다. 그들은 어딘가 눈 속에 굶어 죽은 짐승의 시체를 찾고 있을 것이다. 내 모습이 그들에게 굶어죽은 짐승처럼 보였는지도 모른다. 나는 까마귀를 향해 총질을 해대었다. 그들은 확 흩어졌다가 다시 공중을 빙빙 돌았다. 까마귀 고기 맛도 그런대로 괜찮았다. 병사들은 자동소총 탄알을 분해해서 화약을 삼 분의 일만 넣고 짬밥통 주위로 날아드는 까마귀를 쏴 난로 위에 구워 먹곤 했다. 까마귀 고기를 먹으면 잘 잊어버린다고 했지만 그 말은 맞지 않았다. 잊히는 일은 아무것도 없었다.

나는 선임하사가 전해준 대로 노루를 쏜 뒤 기다려야 한다는 법칙을 지키지 못했다. 눈밭에 뿌려지는 핏자국을 군화로 뭉개며 달아나는 노루를 악착같이 뒤쫓았다. 자꾸 눈앞이 어두워졌다가 밝아지곤 했다. 물레방아로 불을 켜는 산골집 전등처럼. 노루가 산 능선을 올라 뒤돌아보면 나는 가슴이 철렁했다. 노루는 자동소총을 겨누고 있는 나를 보았을까. 그 순간 누군가의 모습이 노루와 겹쳐 써늘하게 떠올랐고, 나는 방아쇠를 당겼다. 그 모습은 처연한 몸매로 뒤돌아서 나를 고요히 내려다보는 첫사랑의 얼굴 같았다. 아니, 어쩌면 그것은 내 모습인지도 몰랐다.

나는 알 수 없었다. 왜 그녀에게 작별 편지를 썼는지.

왜 면회소로 달려나가지 않고 갈대를 밟으며 강가를 헤매었는지. 현숙과의 모든 기억이 홍수가 지나간 자리처럼 황폐해지는지도. 헤어진 첫사랑은 누구에게나 흔한 일이 아닌가. 나는 이제 더 생각하지 않을 것이며 두 번 다시 그리워하지 않겠다고 다짐했다. 채집한 나비처럼 날아드는 흰 봉투 속에 그녀는 스산하게 서 있었다. 기억은 이상했다. 그녀는 늘 바람 속에 서 있었고, 붉은 스커트와 흰 블라우스가 깃발처럼 나부꼈다. 그녀를 어디서 만났는지 무슨 말을 했는지, 그 시간들이 검게 얼룩져서 날리는 눈발 속으로 파묻혀갔다. 그녀는 편지 속, 이별의 문장 속에서도 비스듬히 서서 등을 돌릴 듯 나를 보고 있었다. 금방이라도 바람이 그녀를 아득한 곳으로 사라지게 할 것처럼. 나는 난로 속에 그녀의 편지를 집어넣었다. 확 일어서는 불꽃 속에서 그녀의 낮고 맑은 목소리가 흘러나왔다.

당신이 내게 보낸 편지를 수없이 읽었어요. 당신을 만나기 위해 서화검문소에서 해가 지고 막차가 떠나기 전까지의 그 긴 기다림보다 더 오래 편지를 읽었어요. 이미 부대에서 당신은 나갔다고 했어요. 나도 알아요. 당신은 부대를 나와 가장 먼 거리에 서서, 아니 당신이 서 있는 자리가 나와 아무리 가깝다 하더라도 가장 먼 거리에서 혼자 서성였겠지요. 미래는 알 수 없어요. 미래는 말할 수도 없어요. 누구든지 알 수 없는 미래가 두렵겠지요. 기다림 속에서 나는 기억이 희미해져가요. 기억과 그리움은 다르겠지만. 그래요, 푸르렀던 그리움은 파묻기로 해요. 당신은 어디서나 멀리 있어요. 한번도 곁에서 머문 적이 없어요.

힘든 시간은 아무 문제가 아니어요. 견딜 수 없다는 순간도 이유가 되지 않아요. 우리가 서로 잘 어울리는지 아닌지도 상관없어요. 누구를 위해서도 아니어요. 그래도 말할 수 있다면 아, 가슴을 자지러지게 했던 우리의 첫사랑을 위해서라고 말하고 싶어요. 내게 어떤 변화도 없어요. 문제는 없어요. 그래요. 당신이 전하는 말처럼 작별의 때가 왔다는 것을 받아들일 뿐.

오줌이 참을 수 없을 정도로 마려워왔다. 나는 침상에서 일어났다. 어둠이 출렁거렸다. 발끝을 더듬으며 벙커 문을 밀고 밖으로 나갔다. 나는 현숙이 무슨 말을 하고 있는지 그것만은 알 수 있었다. 더 이상 나와의 어떤 기억도 묻어두지 않고 다시 떠올리지도 않겠다는 말이다. 지난날들과 현재와 미래마저 파묻어야 한다는 뜻이다. 그녀는 쓸쓸하고 분명한 얼굴로 내 기억 속에 서 있었다.

'작별은 언제나 곁에 있으니까.'

나는 붕대를 이마 위로 밀어올렸다.

눈송이가 뺨에 닿았다. 흐릿하게나마 벙커와 전반조 근무를 나서는 병사들의 뒷모습과 그들 어깨 위에서 흔들리는 자동소총의 총구와 바람이 몰아치는 산 능선이 보였다. 허리춤을 풀었다. 오줌이 떨어지는 소리가 귀 속으로 쏟아졌다. 나는 얼굴을 만져 보았다. 그것들은 제자리에 그대로 있었다.

"시력이 돌아오겠지. 다시 볼 수 있을 거야…."

나는 고개를 설레설레 저으면서도 회복되리라고 믿었다. 벙커 안으로 들어와 침상에 누웠다. 눈알이 붉게 타오르는 것처럼 쓰렸다. 왜 나는 아귀餓鬼같이 온 산을 돌아다녔을까? 사물이 희미하게 달아나는 것도 모르고, 눈밭에 반사되는 햇빛들이 내 눈동자를 파헤치는 것도 모르고 온 산을 헤매었을까. 나무를 뒤흔드는 바람과 설산, 어둠 속으로 솟아오르는 조명탄 아래 최일표崔一杓 상병의 이름을 소리쳐 부르는 선임하사 얼굴이 눈앞으로 지나갔다. 또 오줌이 마려웠다. 나는 뱀처럼 몸을 말고 희뿌연 어둠 속을 빠르게 굴러내리고 있었다. 나는 오줌을 찔끔거리며 혼자 말했다. 잘 죽었어. 사타구니를 누군가가 걷어차고 있었다. 나는 숨을 멈추었다. 눈앞을 가리는 폭설의 기억 속에서 최 상병의 얼굴이 커다랗게 다가왔다.

겨울이 시작되면서 폭설은 정말 사타구니를 걷어차듯이 다가왔다. 침상에 누우면 산 아래로 돌아 흐르는 강물이 살갗 위로 우수수 떨어지며 반짝였다. 강물은 얼기 전에 큰소리를 냈다. 나는 그때 최 상병이 갑자기 소식이 끊어진 여자에게 쓴 편지를 본 적이 있었다. 그는 편지를 쓰다가 지쳐 엎드린 채 잠들어 있었다. 편지지는 바닥에 떨어져 있었다. 나는 그가 이별 편지를 받았다는 것을 알았다.

이번 겨울은 눈이 많을 것이다. 아무짝에도 쓸모없는 예언이지만 나는 갑각류같이 단단하게 이 겨울을 보낸다. 너는 내게 이별을 말하지 않아도 된다. 이제 영원히 너를 그리워하지 않겠다. 아니다…. 나는 이별을 할 수가 없다.

편지는 거기서 멈춰 있었다.

선임하사가 최 상병에게 말했다. 모든 고무신은 공장에서부터 거꾸로 만들어져 나온다고. 상심할 것 없다고. 선임하사는 알고 있었다. 최 상병이 수없이 애인에게 편지를 보냈지만 이별을 통보하는 답장 한 통을 유일하게 받았다는 것을. 그 다음 폭설이 찾아왔다. 환기통 역할을 하는 벙커의 총안구銃眼口로 새들이 날아들었다. 총안구에서 바깥으로 온기가 새어나가기 때문이었다. 따스한 곳을 찾아온 새들이 관물대 위에 앉아 날개를 녹인 뒤, 다시 날아가려 했지만 그들이 들어왔던 총안구는 아주 작았으므로 시멘트 벽에 머리를 몇 번이나 찧어야만 바깥으로 날아갈 수 있었다. 겨울은 새들의 몸부림 속에서 기어나왔다. 겨울이 어떻게 왔고, 무슨 일이 일어났을까. 나는 모포를 끌어올렸다. 얼음장 아래서 하늘을 올려다보는 것 같은 얼굴들이 떠올랐다.

지난 여름, 장마철에 접어들었을 때 해발 7백고지 후사면에서 진지구축 공사 중에 탈영한 한 병사의 죄를 다스리기 위한 공개 군법회의가 열렸던 장면이 나타났다. 모든 병사들의 경각심을 깨우치기 위해 열린 그 군법회의에서 우리는 빡빡 깎은 탈영병 머리 위로 첫눈이 내리는 모습을 보았다. 부드럽고 가볍게 내린 첫눈은 고개를 숙인 그의 뒷덜미를 희게 덮었다. 그는 코를 훌쩍거리고 있었다.

"징역 10년."

판결이 내려지고 야외 군사법정에 모였던 병사들은 산악구보를 해서 벙커로 돌아갔다. 그 탈영병은 2중대의 소총병이었다. 그의 얼굴에는 얼음껍질이 덕지덕지 붙어 있었다.

"바보 같은 놈입니다. 뒤늦게 울 필요가 없는데."

총안구 옆에 오리나무 가지로 횃대를 만들어 새들이 날개를 녹이고 쉽게 바깥으로 날아갈 수 있도록 한 최 상병이 말했다. 그는 식용유 깡통으로 만든 화목난로 속으로 참나무 장작을 던져 넣었다.

"살아 있는 것이 고와 보이는군."

나는 횃대에 앉아 부리를 가슴에 파묻고 있는 새를 보며 중얼거렸다. 쇳덩이를 삼킨 것 같은 불안감, 심심찮게 걸리는 비상, 그리고 후방에서 날아드는 편지가 우리의 존재를 확인시켜주었고 우리의 입을 스르르 막았다.

첫눈이 내린 얼마 뒤, 두 명의 천사天使가 벙커로 팔려왔다. 병사들은 신병新兵을 천사라고 불렀다. 날개 없는 천사면 어떤가. 인원이 보충되면 그만큼 근무에 여유가 있었다. 첫눈이 거의 녹아버린 날, 나는 전반조 근무를 마치고 벙커로 들어왔다. 추위를 녹이는 병사들의 시끄러운 말소리 사이로 나는 침상에 반듯이 누워 잠든 한 신병의 눈에서 물기가 솟아오르는 것을 보았다. 나는 모포를 그의 머리끝까지 끌어올려주고 돌아섰다.

나는 침상에 엎드려 손 매듭을 하나씩 꺾었다. 기억의 허리를 분지르듯 손가락을 꺾어 딱딱 소리를 내었다. 잠이 오지 않았다. 갑자기 단발로 세 번 사격하는 자동소총 굉음이 귀속을 휑하니 뚫고 나갔다. 나는 매듭을 꺾던 손가락을 슬며시 깨물었다. 이어 자동으로 드르륵 갈기는 총소리가 났다. 클레이모어가 터졌다. 나는 벌떡 일어났다. 병사들은 일제히 눈을 뜬 채 소리 없이 누워 있었다. 소대장이 단절음으로 새어나오는 분초의 유선 신호를 받고 전소대원들에게 진지로 투입하라는 명령을 내렸다. 신병 두 명과 상황병, 관측병을 제외한 전 병력이 방책선 교통호로 달려나갔다.

제논이 파란 빛을 쏟으며 방책선 안의 불모지를 샅샅이 핥고 있었다. 보름을 갓 지난 달빛이 맥없이 문드러졌다. 불모지 너머 키 작은 나무가 허깨비처럼 어른거렸다. 움직이는 물체는 보이지 않았다. 우리는 날이 밝아올 때까지 초소에 서 있었다. 아침에 발견한 것은 제 모습을 알아보기 힘든 산양 두 마리였다. 산양은 천연기념물이었다. 관측병 이상병이 침울한 얼굴로 낙타봉 근처에서 살았는데, 라고 말끝을 흐렸다. 바위가 많고 산세가 험한 곳에서 사는 그들이 왜 이곳까지 올라왔는지 알 수 없었다. 산양 두 마리의 살점이 불모지 앞에 벌겋게 흩어져 있었다. 산양을 잡은 병사는 최 상병이었다.

대대장이 직접 분초로 올라와 최 상병의 어깨를 두드려주며 말했다.

"좋아. 훌륭했어! 철통 같은 근무태세는 어떤 침투간첩도 초전에 박살낼 수 있다. 포상휴가 감이군."

불모지에는 핏방울이 얼어붙어 있었고, 산양의 머리 두 개가 눈더미에 처박혀 있었다.

누르고 던지고 쏘라! 그리고 확인하라!

방책선 철망에 달린 표지판이 달강거리며 소리를 내었다. 최 상병은 먼저 자동소총을 갈겨대었고 이어 클레이모어를 누르고 수류탄을 던졌다.

저녁을 먹고 난 뒤 나는 전반조 근무 준비를 하는 그에게 다가가 물었다.

"최일표崔一杓, 어젯밤에 혹시 산양인 줄 알고도 사격한 게 아냐? 달빛이 환했는데 말이다."

최 상병은 대답하지 않고 근무를 나갔다. 그는 늘 적개심에 불타는 눈을 가지고 있었다. 언젠가 그는 내게 말했다. 하 병장님. 북쪽 영농장에 보이는 놈들을 보면 이가 갈립니다. 대갈통을 박살 내버리고 싶어 미치겠습니다. 나는 선임하사에게서 그가 육군사관학교를 지원했다가 최종 면접시험에서 떨어졌다는 말을 들었다. 필기시험과 체력시험에 합격했다는 그가 굳이 무엇 때문에 떨어졌는가에 대해서는 입을 다물었다는 것도 전해들었다.

나는 벙커를 나왔다. 침울하게 잠긴 그의 등이 멀어지고 있었다. 비탈진 방책선을 따라 올라가던 그가 고개를 돌려 나를 내려다보았다. 나는 어두워지는 허공으로 눈을 돌렸다. 눈발이 내렸다 그치는 날씨가 며칠 계속되다가 병사들의 시선을 모조리 덮으며 사정없이 휘날리기 시작했다. 하루, 이틀, 사흘… 살아 있는 모든 것들을 덮어버릴 듯 눈발은 끝이 없었다. 병사들은 밖으로 나와 한치 앞을 볼 수 없이 빽빽하게 내리는 함박눈 너머 남쪽을 바라보았다. 동, 서, 남, 북 사방에서 눈발은 밀집대형으로 줄지어 내렸다. 메아리 같은 어둠 속에 비무장지대는 굶주린 짐승처럼 웅크려 있었다.

근무를 마치고 제설작업을 하고 나면 병사들은 편지를 써대기 시작했다. 위문편지에 적힌, 이름만 아는 어린이와 여고생, 두고 온 기억들, 가족과 애인에게 보내는 편지가 빈 관물대에 쌓였다. 병사들의 손끝에서 따스한 아랫목, 밤거리를 휩쓰는 술 냄새와 불빛들, 연인의 어깨를 다독거리는 긴 목소리들이 풀풀 흩날렸다. 불도저가 길이 막혀버린 보급로에서 눈을 밀어내었지만 눈보라는 금방 길을 막아버렸다. 길이 막혀 중대본부로 편지를 내려보낼 수 없었지만 그들은 편지 쓰기를 멈추지 않았다. 벙커 주위로 쌓이는 눈발을 치우는 일과 편지 쓰기, 저녁 6시부터 다음날 아침 6시까지 자동소총을 북으로 겨누는 일이 병사들의 모든 것이었다.

병사들은 교통호에 쌓이는 눈을 쳐냈지만 눈보라는 금방 교통호를 채워버렸다. 눈구덩이가 군데군데 생겨났다. 손목이 부어올랐다. 눈보라가 그친 날에는 흰 운동모자에 흰 운동복을 입고 아침 달리기를 하는 북한 병사들을 맨눈으로도 볼 수 있었다. 주간근무와 후반조 근무를 선 병사를 제외한 병력들은 산비탈로 내려가 참나무를 베어 지고 왔다. 그해 겨울, 병사들은 화목을 만들기 위해 산비탈을 하나 벗겨내었다.

가끔씩 눈구덩이 속에 빠진 노루가 병사들의 속죄양이 되었다. 노루를 잡으면 재수가 없다고 했지만 병사들은 이미, 재수 따위로는 몸을 억제할 수 없을 만큼 잔인해져 있었다. 취사장 옆의 짬밥통에서 먹이를 구하기 위해 벙커로 다가왔던 노루가 눈구덩이에 빠져 허우적대곤 했다. 산짐승들이 얼어죽지 않고 살아남기 위해서는 그들 스스로의 목숨을 걸어야만 했다.

노루가 벙커에서 가장 가까운 1분초 길목의 눈구덩이에 빠졌다는,

고가초소에서 주간근무를 서고 있던 병사의 유선 연락을 받은 소대원들은 눈구덩이로 우르르 몰려나갔다. 참나무 몽둥이를 하나씩 들고 그들은 노루를 빙 둘러섰다. 노루는 눈구덩이 속에서 공중으로 풀쩍풀쩍 솟구쳤으나 몸은 더욱 눈구덩이 속으로 파묻혔다. 병사들은 "죽여! 죽여!" 하고 발을 구르며 힘껏 소리를 질렀으나 누구도 먼저 노루에게 달려들지 않았다. 병사들은 노루를 포위한 느긋함보다는 빨리 해치워야겠다는 조바심 때문에 소리만 질러대었다. 갑자기 최 상병이 '죽어라!' 하고 외치며 가장 먼저 눈구덩이로 뛰어들었다. 번쩍 치켜올려진 참나무 몽둥이는 정확하게 노루 머리통을 내리찍었다. 노루 입에서 붉은 피가 솟구쳐 나왔다. 나는 침을 꿀꺽 삼켰다. 우와, 하는 함성에 뒤섞여 누구도 고통에 찬 노루의 짧은 울부짖음을 듣지 못했다. 병사들이 "와!" 소리를 지르며 노루를 향해 덮쳐들었다.

최 상병은 대검을 꺼내 노루의 목 줄기를 찔렀다. 풍선에서 공기가 빠져나가는 듯한 소리가 났다. 노루 목덜미에서 새어나오는 피가 눈구덩이로 번졌다. 나는 뒤로 물러서서, 노루 목덜미에 입을 대고 번갈아가며 피를 빨아대는 병사들과 그들 위로 덮치는 눈발을 보았다. 눈더미를 붉게 물들이는 노루의 더운 피보다 최 상병의 두 눈이 더 붉게 달아올라 있었다. 병사들의 어깨 위로 눈발이 쏟아졌다. 노루의 핏자국은 금방 지워졌다. 최 상병은 대검을 눈밭에 쓱쓱 문질러 닦았다. 그들은 노루의 네 발을 묶어 그 사이에 오리나무를 끼우고 취사장으로 옮겼다. 나는 고개를 가로저으며 입가로 손을 가져갔다. 입술이 갈라져 있었다.

후반근무를 나갔을 때는 눈발이 그쳐 있었다. 별이 점점이 나타났다.

다음날, 나는 1개 분대를 데리고 중대본부로 내려가 위문품을 받아가지고 왔다. 중대본부를 다녀오는 길에 허리까지 빠지는 눈밭 위로 한참 엎드려 있었다. 다들 그렇게 엎드려 있다가 일어섰다. 안개 같은 물방울이 속눈썹을 적셨다.

위문품 하나마다 과자와 비누, 치약 그리고 위문편지가 수십 통씩 들어 있었다. "만약 국군 아저씨가 답장을 안 해주시면 죽을 때까지 아저씨를 미워할 거예요"라는, 깜찍한 어린이의 위문편지를 돌려가며 읽었다. 나는 웃음이 나왔다. 후방에서 보낸 과자를 하나씩 입 안으로 쓸어 넣으며 어릴 때 내가 써보냈던 위문편지를 받은 병사가 지금쯤 아이를 몇 둔 아버지가 되어 있을 거라는 생각이 들었다.

병사들은 재빨리 위문품을 해치웠다. 포대경으로 군사분계선 북쪽을 살피던 이 상병이 사탕봉지를 찢으며 이상한 모습이 관측되었다고 내게 말했다. 북한군은 어느 날, 하룻밤 사이에 그들 기지가 있는 양쪽 산봉우리 사이로 케이블카를 가설하고 무엇인가를 실어나르고 있었다. 아침 8시, 케이블카는 왼쪽 산봉우리에서 오른쪽 산봉우리 뒤로 사라졌다가 어두워질 무렵 다시 왼쪽 산봉우리로 되돌아왔다. 그 전에 없던 새로운 움직임이었다. 케이블카가 나타난 지 5일째 되는 날, 아침 9시에 케이블카는 줄 한가운데서 움직이지 않고 있는 게 관측되었다. 고장이 난 모양이었다. 이 상병은 나무상자로 만든 것 같은 케이블카 속에서 무엇인가가 계속 움직이는 것 같다고 했다. 나는 공중에 매달린 케이블카를 살폈다. 그러나 그것을 자세히 보려할수록 눈앞이 침침해왔다. 케이블카는 어두워질 때까지 공중에 그대로 걸려 있었다.

완전히 해가 져버린 뒤, 병사들은 야간근무 분초에서 아주 멀리서 내지르는 비명을 들었다. 여러 사람이 내지르는 울부짖음 같기도 한 그 메아리는 길고 끔찍하게 들렸다. 병사들은 북쪽에서 날아오는 그 소리를 들으며 두 눈을 질끈 감았다. 바람소리겠지. 나는 그렇게 알고 싶었다. 언제나 병사들의 머리 위로는 북풍이 떼지어 남쪽으로 지나가고 있었으니까.

그날이 성탄절 밤이었는지도 모른다. 그때, 병사들은 벙커 안에 키 작은 소나무로 크리스마스 트리를 만들어두었다. 거기에다 화랑담배를 싼 은박지를 오려 만든 종이별을 하나씩 걸어두었다. 그 다음날, 케이블카는 사라지고 없었다. 케이블카의 줄을 끊어버렸는가는 알 수 없었으나 그 겨울이 끝나도록 케이블카는 다시 나타나지 않았다.

포상휴가가 최 상병에게 내려왔다. 비록 그가 산양을 잡았지만, 경계근무에 철저했다는 공적으로 대대장이 열흘 간의 포상휴가를 내린 것이다. 눈길을 뚫고 중대본부를 거쳐 대대본부까지 걸어가기는 힘에 부치는 일이었지만 그는 다시 돌아오지 않을 듯이 눈길을 빠르게 걸어 사라졌다. 그가 떠나고 난 사흘 뒤, 후방 예비연대로 그의 전출명령이 갑자기 떨어졌다.

열흘 뒤, 최 상병은 찹쌀떡과 거북선 담배를 사들고 돌아왔다. 그는 우울해보였다. 병사들은 아직 고향 산천은 그대로 있는지, 애인은 고무신을 그대로 신고 있는지 하며 후방 소식을 떠들썩하게 물었다. 소대장이 그에게 전출 명령이 내려왔다는 것을 알려주었다. 그의 전출 일자는 귀대한 다음날이었다. 최 상병은 고개를 끄덕였다.

"대대본부에서 들었습니다. 신원부적격자로 판명되었겠지요. 육사 시험도 이것 때문에 떨어졌는데, 윗대의 훌륭한 유산을 내가 어찌합니까?"

그의 눈동자가 조금씩 젖었다.

소대장이 그의 이름을 불렀다.

"최일표. 어딜 가더라도 같은 군대생활이 아닌가. 전방보다 교육부대가 오히려 생활하기는 더 쉬워. 다들 후방으로 가고 싶어하는데 오히려 잘 됐다."

그는 묵묵히 듣고 있었다. 소대장은 그의 어깨를 두어 번 두드려주었다. 휴가 귀대한 그날 밤, 최 상병은 후반근무를 나갔다. 다음날이면 예비연대로 전출을 가야 하기 때문에 하룻밤을 푹 쉬라고 소대장이 말렸으나 그는 휴가기간 동안 잘 쉬었고, 마지막으로 근무를 서며 동터오는 새벽하늘을 보고 싶다고 했다. 소대장은 망설이다가 결국 두 명의 신병과 최 상병에게 기지에서 가장 가까운 1분초 후반조 근무를 맡게 했다.

전반조 근무를 마친 나는 전반조 순찰조장이었던 선임하사와 같이 난롯가에 앉아 눈에 젖은 양말과 설화雪靴를 벗어 말리며 졸고 있었다. 그때 두 명의 신병이 출입문을 확 열고 숨을 헉헉거리며 뛰어들었다. 뛰어오다 넘어졌는지 그들의 군복은 눈범벅이 되어 있었다.

"선임하사님! 최 상병님이… 적 세 명… 침투… 중이라고 보고하랍니다!"

두 신병은 얼마나 놀랐는지 얼굴이 질려 있었고 말도 더듬거렸다.

"뭐야? 이 자식들! 근무자가 근무지를 이탈하면 어떻게 되는 거야! 적

발견 시 유선으로 신호하는 방법을 알고 있잖아!"

선임하사는 소리를 버럭 지르며 난롯가 의자에서 벌떡 일어섰다. 두 신병의 얼굴은 부서질 듯이 얼어 있었다. 나는 최 상병이 노루를 짓이길 때의 뜨겁게 달아오른 눈동자가 확 떠올랐다. 키 높이로 쌓인 눈밭 속을 적이 침투하기란 극히 어려운 일이었고, 설사 그렇다고 할지라도 그가 신병들로 하여금 직접 연락을 하게 하지는 않을 것이기 때문이었다. 선임하사가 상황실로 달려가 1분초로 유선신호를 보냈으나 받지 않았다. 그는 자동소총을 손에 쥐고 맨발로 출입문을 박차고 달려갔다. 설화를 신을 여유가 없었다. 나도 소총을 잡고 맨발로 그를 뒤따라 뛰었다. 불칼 위로 달리듯 발바닥이 화끈거렸다. 교통호는 미끄러웠다. 1분초에 닿기까지 선임하사와 나는 두 번이나 교통호 바닥으로 나동그라졌다. 선임하사가 앞으로 꼬꾸라질 때, 그의 손에 잡힌 푸른 색 손전등이 어두운 빛을 뿌리며 공중을 한 바퀴 돌았다. 1분초에 최 상병의 자동소총은 있었지만 그는 없었다. 그는 유선전화기로 상황병에게 급하게 소리쳤다.

"1분초 앞 불모지로 제논 밝혀! 소대장에게 상황보고 하고, 사격 대기. 별도 명령이 있을 때까지 절대 사격해서는 안 된다!"

1분초 앞 방책선의 윤형 가시철조망 위에 최 상병의 방한외피와 방한내피, 야전 점퍼가 덮여 있었다. 최 상병이 철조망 위에 군복을 벗어 깔고는 그 위를 밟고 넘어간 모양이었다. 철조망은 푹 꺼져 있었다. 제논이 불을 밝혔다. 흰 스키파커를 입고 방책선 안 불모지를 아주 천천히 건너가고 있는 그의 뒷모습이 드러났다. 불모지를 넘어 걸어가던 그가 돌아서 우리를 보았다. 거리는 50미터쯤 떨어져 있었다. 선임하사가 분초 밖으로 뛰어나가 방책선 철망을 잡으며 외쳤다.

"최일표! 돌아와!"

희끗희끗하게 뿌리던 눈발 속에서 그는 두 손에 수류탄을 한 발씩 들고 있었다. 나는 습관처럼 자동소총 자물쇠를 풀었다. 제논이 파랗게 불을 밝혔지만 선임하사는 최 상병에게 자신의 모습을 더 잘 비추고 싶었는지 자기 머리 위로 조명탄을 까올리며 소리쳤다.

"최일표! 나다, 지중삼. 그 자리에서 멈춰! 제발 돌아와라!"

그때, 최 상병이 수류탄 안전핀을 뽑는 모습이 보였다. 선임하사를 망연히 바라보던 그는 느리게 북쪽으로 돌아서려는 듯이 보였다. 그때 자동으로 갈기는 총소리가 났다. 그는 무너지듯 그 자리에서 푹 주저앉았다. 수류탄이 그의 손에서 빠져나왔다.

"안 돼! 최일표. 제발…."

선임하사는 철망을 꽉 쥐고 부르짖었다. 수류탄이 터졌다. 사격은 1분초와 2분초 사이의 고가초소에서 있었다. 고가초소의 두 병사는 미처 유선명령을 받지 못했던 것이다. 불모지 안에 적이 침투했을 때 먼저 적을 쏘는 것이 근무수칙이었다.

순찰 중이던 소대장이 상황보고를 받고 숨을 헐떡이며 1분초로 달려왔다. 방책선 출입문이 열리고 소대장과 선임하사와 나, 전반조 근무를 마친 1개분대원이 불모지 안으로 들어갔다. 나는 발이 시린 줄도 몰랐다. 그의 시신은 처참했다. 병사들은 우의를 펴고 흩어진 그의 시신을 주워 모았다. 그의 왼손아귀에 꽉 쥐어져 있던 터지지 않는 수류탄을 선임하사가 빼내었다. 바위가 어느새 뒤따라와 갈기갈기 찢어진 최 상병의 피 묻은 옷깃을 입으로 물고 흔들어대었다. 방울 소리가 잘랑거렸다.

선임하사가 나직이 말했다.

"사는 일이… 개죽음이네."

갑자기 바위가 악을 쓰듯이 짖어댔다. 병사들은 눈밭에 흩어진 최 상병의 시신을 수습해 우의에 담아들고 방책선 밖으로 나왔다. 소대장이 중대장에게 상황보고를 한 뒤, 벙커 바깥에 A형 텐트를 치고 그 속에 최 상병을 안치하라고 말했다. 병사들은 수습한 그의 시신 위에 A형 텐트를 치고 바람에 날아가지 않도록 폴을 깊게 박았다.

나는 침상에 턱을 괴고 엎드려 있었다. 상황병이 내 어깨를 흔들었다.

"하 병장님, 전화가 왔는데… 황 병장이라고 하는 것 같은데요. 감이 너무 멀어서 잘 들리지가 않습니다."

나는 상황실로 가 전화기 키를 잡았다. 황동수의 목소리가 증기기관차 연기같이 새어나왔다. 산봉우리에서 혼자 서 있는 듯 악을 쓰며 외쳐대는 그의 목소리가 희미하게 들려왔다.

"어떠냐? 여긴 폭설이다. 잘 있느냐? 아아, 아무도 없는 것 같다."

"그래. 여기도 그래. 아무도 없어."

"잘 들리지 않는데…. 들리지 않아."

황동수가 거듭 말했다. 그와 나는 교환대를 여러 개 거쳐야만 서로 연락할 수 있었다. 가끔 우리는 새벽에 운 좋게 통화할 수 있었지만 눈발이 뿌리는 날은 감도가 아주 나빴다. T-312 전화기는 귓바퀴를 빨아들일 듯 윙윙거리다가 끊어졌다. 나는 수화기 키를 놓았다.

이튿날, 소대장이 1개분대를 인솔하여 끌어모은 최 상병의 시신 조각을 우의로 감싸서 들것에 싣고 중대본부를 거쳐 대대본부로 내려갔다. 헌병대에서 나온 조사단이 대대본부까지 올라와 있었다. 그의 죽음은 수류탄 안전사고로 처리되었고 시신은 사단 병참부로 후송되었다.

저녁 무렵 소대장은 신참 하사를 하나 데리고 눈이 퀭하게 되어 돌아왔다. 그와 같이 내려갔던 소대원들의 군복이 땀범벅이 되어 있었다. 이 상병은 그때까지 기드온교회 속에 틀어박혀 있었다. 소대장은 소대원들을 모아놓고 이 겨울의 고통을 잊지 말자고 짧게 말했다. 그는 어두운 얼굴이었다. 다행히 소대장에게는 아무런 징계도 내려지지 않았다. 선임하사는 입을 굳게 다물었다.

그 뒤로 햇빛이 쏟아지는 날씨가 잇달아 다가왔다. 우리는 제설작업과 화목작업으로 낮 시간을 보냈다. 키 높이로 자른 참나무 토막을 어깨에 지고 취사장 옆으로 운반해 장작을 만들었다. 교통호에 덮인 얼음 가죽을 삽으로 긁어내었다.

나는 병사들과 같이 남쪽 후사면 산비탈로 내려가 참나무를 베어놓고 그들이 벙커로 나무를 운반할 동안 산 계곡을 타고 오르며 노루 사냥을 나갔다. 저녁 무렵, 병사들은 오리나무 막대에 내가 잡은 노루를 한 마리 꿰어 벙커로 돌아왔다. 그러다가 나는 아예, 화목작업 인솔을 신참 하사에게 맡겨두고 노루 사냥을 나갔다.

노루는 산 능선에 우뚝 서서 나를 멍하니 돌아보았고, 나는 그때를 놓치지 않고 방아쇠를 당겼다. 국산 M16 소총의 성능은 탁월했다. 해는 하늘 높이 솟아 있었고 피가 완전히 빠져나간 듯 주저앉은 노루의 두 눈은 까맣게 빛나고 있었다. 갈수록 나는 눈앞이 흐릿흐릿해졌다. 산비탈에 쓰러진 노루를 버려두고 벙커로 돌아가면 선임하사는 술에 젖은 목소리로 흥얼거렸다.

"하, 금옥이 년이 말이다. 나를 사랑한다는구나. 하하하 ! 고 어린년이 나를 사랑한단다. 내가 사랑이 뭐냐고 물었더니 버리지 않는 것이라고 하데, 고년이 글쎄, 고 까짓게 얼마나 버림을 받았다고."

그의 끝말은 공중을 떠다니는 눈발처럼 흩날렸다.

선임하사는 시간만 나면 산비탈 길을 걸어 내려가 금옥을 만나고 왔다. 소대장이 그를 나무라는 소리를 몇 번 했지만 그때마다 그는 "알갓시다. 주의하갓시다"라고 군대 사투리로 대답만 할 뿐 금옥을 만나러 다시 마을로 내려갔다

나는 사냥 길에 조금씩 눈동자 깊숙이 뻗치는 통증을 느끼게 되었다. 가까이 있는 나무들이 두 겹으로 겹쳐보이기도 했다. 그러나 눈밭에 흩뿌려진 노루 피를 보면 나는 제정신이 아니었다. 햇빛이 쏟아져 박히는 눈 덮인 산은 백치여인처럼 나를 유혹했다. 나는 이따금씩 헛총질을 했다. 산비탈에 서 있는 노루를 향해 총을 쏘고 나면 노루는 자취가 없고 총소리만이 바람을 가르며 산꼭대기로 날아가 박혔고, 그 메아리가 내 눈동자 속으로 되돌아왔다.

노루 사냥은 그리 오래 가지 못했다. 조금씩 찔끔거리던 눈발이 다시 온 산을 휘덮었기 때문이었다. 새 한 마리도 날지 않았고 아무 소리도 들리지 않았다. 우리는 두더지처럼 눈보라에 파묻히는 교통호를 뚫었다.

어이! 어이….

눈더미를 쳐내며 병사들이 서로 부르는 소리는 눈에 흡수되었다. 침상에 엎드리면 바람이 난장판 치는 소리가 벙커 안으로 몰려들었다. 다시 병사들은 편지를 쓰기 시작했다. 나는 발끝부터 머리끝까지 모포를 뒤집어썼지만 바람이 새어들어와 몸 곳곳을 부풀어 오르게 하는 것 같았다. 난로가 벌겋게 달아올랐다. 갈수록 눈이 침침해졌다.

눈보라가 지독히 거칠게 일던 날이었다. 나는 갑자기 잠을 깼다. 기상, 기상, 하며 불침번이 내 어깨를 흔들었다. 나는 벌떡 일어났다. 갑자기 병사들을 기상시킬 때는 무언가 급박한 상황이 일어났기 때문이다. 눈사람이 둘, 난로에 등을 말리며 서 있었다. 침상에서 일어나 앉은 신병이 물었다.

"아직 눈이 옵니까…?"

혼잣말을 하는 듯한 그의 목소리는 너무 낮아서, 오히려 귀를 웅웅 울리게 했다.

"눈은 언제나 내리지. 오늘 밤에도, 내일 밤에도, 우리들 꿈속에도…."

대답하는 눈사람의 방한모며, 눈썹 위에 붙었던 눈발이 바닥으로 떨어졌다. 선임하사였다. 또 다른 눈사람의 방한모 위에 쌓였던 눈이 바닥으로 떨어졌다. 소대장이었다.

"지금 밖에서 근무 서는 병사들이 근무교대를 해야 하는데, 눈보라 때문에 교통호가 막혀서 거기서 들어오기도, 여기서 나가기도 어렵다. 눈 무게 때문에 취사장 지붕도 위험하다. 끝장을 내버릴 듯 엄청나게 쏟아진다. 상황병을 제외한 전 병력이 출동해서 교통호에 밀어닥치는 눈을 쳐내야 한다. 근무교대를 나갈 병사들은 근무교대 준비를 하고 제설장비를 갖추도록. 이상!"

관측병인 이 상병도 넉가래를 들고 벙커 밖으로 나섰다. 그는 방책선 근무와 아무 상관이 없었지만 넉가래를 들고 밖으로 나선다는 것은 같이 제설작업을 하겠다는 뜻이었다. 나는 눈을 흠뻑 뒤집어쓴 채 선임하사 뒤에 서 있는 바위를 보았다. 제설장비를 갖추고 출입문을 열었을 때, 나는 숨이 확 막혔다. 털 두건에 감춰진 귓바퀴가 바람개비처럼 떨렸다. 벙커에서 교통호로 가는 길은 눈보라에 막혀 흔적이 없었다. 우리는 두 명씩 짝을 지어 쌓인 눈을 쳐내며 어림잡아 길을 만들어 나갔다. 누군가 웃는 소리가 났지만 웃음소리는 금방 눈 속에 파묻혔다. 신참 하사가 발을 헛디뎌 눈구덩이에 빠져 허우적거리다가 다른 병사가 내미는 손을 잡고 기어나왔다.

병사들은 교통호의 눈을 밀어내며 방책선에 늘어선 근무 분초로 차례차례 다가갔다. 근무교대를 기다리고 있는 분초의 병사들은 하나같이 눈동자만 반짝이는 눈사람이 되어 있었다. 벙커로 되돌아오는 길은 눈보라 때문에 다시 막혀 있었지만 그들은 눈길을 뚫고 벙커로 되돌아왔다. 몸에서 더운 김이 솟았다. 전반조 근무를 마친 병사들은 취사장 지붕 위로 올라가 쌓인 눈을 끌어내렸다. 벙커 문 앞에 서서 병사들은 옷을 털었다. 출입문이 열려진 채로 덜컹거리고 있었다. 문 안쪽으로 눈보라가 밀려들어와 쌓여 있었다.

선임하사가 소대장에게 말했다.

"갑자기 생각났시다. 그리워졌시다. 금옥이네 집에 갔다오겠시다."

"이 눈길에 말이오?"

"백전노장인데 걱정놓으시우. 야 ! 바우야, 같이 가자."

그는 바짓가랑이 밑에서 그를 올려다보는 바위를 끌어안고 휘적휘적 취사장 아래쪽으로 걸어갔다. 소대장이 그를 뒤따라가며 말렸다. 병사들은 떠들썩하게 벙커 안으로 들어섰다. 맨 앞서 들어서던 관측병이 갑자기 "쉿!" 하며 병사들에게 조용히 하라는 손짓을 보냈다. 그의 몸놀림은 갑작스러웠고 진지했으므로 병사들은 멈칫 입을 다물었다. 그는 달아오른 난로 곁으로 다가가 고개를 숙여 아래를 내려다보고 있었다. 병사들은 그가 무엇을 보고 있는지 궁금해 난롯가로 다가갔다.

"아…."

난롯가를 내려다본 병사들은 누구라고 할 것 없이 낮게 탄성을 내뱉었다. 난롯가에는 산쥐 다섯 마리가 서로의 몸에 얼굴을 파묻은 채, 잠들어 있었다. 유행성출혈열을 일으킨다는 흰등줄쥐였다. 굴참나무 빛깔의 큰 산쥐 두 마리와 노란 털이 보송보송한 새끼 산쥐 세 마리였다. 그들의 등 한가운데로 길게 흰 줄이 나 있었다. 산쥐들은 취사장 주위 눈밭을 뛰어다니곤 했다. 우리는 취사장 곁에 있으리라고 믿어지는 산쥐의 굴집이 무너졌거나 눈보라가 굴집 안까지 쳐들어온 모양이라고 짐작했다. 눈발은 조립식 전주를 쓰러지게 하고 나뭇가지도 부러뜨렸으니까.

병사들은 잠든 산쥐 다섯 마리를 가만히 내려다보았다. 새끼 산쥐들이 몸을 꿈틀거리며 어미 산쥐의 품속으로 머리를 들이밀었다. 그들은 산쥐 가족의 잠든 모습을 보며 누군가의 속 깊은 가슴에 갈피 없는 이마를 한없이 비벼대고 싶었으리라. 갑자기 나타난 산쥐 가족을 지켜보며 병사들은 그들의 고향을 떠올렸는지도 모른다. 오랜 여행에서 돌아온 이들처럼 보이는 산쥐 가족의 잠든 모습은 병사들을 한순간 침묵 속으로 빠뜨리고 있었다.

"유행성출혈열을 옮기는데…."

한 병사가 산쥐 가족을 밟아버릴 듯 설화 신은 한 발을 번쩍 들었다가 조용히 내렸다. 관측병은 벙커 옆에 붙은 창고에서 담요 조각을 가져와 산쥐 가족의 등에 덮어주었다. 나는 발갛게 달아 있는 난로와 잠든 산쥐 가족을 지켜보았다. 나에게 가장 소중한 것이 무엇인지 보고 싶었고, 또한 그리웠다. 이럴 때 북한 병사가 눈보라를 뚫고 문을 들어선다면 병사들은 그를 위해 난로의 불을 더욱 지피고 뜨거운 칡차를 끓일 물주전자를 난로 위에 올려놓으리라. 비록 그가 AK 소총을 들고 있다 할지라도 그게 무슨 상관이란 말인가. 칡차를 마시기 위해서는 무기를 내려놓아야 하는 법이니까.

병사들은 저마다의 잠자리로 돌아갔다. 잠동네를 찾아떠나며 그들은 누군가의 시처럼 중얼거렸는지도 모른다. 그들이 잠길에서 산쥐를 만난다면, '그들에게 닥쳐오는 이 잠이 산쥐들의 잠과 같은 오랜 잠인지, 아니면 어떤 하찮은 인간의 잠인지'를 물어보리라고. 난롯가에 잠들어 있는 산쥐 가족의 모습이 자꾸 흐릿하게 보였다.

다음날 아침, 나는 눈을 떴다. 열어둔 벙커 입구에서 새어들어온 햇빛이 화살처럼 눈동자 속으로 날아와 박혀왔다. 나는 비명을 지를 뻔했다. 나는 눈을 감았다. 목소리가 들렸다.

"바위는 돌아왔는데 선임하사는 돌아오지 않았어."

나는 가까스로 눈을 떴다.

벙커 천장에 달려 있는 희미한 백열등 불빛도 나는 제대로 볼 수 없었다. 그 뒤부터 나는 오래 책을 보면 눈동자가 쓰라리거나 사물이 겹쳐 보이는 시력의 혼란상태를 가끔씩 겪게 되었다.

내가 동부전선에서 가지고 나오고 싶었던 것은 해질녘, 하늘을 쏘아오르는 샛별과 동 터오는 새벽하늘의 빛나는 꿈이었지만 결국 얼룩진 그리움처럼 흐려지는 눈빛만을 가져나오고 말았다. 나는 그 시절로부터 소리 없이 멀어져 갔다. 아니, 그 시절을 하나의 장식처럼 기억하고 있기 때문에 되돌아보면 한갓 얼룩진 그리움밖에 간직하지 못한 지금이 오히려 내게는 진정한 실명기인지도 모른다. 거칠게 파고들었던 눈보라와 적막했던 체온의 편린들은 아직도 한순간이나마 가슴을 섬광처럼 타오르게 하지만, 정말, 내가 그곳에서 무엇인가를 가슴에 품어안았다면 그것은 지금 내 몸 속 어디에서 빛을 밝히고 있을까.

금강산 꽃구경

"이보라우! 금강산 꽃구경 오라우! 어저께 봄눈이 내렸지 앙이요. 그러니께니 햇빛 좋고, 시계視界 극히 양호. 비로봉 보고 싶지비? 마하면 보고 싶지비? 왔다갔다 60리 길, 돌사다리 처녀길 걷고 싶지비?"

나는 그때 총안구로 드러난 비무장지대 속의 불모지를 내려다보며 뻐꾸기 소리가 들리는 환청 속으로 빠져들고 있었다. 상황병이 전화가 왔다고 일러주었다. 내가 T-312 수화기 키를 잡고 "통신보안! 하길오 병장"이라고 채 말도 끝내기 전에, 등화관제 막을 걷었을 때 쏟아져 들어오는 아침 햇빛처럼 그의 목소리가 터져나왔다. 침을 꿀꺽 삼키는 소리까지 들렸다.

"하 병장, 내일 오라우야! 장안사, 유점사, 표훈사 법당의 부처님 보고 싶지 앙이요. 여기서는 대웅전 거미줄도 잘 보인다이. 묵파령 지나 속세 버리는 단발령 넘어 장안사 산문을 들어서니 박달나무, 단풍나무, 참나무, 서어나무 빼곡이 서 있고 황천강이 기다리고 있지 앙이하겠소. 이승을 비쳐보는 업경대를 지나니 무너진 태자성太子城이 길을 막지비. 신라 천 년 사직을 앗기고 권토중래하리라던 마의태자는 온데간데없고 전나무, 잣나무, 측백나무, 칡넝쿨, 다래넝쿨만 무성함둥. 어찌 여기서 그치겠음메. 올라가니 꽃과 잎과 구름, 눈으로 수놓은 천하일품 영원동이랍메. 물은 흐를수록 느리고 마음도 내 몰라라 허무한 흥취가 일어나니 백탑동이라. 올려다보니 천 길 절벽, 내려다보면 백 길 골짜기,

굽이굽이 돌아가니 금강 내산內山이 눈 아래 있지 앙이요."

갑자기 그 소리를 듣자, 나는 유리창에 부딪쳐 떨어지는 풍뎅이처럼 몸을 휘청거렸다. 그의 설익은 북한 사투리를 들으며 나 역시 침을 꿀꺽 삼켰다.

"진달래꽃 봤지비? 꽃구경 오라우! 금강은 산이요, 산은 오직 오르는 게 맞슴메. 단단한 마음으로 망군대, 나무뿌리, 칡넝쿨 손잡이 삼고 쇠줄 삼십 척 붙들고 오천 척 망군대 정상에 오르니 그곳은 천만 년 풍우에 닳아 임자 없는 두견화 어지럽지비. 마의태자는 망국의 한을 품고 망보는 군사를 이곳에 두어 적군의 일을 살폈다 하나, 아하 말 못하겠승둥, 다 어디갔슴…."

잡음 많은 T-312 전화기 속에서 그의 목소리가 와르르 쏟아져 나왔다. 그의 전화를 받기 전까지 나는 봄눈이 내린 불모지를 내려다보며 지난 겨울의 장면들을 하나씩 떠올리고 있었다.

"망군대에 올라, 남북을 돌아보고 만폭동을 내려와 백화암을 들어서니 서산대사 깨달음이 아득히 떠오를 새, 영각 한 채만 쓸쓸히 맞아주니 풀 거친 뜰에는 비석들만 남아 있음메…. 이보라우, 이보라우! 저 산기슭마다 비로소 터져나오는 진달래를 봤지비. 봄을 얼마나 기다렸는데, 기뻐야 하지 앙이하겠소? 그런데 어지러븐기야, 하 병장. 꽃을 보는데 눈물이 핑 돌지 앙이하겠소…."

수화기에서 급하게 터져나오는 목소리가 한풀 툭 꺾였다. 해빙기의 소양강을 떠다니다가 서로 부딪쳐 갈라지는 성엣장과 진달래 꽃잎들이 눈앞으로 뒤섞여 다가왔다. 나는 눈을 감았다가 떴다. 흐려지던 그의 목소리가 다시 빨라지기 시작했다.

"노랗게 핀 산수유도 봤지비. 가지마다 꽃들이 알알이 맺혀 있으니 손이 시려서 혼이 났습둥. 흔들면 화다닥 져버릴 것들이 아롱다롱 매달려 있지 앙이요."

산수유….

나는 가만히 중얼거렸다. 노란 흔들림 사이로 현기증이 거미줄처럼 묻어나왔다. 황동수였다. 전화를 받자마자 나는 그 목소리가 누구인지 금방 알 수 있었다. 지난 겨울 폭설이 난무할 때에도 그는 내게 전화를 해대곤 했다. 나는 눈을 감았다. 까맣게 탄 그의 얼굴이 망막 속으로 확 펼쳐졌다.

황동수의 등 뒤에 산수유 꽃이 노랗게 서 있었다. 그는 낮은 바위 위에 걸터앉아 봄 하늘을 무심히 보고 있었다. 나는 몸집이 크고 얼굴이 검은 그의 얼굴을 올려다보았다. 그날, 그는 바위 위에 앉아서 나의 날품팔이 하루가 끝날 때까지 기다리고 있었다. 고등학교를 마치고 재수를 한 뒤 가까스로 지방대학에 들어갔던 나는 갑자기 젊음이 허망하고 부담스럽게 여겨지기 시작했다. 사춘기 시절, 무어 그리 큰 희망도 없었고 앞날에 대한 기다림도 없었지만 그때 나는 열병을 앓고 난 뒤처럼 내 삶이 가볍고 하찮게 여겨졌다. 나의 존재가 끝없는 미궁 속으로 빨려들어가 완전히 해체되어버리고 말 것 같은 두려움도 들었다.

나는 어디론가 달아나고 싶었다. 현숙은 현실을 내팽개친 듯한 내 모습을 창백하게 바라보기만 했다. 그녀에게는 아무런 잘못이 없었다. 그녀는 아직 우리가 나이가 어려서 제대로 알 수는 없지만 인생은 길고 삶은 언제나 새롭게 시작하는 여행이라며 나를 위로하려 했다. 그러나 그 위로는 내게 들리지 않았다.

첫사랑처럼 가냘픈 그리움이 어디 있겠는가.

나는 휴학계를 내고 슬그머니 집을 나와 노동판을 겉돌기 시작했다. 산판에도 가보았다. 남도 산판은 작은 규모였지만 일은 아주 힘이 들었다. 해종일 전기톱으로 나무를 잘라 어깨에 지고 산을 내려오면 어깨가 빠질 듯이 아팠다. 꿈속에서도 전기톱이 돌아가는 소리가 윙윙거렸다. 산판 인부들은 거칠었다. 나는 그들과 어울릴 수가 없었다. 그들은 내게 이렇게 말했다.

"젊은이는 손가락이 너무 곱군. 이런 데서 굴러먹을 사람이 아니야. 이곳은 지상의 막장이지. 자네는 사는 일에 지친 사람들이 뒹구는 이곳에 걸맞지 않아. 별로 쓸모도 없어!"

손가락이 무엇을 결정해주지는 않는다. 나는 갈 데가 없고 나 자신을 억누를 길이 없어 여기를 찾아왔을 뿐이다. 작업이 끝나면 나는 손가락을 딱딱 소리나게 꺾으며 손매듭이 빨리 굵어지기를 바랐다. 산판에서 한 달을 채 배겨내지 못했다. 고열과 한기가 나를 괴롭혔다. 나는 그곳을 그만두고 집으로 돌아와서 며칠을 쉰 다음 도립공원 공사판에 끼어들었다. 하루 품삯이 천 원이었다. 나는 그 돈을 받아 공사장 함바집에서 막걸리를 한 사발 마신 뒤, 어두워지는 산을 내려왔다. 파고다 담배를 한 갑 사고 나머지 돈으로 동시 상영하는 극장으로 들어가 낡은 화면으로 비가 내리는 영화를 보았다.

가끔 현숙과 같이 영화를 보며 하염없이 졸았다. 나는 딱딱한 나무의자에 걸레처럼 앉아 꿈을 꾸곤 했다. 나는 그때, 내 눈앞을 그으며 지나간 꿈속의 장면들이 무엇이었는지 기억할 수는 없지만, 절벽에서 떨어지듯 고요히 눈을 뜨면 화면 속에서는 사람들이 물비늘처럼 흐늘거렸다. 그녀는 내 손을 꼭 잡고 있었다. 그것은 언제나 가슴 저린 추억이었다. 영화가 끝나면 그녀는 흐트러진 내 모습을 보다가 말없이 돌아섰다. 나는 마지막 버스를 타고 다시 도립공원 공사장의 임시 숙소로 돌아갔다. 깜깜한 산길, 스물한 살을 기어오르며 싸락눈 내리는 3월이 나의 손끝에서 녹아 흐르고 있었다. 그 시절을 잊을 수 없었다. 먼 우주의 별처럼 나는 고립되어 있었다. 어디에도 닿을 수 없는 나의 눈빛은 종잇조각처럼 메말랐다. 발걸음은 지상에 닿지 않았고, 숨결은 추락하는 새처럼 부서져 내렸다.

나는 뜬눈으로 잠을 뒤척거리다가 아침이 오면 공사판으로 나갔다. 합판으로 엮어놓은 임시 숙소는 더럽고 좁았다. 인부들은 코를 심하게 골았고, 잠버릇도 거칠었다. 나는 벽에 등을 대고 쪼그려 앉듯 밤을 보내는 일이 많았다. 입안이 메말랐다. 산길에는 싸락눈이 돋아 있었다. 나는 새벽 냉기로 굳어진 어깨를 손바닥으로 번갈아 문질렀다. 눈동자 깊숙이 선혈이 번지고 있다는 착각이 들었다. 싸락눈은 내게 붉게 비쳤다.

공사장에서 내가 맡은 일은 산책로 축대로 쓰는 호박돌을 산 중턱에서 길 아래로 져 내리는 작업이었다. 하루에 쉰다섯 개의 호박돌을 산책로로 져 내려야 했다. 싸락눈이 내린 산길은 미끄러웠다. 돌을 한 개씩 지고 내려올 때마다 나는 호박돌 운반조의 십장한테 종잇조각에 도장을 하나씩 받았다. 인부들은 쉰다섯 개의 도장을 받아야만 하루 품삯을 받을 수 있었다. 나는 산을 오르내리며 몇 번이나 도장 개수를 헤아려보았다.

마흔이 넘어 보이는 십장은 호박돌이 크면 도장을 두 개 찍어 주기도 했다. 나는 도장을 두 개 받을 정도의 큰 돌을 등으로 져 내리기에는 힘이 달렸다. 산 중턱에서 돌을 지고 일어서면 나는 산책로로 내려올 때까지 노랗게 비틀거렸다. 내가 져야 할 시간의 무게가 결국 이러리라는 예감마저 들었다.

도장 두 개는 넉넉히 받을 수 있으리라고 짐작되는 큰 호박돌을 용케 지고 내려갔는데도 도장을 하나밖에 받지 못할 때도 있었다. 그럴 때는 쓸쓸했지만 바라지도 않았던 돌로 도장을 두 개 받았을 때는 너무 신나서 잘 불지도 못하는 휘파람을 불며 신나게 산을 뛰어올랐다. 언젠가는 나도 십장처럼 도장을 찍어줄 위치에 설 수 있을 거라는 자신감마저 들었다. 십장은 도장 찍는 일만 하고 품삯을 두 배나 받았다.

돌 하나에 도장을 두 개 받고 난 뒤 홍겹게 산을 뛰어오르다가 나는 황동수를 보았다. 돌을 져 내리느라고 그를 보지 못했지만 그는 산 중턱의 평퍼짐한 바위 위에 앉아서 내가 일하는 모양새를 오랫동안 보고 있었던 모양이었다. 나는 그를 슬쩍 올려다보고는 다시 호박돌 져 나르기에 열중했다. 그는 내가 하루 품삯을 받을 때까지 바위 위에 앉아 기다렸다.

오후 4시쯤 나는 그 어느 날보다 빠르게 쉰다섯 개의 도장을 받았다.

품삯 천 원을 받아쥐고 황동수가 앉아 있는 바위 쪽으로 다가가며, 저 바위를 옮기면 하루치 도장을 다 받을 수 있겠다는 생각을 했다. 나는 그가 앉아 있는 바위 앞에 서서 숨을 몰아쉬었다. 그는 내가 다가서는 줄도 몰랐다. 너무 오래 기다린 탓이었을 것이다. 그는 건너편 산 능선을 무심하게 바라보고 있었다. 그의 검은 가죽점퍼는 기름이 묻어 번들거렸고 쇳가루 냄새가 났다. 나는 이마의 땀을 문질렀다. 현숙이 대학 입학 선물로 사준 양가죽 장갑이 찢어져 있었다. 나는 장갑을 벗어 먼지를 털고 종이돈을 맨손에 말아쥐었다. 그제야 그는 나를 보고는 바위 위에서 훌쩍 뛰어내리더니 종이쪽지를 내게 내밀었다.

"자, 받아라!"

"뭐냐?"

나는 손에 말아쥔 천 원짜리 종이돈을 바지 주머니 속에 집어넣고는 흙먼지가 묻은 손바닥을 탁탁 털며 웃었다.

"꽃이다. 청춘의 꽃!"

그가 내미는 종이쪽지를 나는 얼떨결에 받았다. 입영통지서였다. '징집을 기피하면…' 하는 붉은 글씨가 눈에 들어왔다. 종이쪽지 빈 곳에는 황동수가 기다리며 쓴 글이 두 줄 적혀 있었다.

꽃 같은 네 몸이 노동을 하다니
정신은 타는 숯과 같겠구나.

나는 입영통지서를 종이돈처럼 바지 주머니에 구겨넣으며 그를 보았다. 흐릿흐릿하게 웃음을 짓고 있는 그의 얼굴 너머로 산수유 꽃이 노랗게 피어 있었다. 그는 또 한 장의 종이쪽지를 점퍼 안주머니에서 꺼내더니 내 눈앞으로 들이밀었다. 그의 입영통지서였다.

"네 집에 갔다가 네 어머니가 군대 영장이 나왔다고 하기에 내가 대신 전해준다고 받아왔다. 고향이 같아서 그런지 너하고 같은 날, 같은 사단에 입대하게 되었다. 이거 아주 괜찮은 인연 같다."

입영통지서를 들고 흔드는 그의 손톱 밑에는 기름때가 까맣게 박혀 있었다. 그와 나는 같은 마을에서 살았다. 초등학교도 같이 다녔고, 중학교도 같이 다녔다. 중학교를 졸업하던 해 그의 아버지가 죽었다. 그는 인문계 고등학교로 진학하기를 포기하고 공고를 나와 철공소 선반공으로 취직했다. 그러고 보니 그가 공사판에 있는 나를 찾아온 그날이 일요일이었던 것 같다. 막노동판은 일요일이 없지만 그는 쉬는 날이었으니까 나를 찾아올 수 있었을 것이다.

나는 고개를 젖혀 하늘을 올려다보았다. 봄 하늘은 환했다. 그의 얼굴 뒤로 산수유 꽃이 노랗게 매달려 있었다. 나는 그의 뒤에 비스듬히 서 있는 산수유나무를 잡고 흔들었다. 산비탈로 꽃들이 후두둑 떨어졌다. 우리는 공사 중인 산책 도로로 내려왔다. 산책 도로는 제법 틀이 잡혀져 있었다. 나는 축조 중인 도로를 걷다가 멈춰 서서 다짜고짜 그의 어깨를 잡고 흔들며 소리쳤다.

"그래, 청춘의 꽃이란 말이지!"

황동수는 산수유나무처럼 내가 흔드는 대로 몸을 내맡겼다.

나는 입대한다는 사실을 현숙에게 말하지 않았다. 나는 나를 아는 모든 이로부터 잠시나마 몸을 감추고 싶었고, 나 자신으로부터도 몸을 감추고 싶었다. 그러기에 가장 좋은 곳은 군대밖에 없었다. 입영통지서는 유배된 청춘을 위한 초대장이었다.

나는 감았던 두 눈을 크게 떴다. 전화를 받기 전에 보았던 총안구 밖의 비무장지대는 환한 햇빛 때문인지 공중으로 붕 떠올라 펄럭거리며 눈 속으로 밀려들어왔다. 관측하기 쉽도록 불모지 작업이 이루어진 그곳에는 키 작은 나무들만이 듬성듬성 서 있었다. 황동수의 목소리는 유장하게 이어졌다.

"벌판 같은 골짜기를 지나니 표훈사가 보임메. 법기봉을 곁에 끼고 청학봉을 등에 지고 둘러메고, 표훈사 동문을 빠져 나가니 알짜 금강문이라, 길길이 소리지르는 물소리가 들림둥? 열두 마당 홍겨운 만폭동이 아임메. 흑룡, 비파, 벽파碧波, 분설噴雪, 진주, 귀龜, 선船, 화룡火龍, 수정조각 무수한 내팔담內八潭을 거쳐가니 속세 일은 뜬구름이라, 청룡담 영아지를 지나 법기봉 허리에 붙은 보덕굴普德窟이 가물가물, 오슬오슬, 댕강댕강 매달려 있슴. 금강산 팔만구 암자 중 으뜸 앙이요?"

그는 목청을 늘였다가 쳐올리고, 길게 내지르며 막 금강산 보덕굴을 오르는 중이었다. 나는 빙그레 웃음이 나왔다. 그와 나는 같은 대대 참모본부에서 근무하다가 그는 금강산이 마주보이는 다른 대대로 쫓겨갔고 나는 소총중대로 쫓겨갔다. 그때 그는 더블백을 꾸리며 금강산 유람이나 실컷 다녀보겠다고 했다.

"눈요기면 어떠냐?"

그는 선반공으로 있었을 때에도 방송통신대학 강좌를 빼놓지 않고 들었다. 그렇다고 그가 정식으로 입학을 한 것은 아니었다. 그는 장남이었고 밑으로 남동생이 둘, 여동생이 하나 있었으므로 자신이 가장 노릇을 톡톡히 하지 않으면 안 되었다. 그는 입버릇처럼 방송통신대학으로 갈 거라고 했다.

"까짓 아무 과면 어떠냐? 나는 국사 공부 하는 데가 좋더라. 옛날 이야기나 하고, 골치도 안 아프고 좀 좋으냐? 그래도 동생들 공부시키고 돈을 벌려면 농학과를 가는 게 맞겠지? 고향으로 돌아가서 콩도 심고 대추나무도 심고 표고버섯도 키우려면 많이 배워야 한다. 소도 키워야지! 한 배씩 쑥쑥 뽑아내면 금방 목장주인이 될 거다."

황동수는 소라지계곡, 금강산이 마주보이는 전방의 다른 연대로 쫓겨가더니 관측병에 끼어들었다. 전방 대대마다 1026고지에 있는 1기지의 이인석 상병처럼 포대 소속 관측병이 한 명씩 배속나와 있었다. 마침 그가 있던 중대에 배속나온 관측병이 급성맹장염에 걸려 후송을 가버리자 그는 자신의 시력이 2.5라고 강력히 주장하며 후속 관측병이 올 때까지 그 자리를 맡았다. 나는 그의 시력이 좋은지 나쁜지는 모르지만, 그는 어떻게 해서든 그렇게 하고도 남을 것이라고 쉽게 짐작할 수 있었다.

"보덕굴 수십 층을 한 발 한 발 내려가니, 이 암자 법당 관음굴이 기다림메. 예로부터 이르기를, 금강산 중에서 특히나 영검하시다는 관세음보살이 아인감. 소원 성취, 남북통일, 무사제대 빌어보고 만폭동을 나서니 마하연이라. 좋슴메! 의상대사가 지은 암자에서 다리 풀고 혈망

봉 올려보고, 왔다갔다 육십 리 길, 비로봉으로 재촉하기요. 세조 임금 쉬어간 칠성봉 암자에서 목 축이고, 아슬아슬 비로봉 길은 이리 허망함메. 가슴이 덜덜 울리고 천지가 발 아래 누워 있으니, 어이하는감. 측백나무, 전나무 끼고 정상에 오르니 높이 일천육백삼십팔 미터, 금강산 꼭대기 상상봉이 아님둥! 내려보니, 일천 봉우리 일만 골짜기요, 손을 드니 하늘이라. 다시 둘러보니 모든 신선들, 모든 부처님들, 아귀 축생들이 죄다 모여 있지 앙이요. 일갈하듯 활개춤을 추고 일만이천 봉을 홀로 굽어보니, 어찌 만감이 북받쳐오르지 않음둥. 아아, 내래 말 못하겠슴. 말 못하겠슴…."

능청스럽기도 하고 청승맞기도 한 황동수의 목소리를 들으면서 나는 입대하면서부터 그와 함께 보냈던 날짜들이 슬슬 떠오르기 시작했다.

황동수와 나는 같은 날 50사단에 입대했고, 같은 소대에서 신병 훈련을 받았다. 우리는 앞뒤로 줄을 나란히 섰기 때문에 훈련병 번호도 앞뒤로 받았다. 그는 식성이 좋았다. 둘이서 함께 훈련소 취사장 야간보초근무를 나갔을 때였다. 취사장 기간병인 일병 하나가 막걸리 한 사발을 단숨에 마시고는 그에게 숟가락을 하나 쥐여주며 총검술 16개 동작을 순서대로 하면 돼지갈비를 한 대 주겠다고 했다. 그날 그는 근무시간을 훨씬 넘기고 먼동이 터서야 내무반으로 돌아왔다. 그는 내 침상 머리맡에 앉아 나를 깨웠다. 그는 씩 웃으며 야전 점퍼를 툭툭 쳐보였다. 야전 점퍼 앞섶이 두 쪽 다 불룩하게 나와 있었다.

"내가 이겼어. 기어코 돼지갈비 한 대를 얻어왔다. 그 일등병 놈 새끼

한눈팔 때 너 주려고 갈비 한 대를 더 훔쳤다. 오늘은 너무 행복한 날이다."

나는 처음 일병의 제의에 황동수가 선뜻 나서는 게 걱정스러웠다. 우리는 그때 겨우 총검술을 한번 연습해보는 정도까지만 배웠기 때문이다. 그러나 그는 숟가락을 받아쥐더니 과감하게 총검술 기본동작인 쉬어 자세로 들어갔다.

다단식 취사기에 걸터앉은 일병은 두 발을 흔들거리며 막걸리를 몇 잔 잇달아 들이켰다.

"좋았어. 차렷총!"

일병의 구령이 끝나자 황동수는 목청도 우렁차게 숟가락을 씩씩하게 앞으로 내밀며 "앗!" 하고 소리를 내지르는 게 아닌가.

"좋았어! 총검술 기본자세가 좋다. 숟가락은 적의 목줄기를 노리고 눈은 적의 두 눈을 찜쪄먹을 듯이 맹렬하게 째려보는 거야. 자, 이제 들어간다. 찔러!"

일병의 우렁찬 구령이 떨어지자 황동수는 기합소리와 함께 왼발을 힘껏 내딛으며 숟가락을 앞으로 찔러들어갔다. 거기까지는 좋았다. 그 다음부터는 사정없이 질러대는 그의 기합소리와 함께 어떤 야전교범에도 없는 총검술 동작이 펼쳐졌다. 그 큰 덩치에 숟가락을 굳게 쥐고 기합을 질러대며 그는 사방팔방 허공을 진지하게 찔러대었다. 그렇게 정신없이 고함을 질러대다가 다시 쉬어자세로 돌아오자, 일병은 다단식 취사기에서 풀쩍 뛰어내리더니 그에게 준 숟가락을 빼앗아쥐며 말했다.

"기백은 좋으나 훈련이 되어 있지 않아. 훈련 시 한 방울의 땀은 전시 한 방울의 피와 같다. 내 동작을 잘 봐라."

일병은 황동수 이상으로 진지하게 숟가락을 두 손으로 꽉 잡고 총검술 16개 동작을 능란하게 보여주었다. 보초근무는 두 시간씩이었다. 나는 취사장 문 밖에 서서, 열심히 고함을 질러대며 숟가락을 찔러대는 황동수의 얼굴을 살펴보았다. 어느새 모자는 벗겨져 바닥에 떨어져 있었고 허리께에 매달린 수통이 엉덩이까지 내려와 있었다. 이마 양 옆으로 힘줄이 불끈 돋았고 땀방울이 얼굴에 번질거렸다. 근무시간이 끝날 때까지 그의 총검술 훈련은 좀처럼 진도가 나가지 않았다. 보초 교대병이 오자 그는 내게 먼저 들어가라고 했다. 그는 숟가락을 입에 물고는 손바닥에 밴 땀을 훈련복에 닦으며 다시 심기일전하여 돼지갈비에 도전하는 자세를 가다듬었다. 내가 내무반으로 돌아올 때까지 그의 총검술 동작은 돼지갈비에 묻은 터럭 하나도 얻어오기 어려울 정도로 도무지 가망이 없어 보였다.

"빌어처먹을 일병 놈 새끼, 내가 기어코 해냈다."

그는 품안에서 돼지갈비 두 대를 소중하게 꺼내어 두 개를 들고 열심히 비교해보더니 굵은 것을 내게 주었다.

"너는 요즘 입맛이 없는 모양이다. 밥을 남기더라. 부지런히 먹어야 한다. 없는 놈은 몸이 돈이다. 슬픔도 먹는 것 앞에는 맥 못 춘다."

돼지갈비 건 이후 황동수는 취사장 일병과 친해졌는지, 자주 정어리 통조림이며 깡통 소시지를 얻어왔다. 그의 야전 점퍼는 요술창고였다.

"나는 장남이야. 몸성히 해서 고향 앞으로 가야 해. 어머니는 내가 돌아올 때까지 호각소리에 쫓기며 시장에서 노점상을 하겠지. 새 새끼 같은 동생들은 나만 믿고 기다릴 거야."

황동수는 짬밥을 열심히 퍼넣으며 말했다. 나 또한 그의 형편을 모르는 바가 아니었다.

"아, 정말 왜 이리 허기가 지는지 모르겠어. 배가 터지도록 먹어봤으면 좋겠다. 복지회관에 있는 물건 전부 사면 얼마쯤 돈이 들까. 아니 웨하스만이라도 맘껏 먹어봤으면."

내가 멍하니 침상에 앉아 있으면 그는 내게 입맛을 쩍쩍 다시며 말을 붙이곤 했다. 그는 웨하스 과자를 먹으면 까닭 없이 어머니 얼굴이 떠오른다고 했다. 이상한 연상이긴 하지만 나는 입대할 때 가져온 돈으로 그에게 웨하스를 자주 사주었다. 그는 육군본부 같은 곳이나 후방으로 배치되어 편하게 군대생활을 하고 싶어서 부지런히 눈치를 살피며 훈련 교관들에게 굽신거리고 애교 섞인 웃음을 보냈다. 그는 혹시나 교관들에게 잘 보이면 좋은 곳으로 빠질 수도 있지 않겠느냐는 기대를 버리지 않았다. 동작이 굼떠서 그는 선착순 기합을 받으면 늘 꼴찌였지만 훈련병들의 배치 지역은 끗발이지, 달리기로 결정되는 것은 아니라는 취사장 일병의 말을 굳게 믿었다.

신병 훈련이 끝날 무렵. 우리가 소속된 교육중대의 훈련병 전원이 전방으로 배치될 것이라는 소문이 나돌았다. 그는 굉장히 심각한 낯빛으로 무언가를 골똘히 생각했다. "인제 가면 언제 오나 원통해서 못 살겠네" 하는 무시무시한 인제 원통골이 지척에 있는 것처럼 그의 얼굴은 어두웠다.

그는 내게 이렇게 말했다.

"길오야, 혹시 우리 앞뒤로 장관 아들이거나 장군 조카 비슷한 놈이라도 있으면 좋은 곳으로 같이 묻어갈 수도 있다는데. 이건 영 팔자소관이니, 꼼짝할 수 없구나."

사실, 그때 훈련병의 관심은 혹시 자기 줄 앞뒤로 그런 녀석이 있는가 하는 것이었다. 소문은 무성하게 돌아다녔다. 어떤 배경이 있어도 공정하게 처리한다는 말도 있었고 벌써 누구는 후방으로 정해져 있다는 말도 떠돌아다녔다. 우리 소대에도 장군의 조카라는 행복한 소문의 초점이 된 훈련병이 있었다. 황동수는 자주 그 훈련병 앞에 가서 사람 좋은 웃음을 멋쩍게 흘리거나 취사장 일병에게서 얻어온 꽁치 캔을 그의 주머니에 슬쩍 집어넣어주곤 했다.

막상 교육이 끝나고, 이등병 계급장을 단 신병 전원에게 103보충대로 배속한다는 명령이 떨어졌다. 그곳에서 신병들은 전방의 각 사단으로 팔려가게 되어 있었다. 황동수는 "천지신명이 이리 무심하신가?" 하며 눈물까지 찔끔거렸다. 우리는 훈련소에서 군용 버스를 타고 동대구역으로 갔다.

나는 교육을 받는 동안 아무에게도 편지를 쓰지 않았다. 나는 이 시절을 완벽하게 포장해버린다는 느낌 이상을 가질 수가 없었고 또한 잠시의 피난처로 떠나버리는 일이 다행스럽다고 여겼던 터였다. 역에는 어떻게 알고 나왔는지 신병들의 가족들이 많이 나와 있었다. 우리는 버스에서 내려 호송관의 구령에 따라 더블백을 메고 역 안으로 뛰어들어갔다. 역 구내에서 황동수는 어머니를 만났다. 그의 어머니는 옆구리에 목판 함지를 끼고 있었다. 시장에서 바로 온 모양이었다. 어머니는 열차를 타러 나가는 아들의 손에 꼬깃꼬깃 접은 종이돈을 쥐어주었고 그는 그것을 다시 어머니에게 돌려주었다. 두 사람이 실랑이를 벌이는 것 같았다.

헌병이 다가왔다.

헌병은 호각 끈으로 황동수의 목덜미를 내리쳤다. 그는 신병 대열에서 벗어나 있었다. 그의 어머니가 재빨리 그에게 돈을 쥐어주었다. 군악대가 연주하는 행진곡이 역 구내를 가득 메웠고 서로의 이름을 부르고 찾는 소리가 개구리밥처럼 떠다녔다. 이별의 곡이 울려퍼졌고 신병을 태운 열차가 떠났다.

그는 열차가 용산역에 닿을 때까지 줄곧 아무 말이 없었다. 나는 창밖으로 얼굴을 돌려 점점이 외등이 서 있는 밤풍경을 보다가 이내 잠 속으로 빠져 들어갔다. 열차가 한강철교를 지날 때쯤, 나는 철로에 부딪치는 열차 발통소리에 잠을 깼다. 새벽이었다. 열차가 용산역에 도착하자 그는 생기가 조금씩 살아나기 시작했다. 플랫폼에는 적십자 부녀회에서 신병들에게 커피를 나누어주기 위해 나와 있었다. 그는 일착으로 뛰어가 커피를 한 잔 마시고 다시 뒤쪽에 가 줄을 섰다. 그렇게 해서 뜨거운 커피를 세 잔 마셨다.

"이제 가슴이 훈훈해진다."

12월 초순이었다. 열차 바깥 유리창에 고드름이 매달려 있을 정도로 몹시 추웠다. 황동수는 큰 덩치에 비해 유달리 추위를 많이 탔다. 우리는 용산역에서 다시 다른 기차로 갈아탔다. 창밖을 바라보던 그의 눈빛은 축축하게 젖어 있었다. 열차는 다시 어디론가 달리기 시작했다. 어디로 가는지도 알 수 없었다. 그는 더블백을 열고 편지지를 꺼내더니 열심히 편지를 쓰기 시작했다. 그의 뺨으로 눈물이 소리 없이 굴러내리고 있었다. 그는 국방색 손수건으로 코를 팽 풀었다. 유리창에 성에가 두껍게 끼어 있었다. 나는 눈을 감고 의자 등받이에 머리를 기댔다. 나는 졸다가 열차가 덜컹거리는 소리에 눈을 뜨곤 했다.

"첫눈이 내린다!"

그는 창에 서린 성에를 손톱으로 긁어내다가 내 어깨를 흔들며 탄성을 질렀다. 나는 눈을 떴다. 그는 손뼉을 칠 듯 좋아했다.

"이건, 분명히 첫눈이야. 좋은 징조야. 우린 그 무시무시한 골짜기로 팔려가지 않을 거야. 이렇게 첫눈이 오는데 말이지. 가면 좋은 소식이 기다리고 있을 거다."

나는 창밖에 내리는 눈이 첫눈인지, 몇 번째 오는 눈인지 몰랐다. 그러나 그는 그렇게 단정하고 굳게 믿어버렸다. 열차는 계속 달렸다. 눈발이 사라지고 안개가 끼기 시작했다. 열차에서 내려 우리는 군용 트럭으로 바꾸어 탔다. 새벽안개가 거리를 뒤덮었다.

"안개궁전 속으로 빨려드는 것 같다…."

그가 말했다. 나는 아무런 대꾸도 하지 않았다. 거리에는 민간인들이 정물처럼 움직였고, 냉랭한 공기가 뺨에 달라붙었다. 군용 트럭은 몇 번이나 이리저리 길을 바꾸더니 가로수가 늘어진 큰길로 접어들었다. 나는 트럭 짐칸의 딱딱한 나무의자에 앉아 뒤따라오는 트럭의 범퍼에 붙여진 팻말을 보았다. '긴급작전'이란 붉은 글씨가 안개 속에 희미하게 보였다. 안개 사이로 뿌옇게 흘러나오는 헤드라이트 불빛이 자신의 의지와는 아무런 상관없이 어딘가로 빨려들어가는 듯한 병사들을 차갑게 비추었다. 나는 어깨를 꼭 옴츠리고 야전 점퍼 주머니에 손을 깊숙이 감추었다. 황동수를 힐끗 보았다. 그는 아랫입술을 쭉쭉 빨고 있었다.

화물칸으로 안개가 몰아쳐왔다. 나는 고개를 꺾어 턱을 가슴팍에 붙이려 애를 썼다. 눈과 코와 입으로 안개가 스며들어왔다. 그것은 나를 지워버릴 듯 몸속으로 퍼져들었다. 가는 물방울들이 몸에 가득 달라붙어 있는 것 같았다. 몸을 부르르 떨었다. 아무런 생각도 할 수 없었다. 갑자기 트럭이 오른쪽으로 방향을 바꾸더니 부대 안으로 쑥 들어갔다.

황동수는 트럭이 오른쪽으로 꺾어드는 바람에 화물칸 바닥으로 나동그라졌다. 그는 더블백을 꽉 부둥켜안고 있었다. 신병을 실어온 트럭들이 연병장에 줄지어 섰다. 호각소리가 길게 울렸다. 안개 속에서 전원 하차하라는 구령 소리가 났다. 신병들은 팔려온 강아지 새끼 모양 밖으로 뛰어내렸다. 안개가 소용돌이처럼 병사들을 휘감아 흘렀다. 황동수와 나는 엉거주춤하니 서서 사방을 둘러보았다. 아주 낯설고 이상한 곳에 던져졌다는 기분이 들었다.

황동수는 내 팔을 잡아당기며 말했다.

"아직 우리의 운명은 끝나지 않았다. 첫눈을 봤지 않니? 이럴 때일수록 정신을 바짝 차려야 한다. 아마 여기가 그 유명한 103보충대인 모양이다. 우리 명령은 이곳까지 나 있거든. 여기서 다시 다른 곳으로 팔려간다."

안개 속에서 병사들이 꿈틀거리며 줄을 서자, 하사가 그들을 내무반으로 인솔해갔다.

2백 명은 넉넉히 들어갈 수 있을 정도로 내무반은 크고 넓었다. 하사는 신병들을 내무반 통로에 두 줄로 서게 한 뒤 3초 이내로 군화를 벗고 침상 3선에 정렬하라고 했다. 하사의 명령이 떨어지기가 바쁘게 언제 군화끈을 풀었는지, 다른 병사들이 군화끈을 푸느라고 허리를 굽히는 사이에 그는 벌써 침상 위로 올라섰다. 신병 훈련을 받으면서 굼뱅이 같은 황동수의 동작을 보아온 나로서는 날렵한 그의 행동이 놀랍다 못해 탄복할 만했다.

그는 거기에서 멈추지 않았다. 침상 위에 부동자세로 꼿꼿이 섰다가 열중쉬어 자세로, 또 차려 자세를 절도 있게 반복하였다. 그러더니 인솔 하사를 향해 크게 소리를 질렀다.

"이병 황동수! 가장 먼저 침상 위로 올라왔음을 보고 드립니다. 충성! 충성! 충성!"

황동수는 거수경례를 척 갖다붙이고는 세 번이나 우렁차게 경례 구호를 외쳤다. 나는 군화끈을 풀다 말고 그를 멀거니 올려다보았다. 하사가 그의 경례를 척하니 받아넘긴 뒤 황동수 앞으로 뚜벅뚜벅 걸어오더니 장군처럼 지휘봉으로 그의 배를 쿡 찌르며 물었다.

"귀관은 군인정신이 투철하군. 여기 경례 구호는 충성이 아니라 당백이다. 당백! 일당백이란 뜻이다. 알겠나? 황 이병, 자네 제대가 얼마나 남았나?"

갓 훈련을 마친 신병에게 제대 일자를 묻다니? 뒷날, 나는 그런 질문이 고참들이 신병들에게 심심풀이 삼아 하는 일상적 버릇인 것을 알게 되었다.

황동수는 씩씩하게 대답했다.

"옛! 31개월 17일 남았습니다. 당백!"

"그래? 좋아! 무슨 애로사항 있나?"

"있습니다."

점입가경이었다. 신병들의 눈길이 죄다 그와 하사에게 쏠렸다. 나는 피식 웃음이 새어나왔다. 하사가 어떤 권한이 있다고 그렇게 묻는 것도 우습거니와, 또 그가 무슨 기대를 걸고 하사에게 애로사항이 있다고 말하는지 종잡을 수가 없었다. 신병 훈련을 받으며, 애로사항이 있는가라고 누가 물으면 무조건 없다고 대답하라고 귀에 대못이 박히도록 들었는데 말이다.

"뭔가?"

하사는 근엄하게 물었다.

"이병 황동수! 저는 이곳이 마음에 듭니다. 저는 안개를 사랑합니다. 저는 이곳에서 천년만년 살고 싶습니다. 당백!"

황동수는 목젖이 다 보이도록 입을 크게 벌리고 대답했다. 신병들은 대부분 주눅이 들어 있었다. 어두운 밤과 새벽을 끝없이 실려온데다가, 이제 말로만 듣던 전방 골짜기로 팔려갈 것이라는 확실한 예정 사항이 그들을 그렇게 만들었다. 그런데 그는 달랐다. 열차에서 내려 트럭에 실려올 때 그는 벌써 군화끈을 다 풀어두었던 것이다.

하사는 씩 웃더니 지휘봉으로 황동수의 배를 쿡쿡 찔렀다.

"그렇다. 이곳은 호수가 많아서 안개가 하염없이 낀다. 황 이병은 이 보충대의 기간병으로 남고 싶은 모양이군, 천 년도 긴데 만 년까지 살고 싶다고 했나? 그러나 귀관의 소망은 나의 소관으로는 불가능하다. 그것은 세월이 말해줄 것이다."

하사는 말을 마치고 나서 연극배우처럼 두 팔을 올려 엉거주춤하니 서 있는 황동수의 어깨를 꽉 잡더니 독백을 하는 것이었다.

"아! 세월…, 세월도 안 가고…."

신병들은 황동수와 인솔 하사의 어이없고 우스꽝스런 행동을 훔쳐보며 침상 3선에 꼿꼿하게 섰다. 하사는 내무반 한가운데로 다시 돌아오더니 앉아, 일어서 하는 구령을 되풀이했다. 하사의 구령에 아마, 그의 동작이 가장 절도 있었으리라. 나는 그가 하사에게 안간힘을 다해 애교를 부리고 있다는 것을 알 수 있었다. 하사는 몇 번인가 반복되는 구령을 붙여 신병들의 긴장감을 북돋운 뒤, 앞으로 있을 일을 설명했다.

"여러분들은 이 보충대에서 3일 동안 대기하게 된다. 3일 후, 여러분은 각자의 능력과 또 부대의 필요에 따라 각 사단으로 배속될 것이다. 그동안 편안히 쉴 수 있기를 바란다."

하사는 말을 마치고 내무반을 나갔다. 나는 더블백을 관물대에 걸쳐두고 그 위에 머리를 대고 침상 바닥에 비스듬히 누웠다. 황동수는 군화를 꿰어 신고 부리나케 하사 뒤를 따라나갔다.

"수만 번 돌아보며 비로봉을 내려와 만폭동 꼭대기를 더듬어 올라가니 자비가 뚝뚝 지고 입초리 깊이 번뇌 스친 마애불 앞에 합장하고, 산인지 물인지 다 잊어버리고 이십 리 낙엽길 턱 올라서니 안무재이야요. 내외금강이 갈리는 곳이라, 아름드리나무들이 막고 있갔디만 낮은 놈은 타고넘고 높은 놈은 기어넘어 돌병풍을 돌아서니 칠보암임메. 일천 척 눈길로 더듬어오르니 칠보대라, 까짓 속세 버리듯 내친걸음 재촉하기요. 석벽을 돌아올라 돌무더기길 무지막지 걸어가기요. 은선대, 구정봉九井峰, 하늘 평평 십이폭포, 천야만야 솟은 마음, 창해 만리 호호막막 천만 년 거센 물살 맴돌아 풀쩍, 건너뛰니 아홉 용이 빼소니친 구룡연을 지나가디 않갔시오. 오호라, 금강 큰 절 유점사 풍경 소리가 시름을 다둑이는디, 고럼 고렇디….”

유장하게조차 들리는 황동수의 목소리를 들으며, 나는 무엇인가 나의 내부에서 투명한 비애 같은 흔적들이 뱀처럼 똬리를 틀고 있는 모습을 보았다. 그가 금강산이 바라보이는 소라지계곡 끝까지 쫓겨가기까지의 내력이 그의 목소리에 묻어 눈앞으로 불쑥불쑥 나타났기 때문이다. 보충대에서부터, 아니 신병교육대에서부터 더 근무하기 편한 곳으로 가기 위한 그의 노력은 각별하고 애절하기까지 하였지만 결국 그는 나와 함께 최전방까지 흘러가게 되어버렸으니까 말이다.

보충대 내무반에서 하사 뒤를 따라나갔던 황동수는 한참만에야 상기된 표정으로 돌아왔다. 그는 새로운 정보를 하사로부터 들었다며 내게 귓속말로 소곤거렸다.

“길오야, 잘 들어봐라. 보충대 대기병들은 이제 이름도 무시무시한 전방사단으로 팔려가게 되어 있다. 그런데 바로 보충대에 그대로 남을 수 있는 유일한 길이 있어. 곧 그 인원을 선발한단다, 특급비밀이다. 아,

제발 그곳에 낄 수 있다면 평생 거짓말 안 하고 죽을 때까지 착하게 살 텐데….”

황동수는 이빨을 꽉 물고 두 주먹을 꼭 쥐었다. 나는 그의 눈에 얼핏 비치는 물기를 보았다. 신병들은 보충대에서 3일 동안 있었다. 아직도 기억나는 것은 아침이면 눈앞을 막는 안개와 끊임없이 들려오는 정찰기 프로펠러 소리였다. 안개는 오전 내내 걷히지 않았다. 신병들은 눈이 군데군데 쌓여 있는 연병장을 지나 매점으로 가서 4백 원짜리 짜장면을 사먹곤 했다. 짜장면은 짜고 화근내가 심하게 났다.

황동수의 뱃속에는 거지가 1개 사단쯤 사는 모양이었다. 그는 자원해서 취사장 사역을 나갔다. 그가 일을 끝내고 돌아올 때의 모습은 풍성한 연회에 갔다온 귀족처럼 화려하고 여유가 있어 보였다. 그는 주머니에 숨겨온 생라면을 꺼내어 내게 주었다. 취침 시간이 되면 그는 담요를 뒤집어쓰고는 건빵을 씹어 먹었다. 나는 입안이 메말라 있어서 그가 건네주는 건빵을 되돌려주었다. 그는 내가 되돌려주자, 거침없이 삼켜버렸다.

“왜 이렇게 허기가 지는지 모르겠다. 먹어도, 먹어도 배가 고파. 뱃속에 거지 왕자들이 왕창 살고 있는 모양이다. 그래도 좋다. 먹고 죽은 귀신은 혈색도 좋은 법이니까.”

보충대에서 하루가 지났다.

아침 식사를 마치고 신병들이 대기병 내무반에 있을 때였다. 중위가 내무반 안으로 들어서더니 신병들 중에서 차트 글씨를 잘 쓰는 병사가 있으면 나와보라고 했다. 몇 명이 중위 앞으로 나갔다. 황동수는 특급

비밀을 미리 알고 기다렸다는 듯 재빨리 군화를 꿰어 신고는 내무반을 나서는 중위 뒤를 따라갔다.

나는 황동수가 언제 차트 글씨를 배웠는지 궁금했지만, 뽑히기만 하면 보충대에 그대로 남을 수 있다는 희망이 그를 달려나가게 했으리라는 짐작을 쉽게 할 수 있었다. 그는 한참만에야 돌아왔다. 그의 어깨는 축 처져 있었고, 그의 얼굴에는 매직펜으로 그어댄 붉고 푸른 줄, 검은 줄이 복잡하게 뒤얽혀 있었다. 턱에는 검은 색 매직펜으로 수염이 그려져 있었다.

그는 내 옆자리에 앉더니 겸연쩍은 듯이 씩 웃었다.

"한번 실패는 병가지상사가 아니겠느냐? 군자는 뒷일을 도모하는 법이다. 우선 얼굴의 황칠부터 지워야겠다."

그는 국방색 손수건에 침을 묻혀 얼굴을 빡빡 문질렀다. 매직펜으로 죽죽 그은 줄은 잘 지워지지 않았다. 그는 수건으로 얼굴을 열심히 닦으며 내게 말했다.

"내가 언제 차트 글씨를 써본 적이 있니? 그냥 하면 될 것 같았지, 뭐. 차트 글씨 쓰는 놈들, 벼락 맞아 뒈졌으면 좋겠다. 못 쓰면 그만이지, 얼굴에 그림을 그릴 건 또 뭐냐. 나쁜 놈…."

그가 얼굴에 칠해진 검고 붉고 푸른 줄을 다 지우기도 전에 중사가 내무반으로 들어섰다.

"사회에서 테니스 선수를 했거나, 아니면 선수 이상으로 실력이 있는 신병이 있으면 따라와!"

황동수는 수건으로 얼굴을 문지르다 말고 벌떡 일어서서 중사 뒤를 따라갔다. 중사 뒤를 따라가는 신병은 그 외에도 세 명이 더 있었다. 나는 그가 저러다가 또 무슨 일을 당하지 않을까 싶어 은근히 걱정이 되었다. 그 염려는 어김없이 들어맞았다. 중사를 따라나갔던 그는 뜻밖에 빨리 내무반으로 돌아왔다. 그의 무르팍과 팔꿈치는 진흙범벅이 되어 있었다. 테니스 코트에서 포복을 한 모양이었다.

그는 와서 내게 말하기를, 재수없게시리 그가 가장 먼저 실력 테스트를 받았다고 했다. 테니스 라켓 한번 제대로 쥐어본 일이 없는 그가 어땠을지는 뻔한 일이었다. 첫 번째 받아친 공은 담장을 넘어버렸고, 두 번째는 공을 받아치려다 넘어졌다고 했다.

"내가 제일 끝에 테스트를 받았더라면 앞 녀석들이 하는 짓을 보고 대충 흉내를 내면 가망이 있었을지도 모르는 데 말이다. 공도 잃어버렸고 그래서 그 벌로 높은 포복으로 테니스 코트를 한 바퀴 기고 왔다."

그는 옷에 묻은 흙을 툭툭 털었다.

"그래, 기분이 어떠냐?"

"나는 장남이다. 장남은 가족을 위해 불가능한 일과 싸워야 한다. 나는 보충대의 3일 간이 하늘이 내게 주신 기회라고 생각한다. 이때 내가 후방으로 빠져나가지 못하면 생사를 알 수 없는 전방행이 된다. 오직 최선을 다할 뿐이다."

황동수의 얼굴은 진지하고 간절했다. 보충대에서 명령을 기다리는 대기병들의 심정도 그와 다를 바가 없었다. 누가 스스로 고생길로 뛰어들고 싶어하겠는가? 더구나 보충대 연병장에 꽂힌 팻말에 적힌 사단 이름은 등골을 오싹하게 할 만큼 살벌하다는 곳들이었다.

나는 보충대에 선발될 것이라는 기대는 아예 하지 않았다. 특별한 기술도 없었고 그럴 마음도 없었다. 그냥 되어가는 대로 몸을 맡기고 있었다. 그러나 황동수는 달랐다. 다시 내무반 문이 열리고 하사가 하나 들어오더니 내무반이 울리도록 크게 소리쳤다.

"바둑, 아마 1급 이상 실력 보유자는 따라와!"

황동수는 번개같이 하사 뒤를 따라나가며 내게 눈을 찡긋해 보이며 엄지손가락을 내밀었다.

"이번엔 자신 있어. 바둑돌은 만져본 적이 있거든. 기필코 승리하고 돌아오겠다."

그는 당당하게 하사 뒤를 따라나갔다. 나는 그가 얼마만큼의 바둑 실력이 있는지는 모르지만 이번에는 그가 바라는 대로 일이 성취될 수 있기를 바라는 마음이 간절했다. 그는 한 시간쯤 지나서 돌아왔다.

그는 앞서처럼 얼굴에 황칠도 하지 않았고 군복에 흙을 묻히지도 않은 채 내무반으로 들어섰다. 나는 그가 바둑 실력 테스트에 통과된 줄 알았다. 그가 내 곁으로 오자 나는 급하게 물었다.

"그래 이번에는 통과되었니?"

그는 고개를 절레절레 흔들었다. 입이 불룩했다. 그가 입을 벌려 보였다. 그의 입 속에는 희고 검은 바둑돌로 꽉 차 있었다.

그는 바둑돌을 두 손에 뱉어내고는 말했다.

"내가 바둑판에 앉아 몇 차례를 두는데 훌륭하신 중사 한 분이 일어서서 입을 벌리라더군. 그러더니 다른 보충병을 앉혀두고 한번씩 둘 때마다 돌을 내 입 속에 넣으라지 뭐냐. 입 안에 돌을 가득 넣고 내무반까지 걸어가서 뻗으라고 하더라. 엉터리 같은 놈이라고 하더군. 누구는 엉터리가 아니냐? 이 슬프고 바쁜 나라에서 한가하게 바둑이라니 말이다."

황동수의 도전은 세 번 다 실패로 끝났다. 그는 침상에 누워 깊은 생각에 사로잡혔다. 이제 어쩔 수 없이 전방 골짜기로 팔려가게 되어 있으니 그의 표정은 근심스럽다 못해 막막해 보였다. 비상한 노력에도 불구하고, 실패로 끝나버렸던 일이 좌절감이 되어 부닥쳐왔는지 그는 울상이 되어 있었다.

나는 그에게 말했다.

"동수야, 짜장면 한 그릇 사줄게. 먹고 힘내라. 까짓, 뭐 어떠냐? 어디든 세월 가기는 마찬가지겠지. 국방부 시계는 똑같단다."

나는 그를 일으켜 세워 매점으로 데리고 갔다. 우리는 짜장면을 한 그릇씩 먹고 안개를 헤치며 연병장을 지나왔다. 눈과 흙으로 뒤범벅이 된 연병장을 건너다가 갑자기 그는 날더러 내무반으로 먼저 가 있으라고 하고는 안개 저쪽, 기간병 막사 쪽으로 급히 뛰어갔다. 멋들어진 생각이 났다는 것이다.

나는 혼자 내무반으로 돌아갔다. 10분도 채 지나지 않아 황동수는 신나는 얼굴로 내무반을 들어섰다. 그는 내 귀에 대고 이건 초특급 비밀이라고 입을 연 뒤, 곧 군종병 차출이 있을 것이라는 귀띔을 전했다. '세월하사'에게서 들었다고 했다. 그는 보충대 첫날, 그의 어깨를 잡고 세월이 말해줄 것이라고 한 하사를 세월하사라고 불렀다. 그는 내가 미션계 고등학교를 나왔으니 주기도문 정도는 알 것 아니냐며 자기에게 적어달라고 했다. 주기도문은 고등학교 3년 내내 내가 외웠던 것이다. 나는 군인수첩을 찢어 주기도문을 적어주었다. 그는 내가 적어준 주기도문을 열심히 외우기 시작했다.

"하늘에 계신 우리 아버지… 그렇지 내 아버지는 죽어서 하늘에 있으니까 이 몸을 도와주시겠지."

황동수의 정보는 정확했다. 그가 열심히 주기도문을 외우고 있을 때 군종 마크를 붙인 병장이 내무반을 들어서더니 신앙심이 특별히 깊고 군종 활동을 열심히 할 각오가 있는 병사는 따라오라고 했다. 군종병의 말이 떨어지기가 바쁘게 황동수는 병장 앞으로 가장 먼저 달려나갔다. 이번에는 황동수 외에도 내무반 신병의 반 정도가 나섰다. 신병 모두가 그의 심정과 크게 다를 바가 없음을 말해주는 풍경이었다.

그는 한 시간이 지나도 돌아오지 않았다. 나는 교회 쪽으로 가보았다. 교회 앞에서는 신병들이 열을 지어 서 있었고, 그 앞에는 서른 명 가량의 신병들이 눈더미에 머리를 처박고 궁둥이를 하늘로 쳐든 원산폭격 자세로 있었다. 그들 가운데 황동수도 끼여 있었다. 우습기도 하고 안쓰럽기도 했다. 그는 주기도문을 더듬지도 않고 대충 외웠는데 사도신경을 못 외웠다고 했다.

보충대에서 그의 노력은 결국 무위로 돌아가고 말았다. 3일째 되는 날 아침 신병들은 더블백을 들고 공포의 사단 팻말들이 꽂힌 연병장 축구 골대 앞에 도열했다. 장교가 나와, 대기병들에게 각 사단 별로 명령이 나 있으니 이름이 불린 사람은 해당 사단 팻말 앞에 서라고 했다.

초조하고 불안하기는 나 역시 황동수와 마찬가지였다. 먼저 황동수 이름이 불렸고 곧 내 이름이 뒤따라나왔다. 우리가 선 팻말은 훈련병 시절부터 최고로 힘들다고 들었던, '인제 가면 언제 오나 원통해서 못 살겠네' 하는 바로 그 공포의 원통골 12사단이었다.

"아아…."

황동수는 입을 벌리고 길게 탄식했다. 소문에 듣기로 가장 험하고 고생길이 훤하다는 곳이 아닌가. 안개가 그의 입 속으로 부지런히 기어들어갔다. 그는 벌린 입을 다물 생각도 못하고 쓰러질 듯이 비틀거렸다.

"정말 천지신명도, 부처님도, 하느님도 무심하시지…."

그런데 그 순간 기적 같은 일이 일어났다. 그 결과는 나중에 우리를 더욱 참담하게 만들었지만. 12사단 팻말 앞에 선 신병들 앞에 인솔장교가 나타나더니 한 명씩 이름과 인원을 확인한 다음 기뻐서 놀라자빠질 소리를 하는 것이었다.

"여러분들은 참으로 행운아들이다. 이제 여러분들은 군단 직할 군견대에서 군견교육을 6개월간 받게 된다. 분단 조국의 산하를 지키는 군견을 가르치는 교육을 받고 난 뒤 군견과 함께 전방의 155마일 방책선을 빈틈없이 지키는 군견지도병으로 배치될 것이다. 그러니까 너희들은 엄연히 소총병과 다르다. 군견은 국민들의 방위성금으로 구입한 최고 명견들이다. 단 여러분의 군견교육 실적이 떨어지거나 월북하거나 부역하거나 등등 친북적인 행동을 한 전력이 친팔촌, 외사촌 내에 있으면 다시 소총병으로 팔려가게 될 것이다."

그 소리를 들은 황동수는 그 자리에서 두 손을 높이 들어올리며 "대한민국 만세!" 하고 세 번이나 우렁차게 외쳤다. 군견대 이야기를 뒤에 하겠지만 우리는 다른 신병 67명과 함께 군견훈련소로 가서 6개월간 군견교육을 받았다. 그곳에서 그는 덩치가 좋다는 이유로 군견교육보다 취사반 사역에 나가는 일이 더 많았고 그도 그 일을 즐거워했다. 먹을 것이 많기도 했지만 그는 다시 군견지도병이 되어 위험한 전방으로 팔려나가는 것보다 군견대의 취사병 기간요원으로 남아 있고 싶었던 것이다. 그가 군견대 취사병으로 남기 위해 얼마나 생똥을 싸듯이 정성을 바쳤는지 그와 내무반이 달랐으므로 잘 알 수는 없지만 그의 지극한 성격에 비추어본다면 취사병 고참들의 구두를 닦고, 속옷을 빨아주고, 술심부름은 물론 몇 푼 안 되는 이등병 월급으로 술상납도 했을 것이다.

그러나 그와 나는 신원조회에서 똑같이 전방근무에 적합하지 않는 신원부적격자가 되어 그동안 정들었던 군견을 반납해야 했다. 우리는 침투하는 무장간첩을 추적하는 늠름한 군견 지도병에서 소총수로 신분이 강등되어 전방행 트럭에 실리고 말았다. 왜 우리가 신원부적격자가 되었는지 영문을 알 수 없었지만 겨울과 봄과 초여름을 군견들과 함께 보낸 행운을 얻어걸린 것만도 다행스런 일이었다. 그의 말대로 천지신명과 대자대비한 부처님과 하느님의 은총이 잠시나마 우리에게 펼쳐진 것이다. 우리는 군견대에서 6개월을 보내고 다시 소총수가 되어 뙤약볕 아래 먼지가 펄펄 일어나는 군용 트럭 짐칸에 실려 굽고 굽은 산길을 뒤늦게 지나갔다.

"뒤에는 청룡산, 앞에는 남산, 금강 53부처님이 향나무 위에 얹혔으니, 다시 두 손 합장. 누가 훔쳐갈까 철망을 둘렀슴메. 세속이 산속이요 산속이 세속이라 도둑의 죄는 중생이 저지르고, 감옥은 부처님이 당하시니 나그네 발길은 황송함둥. 인목왕후 친필, 은으로 쓴 보문품普門品 읽어보니, 영창대군은 참살당하고 외동딸 정명공주 대자대비 부처님 음덕에 맡기시고자 하는 괴롭고 한 맺힌 그 마음이 선하디 않갔소. 사명당 송운대사도 이곳에서 도 닦았거늘, 아직 푸르고 긴 수염이 세월처럼 휘날리니, 저절로 엎드려 그 충정을 알지 않디. 암, 알디요….”

황동수는 아예 신바람이 났는지, 제법 목청에 촉촉한 물기까지 담아가며 목소리를 길고 짧게, 올렸다 내렸다 하며 달빛이 치고 눈발이 어우르듯 사설을 능청스럽게 늘어놓았다. 문득 장려하기까지 한 그의 목소리는 우리가 뒤늦게 군용 버스를 타고 유배지로 가는 기나긴 여정과 다를 바가 없었다.

군견대에서 103보충대로 되돌아와 12사단 보충대로 가기까지 황동수는 덜컹거리는 군용 트럭 짐칸에 앉아 콧노래를 흥얼거렸다. 짬밥을 제법 먹었으니 그만큼 여유가 있어진 것이다. 아리랑 아리랑 아라리요 아리랑 고개로 나를 넘겨나 주소. 그는 헛도는 불량 음반처럼 〈정선아리랑〉의 끝 가락인 “나를 넘겨나 주소…”를 되풀이해대었다. 갓 전반기 훈련을 마치고 군용 버스에 탄 신병들의 심정도 우리와 무어 다를 바 있었겠는가. 산길이 굽이쳐 오르고 내리는 것이며, 계곡 아래로 까마득히 구르는 명주빛 물줄기, 허공을 가르는 낙락장송들의 장대함도 그들에게는 한갓 어두운 젊음의 배경일 뿐이었다. 수려한 풍광에 대한 탄성도 없었다. 묵묵히 계곡을 바라볼 뿐이었다. 나 또한 심정이 다를 바 없었다. 내가 살았던 곳의 기억이 희미해졌고, 어디인지 알 수 없으나 언젠가 내가 돌아가야 하는 곳으로부터 더 멀어지고 있다는 아스라한 기분에 사로잡혀 있었다. 〈정선아리랑〉을 휘청거리듯 읊조리는 황동수의 콧노래는 트럭 안으로 스며들었고, 턱을 가슴에 내리파묻고 생각에 젖어 있던 신병들은 하나둘씩 그의 노래를 낮은 콧소리로 따라하기 시작했다.

"만경동을 거쳐 은선대를 건너, 십이폭포 봉우리를 한달음에 끼고 돌아, 한 발 한 발 거슬러 올라가니 장관동 정취가 가슴을 울리는디, 백옥반석 맑은 옥소가 오르락내리락 둥글 꿈틀 신선을 손짓하기요. 이왕지사 내친걸음, 눈 질끈 감고 세속을 벌끈 짓밟듯이 지쳐가니 신계사神溪寺 아임둥. 보운조사普雲祖師 이 자리에서 도를 깨쳤으나 그 흔적은 어디 있음메. 사방을 돌아보니 문필봉文筆峰 세존봉世尊峰 군선협君仙峽 한하협寒霞峽이 풍우의 세월에도 움쩍없이 둘렀으니, 도가 도대체 무엇임메? 홀로 인내하며 지향 없이 걸어가니 소나무, 잣나무, 굴참나무, 서어나무, 박달나무, 물푸레나무 무더기로 피고 맺혀 천하 봄빛이 이리로 몰려 무너져 사태지고, 솟아올라 냅다 퍼부으니 금강문이라! 아하, 금강아. 말 물어보자! 속진에 숨어 쥐새끼 눈 까물대며 요리조리 거짓부레하는 인간들 단숨에 꿰어 밟고 솟구쳐 올라서니 천지 조선에 어느 산신령이 사시는 곳임둥? 지향 없는 인간사 괴로움을 붙들고 껴안듯이 한 고개를 넘어서니 울긋불긋 험한 길이 다시 앞을 가리는디, 사람의 쓸개마저 써늘해지지 않이요…."

사단 보충대에서 신병들은 3일 동안을 대기했다. 군견교육을 받는 동안 우리는 이미 일병으로 진급이 되었다. 물론 사단 보충대에서도 특별한 기술이나 능력을 가진 대기병을 차출했지만, 황동수는 거기에 덤벼볼 엄두를 내지 못했다. 이등병 때인 6개월 전의 안개 낀 103보충대에서 당했던 곤욕 때문이 아니라, 퉁퉁 부어터진 엉덩이 때문이었다.

사단 보충대 대기병 내무반 앞에는 나무로 깎아 만든 국기 게양대가 하나 있었는데, 황동수가 국기를 달겠다고 내무반장에게 지원했다. 내무반장은 그러라고 했고, 이튿날 새벽 그는 번개처럼 일어나 국기를 달았다. 그게 사고였다.

일조점호가 막 끝날 무렵 보충대장이 순찰을 나왔다. 내무반장은 대기병들에게 차려 자세를 시킨 뒤 보충대장에게 "당백!" 하고 구호를 외치며 경례를 붙였다. 보충대장은 경례를 척 받아넘기고는 보충병들을 쓱 둘러보았다. 보충대장의 눈길을 따라 황동수의 눈길도 움직였다.

보충대장의 눈길이 보충병들을 지나 무심코 국기 게양대에 옮겨졌다가, 그 자리에서 한참을 움직일 줄 몰랐다.

보충대장은 얼굴을 찡그리더니, 내무반장에게 물었다.

"오늘, 국기를 누가 게양했나?"

"대기병이 달았습니다."

"누군가?"

보충대장의 말이 채 끝나기도 전에 황동수는 한 걸음 앞으로 나가서서 거수경례를 붙이며 소리쳤다.

"옛, 일! 병! 황동수, 제가 오늘 동해물과 백두산, 조국의 상징 태극기를 삼가 게양했음을 보고드립니다. 당백!"

황동수는 갓 훈련을 마친 이등병과 다를 뿐 아니라 일병으로 진급된 것이 자랑스럽다는 듯이 '일병'이라는 계급에 힘을 주며 침이 튀도록 소리를 질렀다. 보충대장은 그를 어이없다는 듯 보더니 내무반장에게 몽둥이를 가져오라고 했다.

"황 일병! 도대체 후반기 교육을 어떻게 받았나? 국기를 똑바로 쳐다봐! 어떻게 되어 있어?"

이상한 모양으로 사태가 전개된다고 여긴 황동수는 열중쉬어를 했다가 다시 차렷 자세를 하고는 태극기를 올려다보았으나 별 다른 이상이 보이지 않았는지 한순간 멍청한 얼굴이 되었다. 나, 역시 무엇이 잘못되었는지 몰랐다.

보충대장이 버럭 소리를 질렀다.

"야, 이 멍청아, 국기가 거꾸로 달려 있는 게 보이지도 않나?"

보충대장의 일갈을 듣고서야 비로소 나는 무엇이 잘못되었는지를 알았다. 푸르게 밝아오는 공중에서 태극기는 아래위가 뒤바뀐 채 펄럭이고 있었다.

내무반장이 가져온 것은 나무로 만든 야구 방망이였다. 그는 보충대장에게 야구 방망이로 세 대를 맞고는 잠시 까무러쳤다. 황동수 덕분에 대기병들은 연병장을 열 바퀴 돌았고, 내무반장은 보충대장에게 야구 방망이로 다섯 대를 맞았다.

사단 대기병으로서의 사건은 다행히 그것뿐이었다. 내게 업히다시피 해서 내무반으로 들어온 황동수는 그날 하루 종일 끙끙 앓았다. 나는 그의 볼기짝을 까고 안티프라민을 발라주었다. 그의 엉덩이는 시간이 지날수록 꺼멓게 부풀어올랐다. 그 사이에 구두를 기차게 잘 닦거나, 나팔을 잘 부는 신병, 식당 주방장 경력이 있는 신병 등등 대기병을 찾아오는 선임하사들이 있었지만 그는 꿈쩍할 수가 없었다. 나는 차라리 다행스럽다는 생각마저 들었다. 만약 그가 이번에도 그들을 따라나섰다면 틀림없이 얼굴에는 구두약 칠을 당했을 것이고 입 속에는 행주가 채워지거나, 아니면 짬밥을 한입 가득 물고 되돌아섰을 것이기 때문이었다. 사단 보충대에서 황동수와 나는 같은 연대 대기병으로 명령을 받았다. 군용 트럭이 사단 보충대 정문을 나서자 그는 침을 칵 뱉었다.

연대 대기병 내무반 침상에 엎드려 그는 중얼거렸다.

"내 아버지가 세상을 확 버릴 때, 내게 무슨 말씀을 남기셨는고 하니, 가난한 집 자손은 그저 몸이 재산이니 천금같이 하라는 거였어. 흙을 파더라도 힘이 있어야 한다고. 그 보충대장, 무식하게 야구 방망이로 후려치다니, 남의 귀한 재산을 박살내는 거와 진배없지 뭐냐? 정말 하늘이 캄캄하더라. 그래도 태극기 다는 법은 확실히 알았다. 안다는 것은 고통을 통해서 주어지는 모양이다. 인간만사 새옹지마라, 군견대에서 쫓겨났지만 꼭 불행하기만 하겠느냐."

연대 대기병 내무반에서 황동수와 나는 일주일 동안 있었다. 우리의 주특기는 보병 병과였으니 이제 영락없이 소총중대로 흘러갈 판이었다. 바로 그때 그의 말을 빌리면 또 한번, 천지신명과 부처님, 하늘에 계신 아버지의 도움이 있었던 것이다.

대기병들은 낮 동안 사역을 나갔다. 황동수와 나는 연대 인사과 내무반 청소를 해주거나 식기를 닦는 일을 맡았다. 인사과 행정반과 내무반

사이를 왔다갔다 했는데 때마침 연대에 경유를 수령하러 나왔던 1대대 군수장교가 그와 인사과 행정반에서 마주치게 되었다. 그의 큰 덩치가 제법 힘을 쓸 것 같았는지 아니면 다른 무엇이 마음에 들었는지는 모르지만 군수장교는 그를 대대 군수물자를 담당하는 1종계로 데려가기를 원했다.

군수장교는 인사과 행정병에게 황동수를 가리키며 말했다.

"야, 저기 시커먼 놈 우리 대대본부로 명령 내줘라. 1종계 김 병장이 곧 전역하는데 별 신통한 놈이 없어 조수를 못 구했다. 어떠냐?"

"그냥은 안 되겠는데요. 일도 잘하고 착실한 것 같아 우리 인사과에서 쓰려고 합니다. 문서 수발을 시키려는데요."

인사과 행정병이 능청을 떨자, 군수장교가 그 말을 맞받았다.

"좋아. 그럼 쌀 한 가마 됐나? 한 가마니에 저놈을 팔면 되겠지?"

"남의 귀한 자식을 기껏 쌀 한 가마에 팔아요? 많이 약한데…."

행정병은 실실 웃으며 말을 흐렸다. 황동수는 동감이란 듯이 고개를 끄덕거렸다.

"그러면 쌀 한 가마에다 라면 열 상자를 더 얹어주지. 그만하면 되겠지?"

군수장교가 넉살좋게 웃으며 다시 제안하자, 행정병은 뭐 좀 손해보는 것 같지만 굳이 원하시면 그렇게 하라고 했다. 황동수는 도대체 이게 웬 떡인지 모르겠다는 표정으로 싱글벙글하더니만 내 손을 잡고 밖으로 끌어내었다.

"길오야. 어젯밤 용꿈, 돼지꿈도 못 꾸었는데, 이거 정말 심 봉사 눈

뜨는 기분이다. 그렇지만 내 혼자 갈 수 있나? 밖에서 기다려봐라. 너하고 같이 갈 수 있도록 해볼 테니까."

황동수는 내 눈앞에 주먹을 꽉 쥐어보이고는 인사과 행정반 안으로 들어갔다. 나는 창 안으로 그가 군수장교에게 뭐라고 하는 모습을 볼 수 있었다. 군수장교가 밖에 서 있는 나를 쓱 훑어보더니 고개를 끄떡거렸다. 다시 군수장교가 인사과 행정병에게 말을 걸었다. 뭔가 흥정이 시작되더니 드디어 낙찰이 된 모양이었다.

그가 밖으로 나오며 환하게 웃었다.

"너하고 나하고 합해서 쌀 한 가마, 라면 스무 상자로 결정되었다. 너는 라면 열 상자값밖에 안 된다고 섭섭해하지 마라. 내가 값이 비싸니 내 짐이 훨씬 무거울 거다."

군수장교는 황동수와 나를 트럭 짐칸에 태웠다. 트럭은 북쪽으로 난 비포장도로를 달리기 시작했다. 우리는 짐칸에 앉아 고개를 쭉 빼고 트럭 앞을 보고 있었다. 멀리서 바람도 불지 않는데 먼지바람이 일정하게 도로에서 팍팍 일어나고 있었다. 나는 그 곁을 스치며 그 먼지바람이 바로 완전군장 차림으로 구보를 하고 있는 병사들의 군화바닥에서 일어나고 있다는 것을 알았다. 그들은 시꺼먼 먼지바람처럼 달리고 있었다. 황동수는 그 풍광을 보더니 고개를 흔들며 혀를 쭉 빼물었다. 트럭은 천도리 연대본부에서 서화검문소를 지나 평촌대대로 들어섰다.

입대 후의 긴 곡절 끝에 그와 나는 대대본부에서 근무하게 되었다. 그는 군수과 졸병이 되었고 나는 인사과 졸병이 되었다. 그는 보충대에서 맞은 엉덩이가 다 아물지 않았는지 며칠 동안 엉덩이를 어기적거리며 다녔다.

본부중대 내무반의 고참들은 으레 그렇듯이 우리를 침상에 세워놓고 군기를 잡았다. 그 첫 번째가 우선 차려 열중쉬어를 반복시키다가 "자동自動!" 하고 지시를 하면, 그만두라고 할 때까지 차려 열중쉬어를 계속하는 일이었다. 처음에는 황동수도 엉덩이의 아픔을 참으며 고참 지시에 따랐으나 고참이 계속 "자동!"이라고 하자, 그는 덜컥 동작을 멈추더니 "고장!"이라고 소리쳤다. 그 뒤는 뻔한 일이었다. 그 덕분에 졸병들은 군기가 빠졌다고 궁둥이를 높이 든 채 침상에 머리를 박고 취침점호가 시작될 때까지 기합을 받았다. 그는 차츰차츰 부대생활에 적응해가기 시작했지만 동시에 그것은 그를 대대 고문관으로 만드는 것 이상이 아니었다. 하지만 그는 아주 진지했고 열심히 일했으며 요령을 피울 줄을 몰랐다.

고참이 복지회관에 가서 막걸리 한 되를 사오라고 했을 때였다. 그는 주전자를 들고 부리나케 복지회관으로 달려갔다. 창구 앞에 누군가 가로막고 서 있자 그는 생각 없이 그를 옆으로 확 밀어내고 창구 안으로 주전자를 넣으며 막걸리 한 되를 빨리 달라고 외쳤다. 창구 안에는 복지회관 선임하사가 부동자세로 서 있었다. 뒤에 그가 내게 이야기하기를, 그때까지만 해도 왜 선임하사가 자기에게 부동자세를 취하고 있는지를 몰랐다고 했다. 하느님과 동기동창인 고참 명령을 오직 받들기에 정신이 없었다는 것이다. 선임하사는 그에게 눈짓으로 옆을 가리켰다. 그가 옆을 보았다. 황동수의 말로는 그에게 떼밀려 구석에 세워둔 쓰레기통 위에 엎어졌다 일어서는 군인이 어디서 많이 봤던 얼굴이라는 느낌이 들었다고 했다. 바로 그 군인은 대대장이었다. 그가 갑자기 뒤에서 옆으로 밀쳐냈으므로 대대장은 쓰레기통 위로 처박혔던 것이다.

대대장이 일어서 황동수에게로 왔다.

"자네, 군수과지?"

황동수는 그제서야 대대장인 줄을 알고는 너무 놀라 제대로 말을 못했다. 그는 고개만 끄덕거렸다. 이 일이 그와 대대장의 첫 상봉이었다. 그 전에 전입신고를 할 때 대대장 신고가 있었지만 그것이야 형식적인 일이었다. 대대장은 이 일로 그를 기억하게 되었고 두 번째는 대대장 전령과 한바탕 사단이 일어나면서 서로를 확실히 기억하게 되었다.

취침점호가 끝나고 잠에 곯아떨어진 그를 대대장 전령이 깨웠다. 전령은 상병이었는데, 갑자기 라면이 먹고 싶어 1종창고 열쇠를 가진 그를 흔들어 깨웠던 것이다. 전령은 그의 양쪽 뺨을 때렸지만 잠에 곯아떨어진 그는 일어나지 않았다. 전령은 화가 났는지 군화발로 그의 머리를 찼다.

그 순간 황동수는 팽팽해진 고무줄처럼 벌떡 일어나더니 바로 옆 총기대에 놓인 M16 소총을 들고는 개머리판으로 전령의 가슴팍을 찍어버렸다. 전령이 뒤로 벌렁 나동그라졌다. 나는 불침번이었으므로 그 장면을 낱낱이 보았다. 그는 전령을 개머리판으로 찍고 난 뒤, 비로소 여기가 군대라는 생각이 났는지 멍청하게 서 있었다. 전령이 비틀거리며 일어나더니 그대로 그의 턱을 향해 주먹을 날렸다. 그의 입술이 찢어졌고 피가 쏟아졌다. 그는 맥없이 쓰러졌다. 고참들이 일어났다. 그는 내 등에 업혀 의무대로 갔다. 오른쪽 윗입술 안이 길게 찢어져 있었다. 군의관이 그에게 마취주사를 맞지 않고 기워야 빨리 낫는다고 하자 그는 그렇게 해달라고 했다. 그는 상처를 기울 동안 이를 악물고 신음 하나 내지 않았다. 그 다음날 그와 전령은 사이좋게 연병장을 돌아야 했다. 그러니 대대장은 병사들 가운데 그를 가장 잘 기억할 수밖에 없었다.

군수장교는 "너 때문에 내가 산다" 하고 넉살좋게 껄껄 웃었다.

"야. 황동수. 대대장 전령 그놈 버릇을 고쳐주려면 제대로 고쳐줘야지. 어째 단 한방에 기절하냐?"

"헝그리복서의 심정을 알겠습니다. 아무래도 영양실조인 것 같습니다."

그는 나팔처럼 부푼 입술을 우물거리며 대답했다.

"그래? 오늘 장교 숙소로 오너라. 내가 통닭 파티를 열어주지."

황동수는 연병장에서 완전군장 구보를 마친 뒤 나를 데리고 군수장교의 숙소로 갔다. 군수장교는 닭 10마리를 튀겨놓고 우리를 기다리고 있었다. 황동수는 한 손에 하나씩 닭다리를 들고 해치우기 시작했다. 그날 그는 여섯 마리나 먹었다. 부어터진 입술에도 아랑곳하지 않고 잘도 먹어댔다. 덕분에 나도 잘 얻어먹었다. 우리는 군용 양주도 몇 잔 얻어 마셨다. 헝그리복서를 위한 특별회식에서 그는 군수장교에게 매우 신중하게 군견대에서 우리가 신원부적격자가 되어 쫓겨났다는 것을 말하고 이 부대가 전방으로 들어가면 우리는 언제 또 쫓겨가게 될지 모르겠다고 걱정했다.

"너 때문에 내가 산다고 했다. 걱정마라. 개따까리보다야 군수과가 훨씬 낫다. 전쟁이 터지면 모든 물자가 다 군수품이다. 알겠나? 장군도 병사도 전사하면 군수품이지. 다 군수과 소관이다. 군대에서는 안 되는 게 없다. 걱정마라."

"한 가지 궁금한 게 있습니다. 어째서 우리를 쌀 한 가마와 라면 스무 상자에 사올 생각을 했습니까?"

"무슨 대답을 듣고 싶나? 그래 말해주지. 너에게서 젊은 날 내 모습을 보았다."

"그러면 덤으로 내 친구 문제도 같이 해결해주십시오. 순박한 우리 고향에서 누가 월북을 하고 누가 부역을 했는지 모릅니다. 왜 우리가 신원부적격자가 되었는지도 모릅니다. 우리는 아무 죄가 없습니다!"

황동수가 볼이 미어터지도록 쉬지 않고 닭다리를 뜯어 입안으로 밀어넣으며 말했다.

"당연하지. 나 이 백중기가 사단에서 최고 왕고참 대위다. 자랑스러울 것은 없지만. 사단 정보장교도 했다. 그런 거, 아무 상관없다. 2급비밀 취급 인가도 내주마. 어차피 전방으로 투입되면 필요하니까. 헝그리복서의 매니저가 책임지고 해결해주지!"

군수장교의 말을 듣자마자 그는 그 자리에서 벌떡 일어나더니 "당백!" 하고 구호를 외치며 군수장교에게 거수경례를 바쳤다. 입속에 들었던 닭고기가 튀어나왔다. 군수장교 덕분이었는지, 우리는 그런 문제로부터 다행히 더 이상 괴롭힘을 받지 않았다. 전방 투입 전에 우리에게 2급비밀 취급 인가증이 나왔다.

황동수가 식량과 물자를 담당하는 1종계를 맡으면서 팬텀기 사건이 터졌다. 아마 아직도 그 사건을 기억하는 사람이 있을지 모르겠다. 온 사단에 소문이 자자했으니까 말이다. 병사들의 부식으로 닭튀김이 나오는 날, 그 사건이 일어났다. 보통 부식 수령은 취사병들이 맡아하고, 그는 수령량이 적힌 쪽지를 부식일지에 기록하는데, 그날 수령한 닭고기는 세 상자였다. 병사 일 인 당 정량은 3백 그램이고 대대 병력은 590명 정도 되었으므로 한 상자 당 36킬로그램으로 쳐서 다섯 상자는 되어야 했다.

황동수가 취사장에 갔을 때는 닭고기가 두 상자밖에 없었다. 취사반장은 이걸로 닭튀김을 하기에는 부족하고 닭국을 끓이는 게 좋겠다고 그에게 제안했다. 그는 졸병이었고 장기하사인 취사반장의 제안에 반대하고 내세울 특별한 대안도 없었다. 그는 식단이 닭튀김에서 닭국으로 바뀌는 작업을 멀뚱히 지켜보았다.

그때 군단에서 갑자기 암행 급양 검열이 들이닥쳤다. 급양 검열은 부식이 제대로 예하부대로 수령되는지, 그리고 그것이 병사에게 최종 전달되는지를 확인하는 검열이었다. 검열단이 취사장에 도착했을 때는 마침 다단식 취사기의 국통에 닭국이 펄펄 끓고 있을 때였다.

검열관이 황동수에게 물었다.

"병사 1인당 닭고기 정량이 얼마인가?"

"3백 그램입니다."

"그러면 이 부대는 얼마나 되어야 하지?"

검열관은 키가 땅딸막한 소령이었다.

소령은 황동수의 대답을 기다리지 않고 계산기를 두드려보더니 그에게 지시했다.

“이 부대의 식수 인원을 곱하면 닭고기 정량은 176킬로그램, 다섯 상자가 조금 안 된다. 한 상자 당 닭이 18마리씩 들어 있으니까, 도합 90마리가 조금 안 되겠군. 그러면 적어도 닭발은 180개 가까이 되어야 한다. 닭튀김이 식단인데 닭국을 끓였다는 것은 명백히 식단 위반이기도 하지만 뭔가 이상하다. 황 일병, 저 속에 닭발이 다 들어 있겠지?”

황동수가 대답을 머뭇거리자 옆에 서 있던 취사병 고참이 “옙!” 하고 큰소리로 대답했다.

“그럼, 지금부터 닭발을 건져내보도록!”

국통 속에서 닭발을 인양하는 작업이 시작되었다. 황동수는 속으로 저 국통이 요술을 부려 닭발을 수도 없이 쏟아내기를 간절히 빌었지만 인양된 닭발은 67개밖에 되지 않았다.

“어찌 닭발이 홀수인가? 외다리 닭도 있나? 반도 되지 않아! 누가 닭발만 삶아먹었나?”

검열관은 취사기 식판 위에 널린 닭발을 둘러보며 소리쳤다. 닭발은 열병식 때의 병사들처럼 식판 위에 가지런히 줄을 맞추어 놓여 있었다. 검열관은 바로 부족분에 대한 조사를 시작했다. 취사병들이 차례로 대대장실로 불려갔다. 급양 검열은 상당히 비중이 무거운 검열 중의 하나였다. 조국을 지키는 병사들의 부식을 들어먹는 행위는 매국노 이상의 중죄에 처해야 한다고 검열관은 황동수에게 겁을 주었다. 조사과정에서 어떤 취사병은 엉겁결에 외다리 생닭을 수령했는데, 그래서 닭발이 홀수이고 달아난 생닭들도 있다는 대답을 하기도 했다. 조사과정에서 밝혀진 내용은 다음과 같았다.

총 수령량 세 상자, 1백8 킬로그램. 그것만으로도 본래 두 상자 가까이 부족했다. 거기서 부식차 운전병 2마리, 의무대 고참 4마리, 통신대 고참 4마리, 본부중대 탄약병 고참 2마리, 행정반 고참 2마리, 참모부 인사과 정보과 작전과 고참 4마리, 그리고 취사병들이 4마리를 삶아먹어버렸던 것이다. 고참이 닭을 삶아먹겠다는데 황동수인들 무슨 말을 하겠는가.

검열관들은 대대에 전달되지 않은 부족분 두 상자에 대해 조사했다. 그 조사는 연대로 사단으로 군단으로 계속되었다. 황동수는 주·부식 담당 1종계원이었으므로 경우에 따라서는 육군 제일교도소로 가게 될 만큼 상황이 위급하게 펼쳐졌으나 상급부대로 올라갈수록 문제가 크게 불거지자, 결국 대대 자체 문제로 마무리 짓게 되었다. 본부중대의 참모부 각 과별 졸병이 모든 책임을 지기로 되어버렸던 것이다. 고참들이 닭을 삶아 먹어버렸지만 닭다리 냄새도 맡지 못한 나도 포함되었다. 관련 병사들에게는 일과 동안 대대 변소의 똥을 모두 퍼내는 벌이 주어졌다. 그를 비롯한 졸병 4명은 '5분정신교육대'로 명명되었다. 오전 일과가 시작되면 정훈장교에게서 5분 간 훈화를 듣고 똥통을 들고 변소로 돌격하는 일이 거의 한 달 동안 계속되었다.

"너희는 5분정신교육대다. 너희들이 인종을 없앴으니, 너희들이 인종을 수거하는 일은 너무나 당연하다. 자, 위치로! 어, 동작봐라, 동작봐라! 원위치! 위치로!"

정훈장교는 우스꽝스러운 사건의 정신교육을 맡았으니 무슨 할 말이 있겠는가. 그는 능글맞게 웃기만 했다. 원위치! 위치로! 정훈장교는 즐겁게 명령했고, 똥통을 들고 허둥대는 나 역시 피식 웃음이 새어나왔다. 날마다 졸병들은 똥통을 들고 변소로 달려갔다. 실무병사인 황동수에게는 똥 푸는 일 말고 한 가지가 더 추가됐다. 대대장은 그에게 저녁 식사 후부터 취침할 때까지 완전군장을 하고 연병장을 돌라는 명령을 내렸다. 똥을 퍼내는 일이 끝나면 그는 똥통을 내려놓고 완전군장을 하고 연병장으로 나갔다.

"한번도 달리기를 해서 일등을 한 적이 있었나? 이제 혼자 달리는 거야. 일등은 도맡아놓고 한다."

황동수는 저녁 식사를 마친 뒤 연병장을 돌았다. 저녁을 먹고 식기를 닦기 위해 소양강가로 나가며 나는 붉은 그림자처럼 연병장을 돌고 있는 그를 보았다. 똥을 푸고 내무반을 들어서면 고참들은 냄새가 난다고 구박했다. 대대 변소를 다 퍼내는 것으로 팬텀기 사건은 마무리되었다.

구보훈련을 나가서도 황동수는 대대장에게 찍히고 말았다. 완전군장을 지고 산악구보를 해보면 숨결이 탁탁 막혀오고 이 세상 모두를 다 준다 해도 다 싫어지는 심정을 아무도 모른다. 나는 낙오를 하는 것이 두려웠다. 군기가 빠졌다고 고참들이 얼마나 닦달을 할 것인가. 황동수도 같은 심정이었을 것이다. 나는 그의 등을 밀며 산길을 뛰어올라갔지만 그는 내게 "너 먼저 가라, 나는 쉬어 가겠다!"고 버럭 외치더니 갑자기 구보대열에서 빠져 길가 개울로 달려가 머리를 처박았다. 나는 개울에 머리를 처박고 숨을 헐떡이고 있는 그를 힐끔힐끔 뒤돌아보며 구보대열을 뒤따라갔다. 부대로 돌아온 얼마 뒤 그는 앰뷸런스를 타고 왔다. 그는 내게 눈을 찡긋하며 휘파람마저 불어대었다.

"강가에 나가서 낮 씻고 발 닦고 길로 나와 터벅터벅 걸어가는데 세 갈래 길이 나오지 뭐냐? 어느 길이 부대로 돌아가는 길인지 알 수 있어야지, 그래서 왼손바닥에 침을 뱉어놓고 오른손으로 내리쳐 방향을 점쳐보는데 빵빵 소리가 들리더라. 돌아보니 앰뷸런스 선탑석에서 누가 오라고 하데. 어디서 많이 보던 사람 같았지. 기억을 더듬어보니, 대대장이더라. 뭐 어떡하냐? 염치 불구하고 차 얻어타고 왔다."

그날 밤, 우리는 황동수 덕분에 취침점호를 마치고 변소 뒤로 집합해야 했다. 졸병들이 군기가 빠져도 왕창 빠졌다는 것이다. 산악구보 훈련에 낙오하는 것도 문제지만 감히 대대장이 탄 앰뷸런스를 얻어타고 오다니, 대한민국 정예국군의 명예에 똥칠을 했다며, 내무반 왕고참은 준엄하게 훈시를 하고 난 뒤 오리나무 몽둥이로 바로 밑의 고참에서 상병까지의 고참 엉덩이를 다섯 대씩 때렸다. 그러고 나자 가장 악질적인 공중제비 상병이 변소 벽에 줄지어 선 졸병들을 무섭게 노려보더니 30미터쯤 떨어진 곳에서 달려와서는 공중으로 붕 떠올라 졸병들을 향해 2단 옆차기를 내지르는 것이 아닌가. 그는 세 번째 순서였고 나는 네 번째였다. 졸병들은 고참들의 공중 옆차기에 가슴팍을 맞고는 그대로 고꾸라졌다. 그런데 그의 차례가 오자 그는 잽싸게 피하고 말았다. 공중제비 상병은 변소 시멘트벽에 발을 부딪히고는 죽는다고 비명을 질렀다.

고참들의 군기잡기는 황동수 덕분에 갑자기 중지되고 말았다. 공중제비는 의무대로 실려가더니 바로 야전병원으로 후송가버렸다. 발목이 부러진 것이다. 그는 공중 발차기를 맞으면 죽을 것 같아 자신도 모르게 피했다고 능청스럽게 말했다. 그렇지만 그런 사건은 황동수에게 오히려 작은 일이었다. 대대장과의 악연이 거듭되었다.

오후 5시 국기 하기식 때였다. 그가 참모부 사무실에 앉아 있는데 대대장이 집무실에서 나왔다. "나는 자랑스러운 태극기 앞에 조국과 민족을 위해 충성을 다할 것을 굳게 맹세합니다" 하는 엄숙한 목소리가 스피커에서 대대 전체에 울려 퍼지고 있었다. 참모부 병사와 장교들도, 그 앞을 막 지나던 대대장도 그 자리에 부동자세로 서 있었다. 음악이 끝나자 대대장은 옆에 서 있는 그에게 물었다.

"황동수. 자네는 국기에 대한 맹세를 들으면 무엇을 생각하나?"

"예, 저는 다른 사람은 무엇을 생각할까 하는 것을 생각합니다."

황동수는 진지하게 대답했다. 대대장은 말문이 막힌 듯 고개를 절레절레 흔들더니 그의 야전 점퍼 주머니에 삐죽이 나온 문고판 책을 지휘봉으로 가리키며 버럭 소리를 지르고 나가버렸다.

"야, 황동수! 너는 책 읽으려고 군대 왔어?"

참모본부 안의 장교와 병사들이 웃음을 참아내고 있었다. 정보장교가 재빨리 대대장을 뒤따라 나갔다. 정보장교는 군수장교와 사이가 나빴다. 그 발단은 야생 장끼 한 마리 때문에 빚어졌다. 정보장교가 장끼 한 마리를 잡아 참모부 책상 다리에 묶어놓았다. 날개 한 쪽을 총에 맞은 장끼가 책상 밑에서 계속 퍼드득거리자 주번사령이었던 군수장교와 상황병이었던 황동수가 그것을 삶아 먹어버렸던 것이다.

"주전자에 털을 벗긴 꿩을 넣고 푹 삶아 살코기를 먹은 다음 그 우려낸 물에다 라면을 넣어 삶아먹으니 맛이 일품이더라."

황동수는 입맛을 쭉쭉 다셨다. 정보장교는 그 다음날 대대장에게 장끼를 진상하기 위해 책상 밑을 찾았지만 이미 두 사람의 배 속으로 들어간 장끼가 있을 리가 없었다. 그는 전날 주번사령인 군수장교와 상황병인 황동수를 의심했지만 그는 천연덕스럽게 대답했다.

"하도 퍼드득대길래 불쌍해서 놓아주었습니다. 그렇지요?"

"그래, 그래. 황동수가 좋은 일을 했다. 총에 맞아 퍼드득거리는 게 얼마나 가여운지. 고통을 줄여주는 게 군인이 할 일이다. 하하하"

군수장교는 자꾸 웃었다. 그렇게 평화로운 세월이 갔다. 설악산 설포동으로 유격훈련을 갔을 때 황동수의 활약상은 대단했다. 원통에서 용대리로 가는 길을 행군하고 있는데 갑자기 서울 한일여고생들과 예일여고생들의 수학여행단 버스가 나타났다. 그가 환하게 웃으며 손을 흔들자 여학생들은 창문을 활짝 열고는 사탕과 빵과 먹고 있던 사과마저 그를 향해 던지기 시작했다. 버스는 정확하게 스물두 대였다. 생각해보라. 그 많은 버스에서 국군장병들에게 던지는 사과와 빵, 웨하스, 초콜릿과 김밥이 얼마나 많은지를. 그는 철모를 벗어 그것들을 정신없이 주워담아 주머니와 배낭에 넣기 시작했다. 그는 내게도 빨리 주워 담으라고 했다. 나 역시 그들이 던지는 선물들을 줍느라 정신이 없었다. 그는 본부중대장에게도 소리쳤다.

"뭐하십니까? 이 귀한 것들을. 다, 저 여학생들이 국토방위에 청춘을 바치고 있는 국군들에게 보내는 선물 아닙니까! 전부 다 주워 담으십시오."

슬슬 눈치를 보던 병사들이 철모를 벗어 사탕봉지를 주워 담자 하사관들도 나섰다. 본부중대장도 버스에 탄 여선생이 던지는 초콜릿 한 봉지를 야구선수처럼 날렵하게 받았다. 대열이 흐트러지기 시작했다. 대열 앞뒤를 왔다갔다 하던 대대장은 그들을 기가 찬 듯이 보더니 지프에서 내려 본부중대장의 복부를 군홧발로 걷어찼다. 병사들이 다시 행군대열로 재빨리 들어섰다. 여학생들이 창문 밖으로 얼굴을 내밀어 뒤를 돌아보며 손을 흔들었다. 황동수는 여학생들의 위문품 덕분에 일주일의 유격훈련 동안 아주 행복한 나날을 보냈다.

다들 유격복으로 갈아입고 유격모자를 쓰니 누가 장교이고 하사관이며 사병인지 알아볼 수도 없었다. 그들은 유격조교 앞에서 다들 평등했으니까. 병사들이 식사시간에 줄을 서 있는데 누군가 새치기를 하자 황동수는 그의 대갈통을 양동이로 후려갈겼다. 그는 정보장교였다.

미시령 계곡에는 밤마다 바람이 거칠게 불고 비가 사납게 뿌려대었다. 단단히 설치했던 대대장 텐트마저 한밤중에 바람에 날아갔다. 대대장이 참모부 병사를 부르는 소리가 급하게 났다. 그 요란한 빗줄기 속에 가장 먼저 달려나간 병사는 황동수였다. 그는 대대장이 군용모포를 뒤집어쓰고 비를 쫄딱 맞고 있는 게 꼭 새앙쥐처럼 가여워보였다고 신나게 웃었다.

유격훈련이 끝나자 대대 병력은 연대전투단 훈련을 나갔다. 사단 군수과에서 가상 전투의 전사자 명단을 불러달라고 무전이 날아오자 황동수는 천연덕스럽게 가장 먼저 대대장 이름을 불러주었다. 그리고 정보장교, 인사장교, 작전장교, 정훈장교의 이름을 불러주고, 그 다음 중대장들의 이름을 차례로 불러주었다. 소대장들의 이름도 불러주었다. 가상전투에서 유일하게 살아남은 장교는 군수장교밖에 없었다. 화생방 공격에다 연막탄이 터지고, 탱크부대가 출동했다. 적 탱크를 단번에 두드려 잡는다는 토우 미사일을 장착한 신형 지프가 등장했다. 가상 적 진지에 대한 포사격이 실시되었다. 그 와중에 황동수는 다리 밑으로 가 식용유에다 건빵을 튀겼다. 산골마을의 개들이 고소한 건빵 냄새를 맡고 몰려왔다. 다리 위로는 사단에서 나온 검열관을 태운 지프들이 왔다 갔다 했다. 그는 튀김건빵을 개들에게 나눠주었다. 개들은 집으로 가지 않고 그의 텐트까지 꼬리를 흔들며 따라왔는데 서른 마리가 넘었다.

우연한 일인지 모르겠지만 연대전투단 훈련에서 우리가 속해 있는 대대가 최우수대대로 선발되었고 훈련에 참가한 모든 연대 이하의 장교 가운데 군수장교가 최우수 장교로 선발돼 1군사령관 표창을 받았다. 군수장교는 전투단훈련에서 대대 지휘관과 지휘부 장교들, 중대장, 모든 장교들이 전사한 와중에서 부대를 뛰어나게 이끌어 적을 섬멸하고 가상 고지를 점령했던 것이다.

군수장교는 신나게 웃으며 황동수에게 말했다.

"봐라. 내 말이 맞지? 너 때문에 내가 산다니까."

전방 진지공사 투입 일자가 다가왔다. 투입일 한 주 전에 사단으로부터 양돼지 한 마리가 수송되어왔다. 돼지 역시 군수과 담당이었다. 그 돼지는 사단장 하사품으로, 일주일 간을 잘 먹여 살을 찌운 후 사단장 앞에서 전방 진지공사 투입 신고를 할 때 깨끗이 목욕을 시키고 빗질을 해서 목에 〈중 사단장〉이라는 띠를 둘러 연병장 사열대 앞에 내놓게 되어 있었다.

황동수는 돼지를 석탄창고에 넣고 새끼줄로 발목을 묶어 창고 기둥에 튼튼히 연결시켜놓았다. 먹이를 주는 일도 그의 몫이었다. 그는 내게 돼지가 짬밥을 잘 먹지 않는다고 걱정을 많이 했다. 대대장은 가끔씩 석탄창고에 들러 돼지를 두 배로 살찌우라고 대동한 군수장교에게 여러 번 엄명을 내렸다. 그런데 문제는 일과가 끝나면 병사들이 종종 돼지에게 화풀이를 하는 데 있었다. 이단 옆차기를 하기도 하고 풀쩍 뛰어 등에 올라타는가 하면 주둥이에 주먹을 먹이기도 했다. 그렇다고 해서 그가 돼지와 숙식을 같이할 수도 없는 일이었다.

전방 진지공사 투입 신고 하루 전날이었다. 황동수가 헐레벌떡 내게 뛰어오더니 돼지가 없어졌다고 했다. 저녁밥을 주려고 가보니 돼지가 새끼줄을 끊고 달아났다는 것이다.

"돼지가 탈영했다. 찾아봐주라! 군수장교는 사단 사령부에 갔어."

황동수는 말을 마치고 방향 감각을 잃은 곤충처럼 쏘다니더니 급기야는 주번사령에게 그 사실을 보고하고 말았다. 주번사령은 5분대기조를 출동시켜 돼지 찾기 작전을 벌였지만 허사였다.

황동수는 입에 손을 대고 돼지가 들으면 대답이라도 하는 듯이 "돼지야! 돼지야!" 하고 부르며 석탄창고 주위와 탄약고 뒤 산비탈을 정신없이 뛰어다니고 있었다. 주번사령은 화기중대인 4중대장이었다. 5분대기조가 돼지를 찾지 못하자 주번사령은 퇴근한 대대장에게 곧바로 연락했다. 금방 대대장이 지프를 타고 달려왔고, 참모들이 속속 들이닥쳤다. 대대장은 중대장과 참모들을 배석시킨 가운데 긴급회의를 했다.

긴급회의에서 대대장은 전 대대병력을 동원시켜 무슨 일이 있더라도 돼지를 체포하라고 했다. 만약 돼지를 체포하지 못하면 똑같은 돼지를 원통 읍내에서 사온다는 비상대책도 마련했다. 군수장교는 황동수를 보며 못내 웃음을 참고 있었다. 5분대기조가 다시 출동하고 대대병력 전원이 돼지 찾기에 나섰다. 어두운 산비탈 곳곳에서 플래시가 번쩍거렸다. 황동수는 실성한 듯이 "돼지야! 돼지야!" 하며 석탄창고 주위를 오르락내리락했다. 돼지는 탈영한 뒤 다섯 시간쯤 지나서 다행히 동부요새로 가는 북쪽 산 중턱에서 발견되었다. 돼지를 체포한 병사는 일주일 포상휴가를 가게 되었다.

다음날 오전 10시.

전방 진지공사 투입 신고식 때, 깡마른 돼지 한 마리가 사열대 앞에 쪼그려 앉아 있었다. 그놈은 신고식이 끝난 뒤 바로 털이 뽑혀 회식 안주로 사용되었다. 병사들은 거의 9개월을 전방 방책선 후사면에서 텐트 생활을 하며 진지공사 작업을 했다. 날마다 시멘트 포를 지고 산을 오르는 일이 거듭되었다. 황동수가 맡은 일은 각 공사장으로 부식과 공사 자재를 나르는 일이었는데, 그가 굉장한 실수를 저지른 사건이 또 일어났다.

공사현장을 순시하던 대대장의 무전연락이 참모부 통신장교에게 날아왔다. 참모부 전 장교, 하사관과 병사들은 지금 즉시 완전군장을 하고 공사장 보급로로 구보해가면서 길에 떨어진 부식을 주워 공사장으로 운반하라는 것이었다. 워낙 무전 속의 목소리가 화가 나 있었으므로 연락을 받은 통신장교가 이유를 물을 틈도 없었다. 전방에서 특수한 상황을 제외하고는 북한군의 감청을 대비해서 무전으로 연락하지 않는데, 얼마나 대대장이 노발대발했는지를 보여주는 사건이었다.

나 역시 완전군장을 하고 보급로를 뛰어오르다 곧 그 이유를 알게 되었다. 얼마쯤 달려가니 길 위에 두부 한 상자가 떨어져 있었고, 또 그 다음은 뒤집혀진 꽁치 한 상자, 널브러진 배추 열 단, 거꾸로 쏟아져 내린 된장 한 통, 흩어진 튀김두부 두 통, 콩나물 세 상자를 차례로 볼 수가 있었다.

대대장이 가장 먼저 현장을 발견했다. 그것도 다른 사고를 통해서였다. 자갈과 모래를 운반하던 트럭이 브레이크 파열로 굴러내리다가 길을 가로막아버렸다는 사고 연락을 받고 대대장이 앰뷸런스를 타고 현장으로 달려갔다. 길 한가운데에 튀김 두부 한 통이 퍽 쏟아져 있더라고 뒤에 앰뷸런스 운전병이 말했다. "저걸 치울까요?"라고 했더니, 그냥 치고 달리라고 대대장이 명령했다는 것이다. 두부 통을 치고 지나가니, 꽁치 상자, 배추, 된장 상자가 사이사이 알맞게 보급로 가에 떨어져 있었다.

브레이크가 파열되어 무섭게 굴러내리던 공사용 트럭은 앞바퀴 두 개가 동시에 빠지는 바람에 보급로를 가로막으며 주저앉아버렸다. 운전병은 무사했다. 참모부 장교 이하 전 요원들이 길에 떨어진 부식을 들고 메고 공사장으로 올라가니 황동수는 보급로 옆 산비탈에 주저앉아 하염없이 비무장지대 너머 북쪽을 바라보고 있었다. 워낙 망연자실해 보였는지 아무도 그를 질타하지 않았다.

황동수는 내게 말했다.

"연대 부식차에서 부식을 옮겨 싣고 적재함 문을 닫고 가야 했는데, 깜빡 잊었나봐. 이 급한 산길에 저것들이 그냥 붙어 있었겠니? 그냥 철마야 달려라! 하고 신나게 노래부르며 가다 제1공사장에 올라보니 자동문도 아닌데 말이다, 적재함 문이 열려져 있고 부식이 많이 없어져 있더라. 오르막길에 거의 다 쏟아져버렸다. 어쩌냐? 정말 달아나고 싶다. 월북이라도 하고 싶다."

참모부 고참과 선임하사, 장교들은 고개를 설설 저었다. 군수장교는 껄껄 웃기만 했다. 군수장교는 원래 사병 출신이었다. 국문과 4학년 1학기를 마치고 군에 입대했다가 말년휴가를 가서 헌병장교를 술김에 두들겨 팼던 사건 때문에 장기 하사를 지원했다. 부대에서 장기 지원을 하면 처벌을 면해준다고 했기 때문이었다. 그렇게 되자, 그는 차라리 장교를 하는 게 나을 것 같아 하사에서 기술행정 장교 시험을 거쳐 군수장교가 된 인물이었다.

공사 트럭이 길 한가운데를 막아버리자 골재 운반이 중단되었고 공사 일정에 차질이 오게 될 건 뻔했다. 대대장에게는 우선 그것이 더 큰 일이었다. 다행히 황동수가 타고 갔던 부식 추진 트럭과 사고연락을 받고 올라온 사단 래커차가 앞뒤로 밧줄을 묶어 밀고 당기며 길 가로 사고 트럭을 끌어낼 수 있었다. 그 다음날부터 일주일간 일과가 끝나고 취침할 때까지 그는 또 완전군장을 하고 참모부 야전 텐트 앞의 들판을 돌았다. 대대장으로서는 당장 영창을 보내고 싶지만 황동수 업무를 대신할 병사가 없었다.

"혼자 군장을 메고 달려봐라. 이 세상의 고독이 무엇인지 잘 알게 된다. 그냥 혼자 달리는 거야, 기약도 없이. 언젠가 내가 대대장을 완전군장을 시켜 돌게 해야지. 누가 그러고 싶어서 했나. 그저 열심히 하고 싶고, 잘 보이려고 했는데, 이거 잊을 만하면 완전군장이다. 대대장을 완전군장 시키려면 내가 장군이 되어야 하는데, 에라 모르겠다."

그 정도로 사건이 마무리된 것도 다행스러운 일이었다.

그 며칠 뒤 비무장지대 안에서 산불이 났다. 산불은 두 달 동안 바람 부는 대로 동부전선 비무장지대 안의 남북을 왔다갔다하며 나무를 태우고 수십만 발의 지뢰를 터뜨렸다. 처음 산불은 남쪽지역에서 발화되었다. 누가 불을 냈는지, 소나무 송진들이 서로 부딪쳐 저절로 불이 났는지는 알 수 없지만 야간에 보는 산불 광경은 장엄했다. 산 정상에 큰 불이 줄 지어 내려오고 그 밑에 작은 불길이 일어서고 불기운을 받은 대인지뢰와 발목지뢰가 땅땅 터졌다. 그 사이사이 오케스트라의 심벌즈처럼 대전차지뢰가 쾅쾅 울렸다. 그러나 불길이 점점 방책선 가까이 다가오자 연기 때문에 병사들은 숨을 쉬기 어려웠다. 코르타르를 칠한 방책선 갱목에 불이 붙었고 불길이 근무초소에 바짝 다가왔다. 중화기 진지에서는 4.2인치 포탄을 후방으로 빼는 작업이 시작됐다. 다행히 바람의 방향이 북쪽으로 바뀌었다. 멧돼지 대가족 일곱 마리가 성내천 물속으로 뛰어들었고, 등에 불이 붙은 고라니가 산비탈에서 굴러내렸다. 비무장지대 안이니 소방 헬기가 뜰 수도 없는 일이었다. 불길은 바람 부는 대로 남북 양쪽을 번갈아 넘실거리면서 나무는 물론 산짐승과 매설해둔 지뢰를 휩쓸어버렸다. 산불은 장마가 시작되어서야 꺼졌다.

황동수는 불길이 남쪽으로 거세게 타오르면 야전 유류고로 달려가

기름통 위에다 흙을 정신없이 퍼 덮었다. 불티는 유류고 근처까지 날아왔다. 그렇다고 진지공사가 멈추지는 않았다. 쉴 새 없이 시멘트를 가득 실은 군용 트럭이 참모부 앞 야적장으로 도착했고, 철근과 전신주가 야적장에 쌓여갔다. 공사 중간중간에 정보과를 통해서 원통, 현리, 서화리 등의 민간인들의 명단이 넘어왔다. 정보장교는 이들이 이미 신원조회가 끝난 인력들로 미장공, 전기공, 호박돌 운반인력 등이라고 했다. 병사들은 도무지 알 수 없었다. 공사현장에서는 어떤 민간인들도 없었다. 사회에서 미장공이나 전기공으로 일하다온 병사들이 수두룩했다. 그들이 시멘트 벙커 안의 미장이며 전기 작업을 다했다. 민간인들이 왜 필요한지 알 수 없었다. 소양강 가에서 호박돌을 나르는 인력도 병사들이었다. 그런데 호박돌 하나에 20원씩 공사비가 책정되었고 그 돌을 운반하는 민간인들의 예산도 포함되어 있었다. 그러나 병사들 누구도 그 돈들이 누구 손에 들어가는지 따질 수도 없었고 따질 겨를도 없었다. 병사들은 일과가 끝나면 지쳐 곯아떨어지기에 바빴다.

전방 진지공사가 끝나고 평촌 예비지역으로 내려갔다가 다시 전방 진지 투입을 앞둔 어느 날이었다, 나는 서화검문소에서 현숙이 찾아와 기다리고 있다는 연락을 받았다. 황동수가 빨리 나가보라고 했다. 나는 머뭇거리다가 작업복을 외출복으로 갈아입었다. 그는 내 군화를 반들반들하게 닦아주었다.

"전방 들어가면 외출도 외박도 없다. 너는 좋겠다. 참 좋겠다."

황동수는 눈을 번갈아 껌뻑거려가며 웃었다.

군화끈을 조이면서도 나는 결정을 못 내리고 있었다. 위병소 밖으로 나갔다. 위병소에서 서화검문소까지 달리면 10분 거리도 되지 않았다. 나는 갑자기 부대 맞은편 초등학교 뒤편으로 흐르고 있는 소양강 쪽으로 달려갔다. 나는 강가에서 혼자 깜깜해지도록 갈대밭 사이를 걸어다녔다. 내가 왜 그녀를 만나러 가지 않았는지 나 스스로도 그 이유를 모른다. 한순간에 달려나가고 싶었지만 왜 그러지 못했는지. 그녀가 어떻게 내가 있는 곳을 알고 찾아왔는지 알 수 없는 것처럼. 모두들 빠질 수 있다면 빠지고 싶은 그까짓 군 복무를 슬쩍 비켜가서 출세를 향해 자신의 미래와 희망을 가꾸는 이들에게 비해 지방대학에 겨우 이름이나 걸어놓고 동부전선에 처박혀 있는 나의 미래는 불확실하다 못해 형편없었다. 그녀는 수재였고, 이름있는 집안의 외동딸이었으며, 명문대학에 다니고 있었다.

나는 나의 현실과 그녀의 현실을 비교했을까.

어리석게도 나는 너무 멀리까지 생각했을까.

너무 멀리?

어디까지?

그녀가 첩첩산중인 이곳까지 찾아온 까닭은 어떤 결단을 내렸기 때문일 것이다. 그녀는 언제나 자신의 표현과 행동에서 어떤 오차도 보이지 않았으니까. 나는 그녀가 찾아온 이유와 그 어떤 결단에 대해 묻고 싶지 않았다. 그것이 무엇인지 알고 싶지도 않았다. 가을 강은 혼자 깊어갔고, 나는 강가에 서서 나의 내면에서 어떤 해답도 구하지 못했다. 별이 떠올랐다. 부대 안에서 취침나팔이 울려 나와서야 나는 부대로 돌아왔다. 위병소에서 “정지!” 하고 내 얼굴에 플래시를 비추자 나는 두 손을 어깨 위로 올리고 서화검문소를 한번 바라보았을 뿐이었다. 오후 2시부터 그녀는 얼마나 기다렸을까. 서화에서 원통으로 나가는 막차가 떠날 때까지 기다렸을 것이다.

전방 투입을 앞두고 황동수는 부대 앞 초등학교 여선생을 사모하게 되었다. 대대의 등사기가 고장이 났으므로, 그와 나는 전방 근무 동안 사용할 문서를 만들기 위해 부대 옆 초등학교로 갔다. 그곳에서 등사기를 빌려 문서 양식을 찍기 위해서였다. 나는 교장에게 허락을 받아 빈 교실에 앉아서 문서 양식을 그와 같이 프린트했다. 바로 옆 교실에는 당직 여선생이 풍금을 치고 있었다. 처음에는 황동수가 건너오는 풍금 소리에 맞춰 노래를 따라 부르더니 슬그머니 옆 교실로 가서 오지 않았다. 나는 그의 몫까지 프린트했다.

풍금 소리가 잠시 멈추었다가 다시 들렸고 황동수의 노랫소리가 뒤따라나왔다.

고향 땅이 여기서 얼마나 되나,
푸른 하늘 끝닿은 저 게가 거 겐가….

곧이어 “아카시아 흰 꽃이 바람에 날리니” 하고 여선생과 황동수의 합창이 들려왔다. 나는 일어나 옆 교실의 창문 너머 그들을 보았다. 교실 유리창에 매달린 노을이 그의 군복을 적시고 풍금을 치고 있는 여선생의 손가락으로 흘러내리고 있었다.

나는 등사기에 힘껏 손을 주어 문서 양식을 밀어대었다. 일이 끝나자 서류를 봉투에 넣고 파지를 모아 소각장으로 가지고 나갔다. 파지에 불을 붙였다. 기름 묻은 종이는 금방 타올랐다. 나는 불꽃을 가만히 지켜보았다. "저 산 너머 새파란 하늘 아래는 그리운 내 고향이 있으련마는" 등허리로 풍금 소리와 황동수와 여선생의 합창 소리가 붉어가는 저녁 어둠 속으로 내려앉고 있었다. "천 리 만 리 떠나온 이 내 몸은 고향 생각 그리워 눈물납니다." 붉은 강물이 나의 허리를 적실 듯 다가왔다. 소각장 앞에 앉아 재로 바뀌어 가는 불꽃을 바라보며 나는 현숙에게 편지를 쓰기 시작했다.

위병소를 나와 네게로 달려갔다. 그러나 나의 군화가 이르는 곳은 갈대가 우거진 붉은 강이었다. 너는 서화검문소에서 기다리고, 나는 가을 강이 타는 노을 속에서 너를 기다렸다. 살아서 무슨 작별이 있겠느냐? 너는 언제나 나의 망막 속에 막 젖 뗀 어린 양처럼 서 있었다. 너도 기억하겠지. 사춘기 무렵, 감꽃 피는 5월, 그 감나무 아래서 우리는 처음 만났다. 나는 언제나 그곳에 서 있다. 흰 칼라에 검정 교복을 입은 네 어깨 위로 감꽃이 지금도 노랗게 떨어진다. 검은 치마 양 옆으로 수직으로 새겨진 흰 줄이 흔들리고 너는 감나무 아래로 달려온다. 나는 늘 기억한다. 기억하므로 나는 자꾸만 멀어진다. 나는 주검으로도 돌아올 수 없다는 사막을 건너는 여행자처럼 너에게 이제 작별의 편지를 쓴다. 나는 붉게 물드는 흰 눈처럼 고백한다.

안녕, 나의 슬픔.

안녕, 나의 꿈, 내 젊은 날의 푸른 집, 오랜 작별.

무엇인가, 가슴으로 평화로우면서도 한없이 스산한 바람이 불기 시작했다. 나의 손길이 닿지 않는 곳에 그녀는 서 있었다. 풍금 소리가 끊겼고 바람이 강물을 건너와 허리를 휘감았다. 나는 황동수가 나오기를 기다렸다. 부대로 돌아가야 했다. 나는 파지를 다 태우고 일어서서 학교 운동장을 둘러보았다. 어둠에 잠기는 철봉대와 그네, 평행봉처럼 그가 서 있었다. 그는 내 손의 서류 봉투를 받아 겨드랑이에 끼고는 앞서 부대 쪽으로 터벅터벅 걸어갔다. 풍금 소리가 길을 막듯 그의 발길 앞에 내려앉았다. 그는 풍금 소리에 맞추어 콧노래를 흥얼거렸다. 풍금 소리가 멈추었다. 황동수는 노을이 지고 있는 학교를 돌아보았다. 그와 함께 노래를 부르던 여선생이 교실 밖으로 나와 왼손을 가슴께에 붙여 흔들고 있었다. 전방 투입 하루 전날, 나는 현숙에게 편지를 보냈다.

전방 투입이 되고 나서도 황동수와 여선생은 가끔씩 편지를 주고받았다. 우리의 군대생활도 이미 중반을 넘어서고 있었다. 전방 투입을 하자마자 지뢰를 실은 트럭이 수없이 올라왔다. 전방초소의 전 병력이 지뢰 매설작업에 나서야 했다. 산불에 거의 타버린 지뢰를 다시 심는 작업이 시작된 것이다. 폭풍지뢰나 대인지뢰가 든 박스는 그런대로 가벼웠지만 대전차지뢰가 든 박스를 들면 허리가 휘청거렸다. 그는 일주일간 사단 공병대에서 지뢰탐지기 사용 교육을 받고 왔다. 그는 각 중대 탄약병에게 지뢰탐지기를 나눠주고 사용방법을 전달했다. 불타기 전에 매설한 지뢰의 위치도면이 있었지만 비무장지대에 심어둔 지뢰는 지반이동이나 폭우, 해빙으로 흘러내려가기 때문에 매설 도면과 일치하지 않는 경우가 더 많았다. 한국전쟁 이후 수없이 매설한 지뢰들이 산불에 터졌지만 터지지 않는 지뢰도 많이 있었다. 더구나 녹슨 철모와 수통, 포탄조각들도 많아서 GS제 지뢰탐지기는 내내 삑삑거렸다. 1중대에서 일병 하나가 지뢰 제거작업을 나갔다가 폭풍지뢰를 밟아 발목이 날아갔다. 들것에 실려나오는 일병이 내뱉는 첫말은 "이제 제대할 수 있습니까?"였다. 발목이 날아가면 그 상태에 따라 다르지만 무릎 부근이나 심하면 허벅지 근처까지 절단해야 했다.

인접 부대에서도 지뢰사고가 잇달아 일어났다. 병사들에게 공포심이 번졌다, 지뢰 매설작업이 자꾸만 느려졌다. 쇠로 만든 지뢰덧신은 너무 무거워 매설작업을 하기에는 불편했다. 그것이 온전히 병사들을 보호해줄 수도 없었다. 병사들은 한 줄로 늘어서 대검으로 비스듬히 땅을 찔러 터지지 않는 지뢰를 파내고 통로를 만들고 다시 열십자형, H자형으로 신형 지뢰를 심어나갔다. 땅이 얼기 전에 지뢰 매설작업을 끝내야 했지만 하염없이 병사들은 쪼그려앉아 한걸음씩 앞으로 더디게 나가며 대검으로 땅을 찌르고 있으니 1년이 지나도 다 심기 어려울 것 같았다.

황동수는 각 기지로 지뢰를 운반하던 어느 날, 군수장교에게 드디어 멋진 생각이 났다고 선언했다.

"병사들 얼굴에 두려움이 가득 차 있습니다. 그러나 지뢰는 심어야 하고 이렇게 감자 캐듯이 하다가는 땅이 얼기 전에 지뢰를 심을 수 없습니다. 차라리 지뢰 매설지역을 불도저로 밀어버립시다. 사단 군수과에 불도저를 두 대만 지원받으십시오. 그래서 깊이 땅을 밀어버리는 겁니다. 불도저가 대전차지뢰 위를 지나가면 불도저 운전병만 날아가면 됩니다. 그게 훨씬 희생이 적지 않습니까?"

"그래, 황동수, 너 때문에 내가 산다. 그거 아주 확실한 방법이다."

군수장교는 사단에 불도저를 두 대 긴급 지원받았고 불도저는 비무장지대 안으로 들어가 지뢰 매설지역을 밀어버리기 시작했다. 불도저 궤도 밑에서 간간히 대인지뢰 터지는 소리가 땅땅 났다. 불도저 운전병이 무서운 것은 대전차지뢰였으므로 그는 산비탈을 깊이 깎아내며 흙더미를 군사분계선 쪽으로 밀어내었다. 지뢰가 완전히 제거된 이상 매설 작업은 쉬운 일이었다. 지뢰 매설작업을 맡은 다른 대대에서 사 분의 일도 매설하지 못했을 때 우리가 맡은 비무장지대의 지뢰 매설작업은 다 끝나버렸다. 다행히 불도저가 날아가는 사고도 나지 않았다. 그 일로 군수장교는 국방부장관의 표창을 받았다. 다른 전방대대에서도 불도저를 이용해 지뢰작업을 신속하게 해나가기 시작했다. 대대장도 사단장의 칭찬을 듬뿍 받았고 황동수와 대대장의 사이도 좋아지는 듯했지만 오래가지는 못했다.

지뢰작업이 끝나자 곧 월동준비에 들어갔다. 황동수는 조수 김 일병과 같이 3개월간 먹을 쌀과 김장을 각 기지로 운반하기에 정신이 없었다. 전화선을 파묻는 공사를 통신대에서 하는 날이었다. 그날, 그는 각 기지로 김장김치 드럼통을 나눠주다가 그 현장을 보았다며 내게 말했다.

"통신병들이 땅을 파다가 여자 시체를 발견했어. 물론 무덤도 아니지. 전쟁 도중에 파묻혔던 것 같은데 머리카락이 서너 뼘은 되겠어. 뼈는 그대로 남아 있더라. 무주고혼이 이 산천 곳곳에 수없이 있겠지만 직접 보니 코끝이 찌릿하고 간담이 다 저려오더라. 공사하는 병사들이 그 자리에서 술을 뿌리고 망자를 위로하는 제사를 지냈다. 뼈와 머리카락 일체는 태워 소양강에 뿌려준다더라."

그 뒤로 이상한 일이 일어나기 시작했다. 탈영병이 생기고, 총기 오발 사고가 터졌으며 급기야는 대대장의 허리가 이유 없이 아프기 시작했다. 정보장교가 노루 뼈 일체와 뽕나무 뿌리를 함께 넣어 삶은 물이 허리 아픈데 즉효라는 정보보고를 했다. 본부중대 인사계 박 상사가 투덜거리며 노루를 두 마리 잡아왔다. 노루를 잡으면 재수가 없다고 하는 속설이 있었기 때문이었다. 박 상사는 노루 두개골에서 발끝까지 뼈를 발라내었다. 본부중대장이 병력을 이끌고 산뽕나무 뿌리를 캐왔다. 대대장이 그것들을 푹 곤 물을 먹었지만 약발이 듣지 않았다. 최후의 특효약이 새끼 고양이를 삶아먹는 것이라는 말이 참모회의에서 나왔다. 정보장교는 고양이, 특히 새끼 고양이가 허리 아픈 데는 최고의 민간비방이라는 정보보고를 했다. 그는 자기 고향에서는 허리가 아파 꼼짝도 하지 못하다가 새끼 고양이를 삶아 달인 물을 입에 대는 순간 벌떡 일어났다는 사람을 직접 보았다고 했다. 그는 대대장에게 그 새끼 고양이를 황동수가 한 마리 기르고 있다는 정보보고까지 했다. 그 무렵 군수장교가 국방대학원으로 전출명령을 받았다. 소령 진급 코스라고 했다.

"언젠가 다시 만나자. 알았나?"

"언젠가 우리는 다시 만나야 합니다. 꼭 장군으로 진급하십시오. 장군은 월급이 많습니다."

"그래, 알았다. 너는 고양이를 잘 지키도록 해라."

"야옹이는 제 부관입니다. 장수가 부하를 지켜주지 않으면 누가 지켜주겠습니까?"

"황동수, 내 이름을 잊지 마라. 백중기, 나는 백중기다."

"예, 백중기 장군!"

군수장교는 투박한 손으로 황동수의 손을 굳게 잡아 흔들고는 떠나갔다. 황동수는 야옹이를 전군의 1종창고를 지키는 고양이 육군 대령으로 임명하고 늘 데리고 다녔다. 전방 투입하기 직전에 1종창고에서 기르던 고양이는 무려 새끼를 여섯 마리나 출산했다. 그는 다섯 마리를 전방의 각 기지에 나누어주고 가장 똑똑한 야옹이를 본부 1종창고의 후계자로 육성 중이었다. 그는 어미가 너무 늙었기 때문에 휴전선을 지키는 병사들의 식량을 갉아먹는 쥐들을 물리치기 위해서 야옹이를 훌륭하게 길러야 한다고 했다.

결과는 뻔한 일이었지만 황동수는 자신의 부관인 고양이를 지키기 위해 최선을 다했다. 아예 야전 점퍼 주머니에 넣어 데리고 다녔고 잠잘 때에도 품고 잤다. 그렇지만 그것이 완벽한 방어 수단이 되지는 못했다. 건빵 트럭이 들어온 날, 그가 건빵을 창고에 쌓을 때 야옹이가 식당으로 놀러갔다가 그 자리에서 본부중대장에게 체포되어 자루 속에 넣어졌다. 야옹이는 열네 번을 시멘트 바닥에 패대기를 치자 숨이 끊어져 대대장에게 진상되었다. 신기하게도 고양이를 삶아먹고 대대장은 허리가 나았지만 그 일은 황동수를 분노하게 만들었다.

사단장이 전방 순시를 하는 날, 1호차 운전병이 휘발유를 넣으러 왔을 때, 황동수는 유류고 문을 잠가놓고는 운전병에게 말했다.

"고양이 먹고 허리가 다 나았다더니, 뭐 하러 지프 타고 따라다녀? 고양이처럼 뛰어다니면 되지."

그는 유류고 문을 닫아걸고는 소양강 가로 싸리비 작업을 나갔다. 가을이 너무 깊었다. 붉고 노랗게 물든 산들이 지친 모습으로 둘러서 있었다. 그가 돌아왔을 때 유류고 문은 부서져 있었다.

황동수는 날 부르더니, 귓속말을 했다.

"길오야, 목욕한 지가 오래 되었다. 이럴 때는 기분풀이 겸 목욕이나 하자. 취사장 솥에 뜨끈하게 물을 데워놓을 테니까 밤 10시에 취사장으로 오너라."

취사장에는 25갤런짜리 솥이 네 개 있었다. 밤 열 시쯤 나는 취사장으로 올라갔다. 그는 벌써 솥 안에 발가벗고 들어가 있었다. 취사장 안은 목욕탕처럼 김이 자욱했다.

"들어와라. 한 통씩 들어가 씻고 나머지는 하나씩 헹구면 된다. 까짓거, 이런 데서 목욕 좀 하면 어떠냐?"

나는 솥 안으로 들어갔다. 물이 따뜻했다.

"독탕으로는 그저 그만이지. 야만족 같은 놈들. 언젠가 오소리 잡았을 때 있지, 그걸 냉큼 사단장에게 갖다바쳤다더구만. 고향 산천 그리워도 말 한마디 못하고… 흐흐흐. 흐흐흐."

황동수는 얼굴에 비누칠을 하며 신나게 웃었다.

나도 괜스레 마음이 즐거워졌다. 따스한 물에 몸을 담그니 기분도 꽤 좋았다. 그는 벽 쪽을 향해 있었고 나는 취사장 문을 향해 있었다. 그는 나를 향해 웃으며 대대장 욕을 해대기 시작했다. 그때, 갑자기 취사장 문이 확 열리더니 누군가 쑥 들어섰다. 대대장이었다. 야간 순찰을 나왔던 것이다. 그는 그것도 모르고 더욱 큰소리로 욕을 해대었다. 나는 엉거주춤하니 서서 왼손으로 아랫도리를 감추고 경례를 붙이는 둥 마는 둥 했다. 그는 나의 자세에 놀라 뒤를 돌아보더니 얼굴만 내놓고 물 속으로 몸을 감추었다. 본부중대장이 뒤따라 들어섰다.

"이봐 본부중대장! 솥뚜껑 가져와 덮어버려. 세상에 밥솥에 들어앉아 목욕을 하는 놈들이 어디 있나?"

우리는 물 위로 입만 내놓은 채 솥뚜껑에 덮였다. 설마 불을 땔 것은 아니겠지만 정말 아찔했다.

"이 녀석들 한 시간 동안 여기 들어앉아 있으라고 해. 본부중대장이 직접 지키도록! 알았나?"

우리는 그 속에 꼼짝없이 들어앉아 있었다. 따끈따끈하던 물이 식기 시작하자 입술이 파래지고 몸이 덜덜 떨렸다. 우리는 본부중대장의 배려로 삼십 분 정도 지나 밖으로 나올 수 있었다. 본부중대장은 자신이 야옹이를 잡아 대대장에게 갖다바쳤기 때문에 황동수에게 조금 미안한 생각을 하고 있었던 모양이었다. 우리는 연방 재채기를 해대었다. 그 다음날 바로 황동수는 다른 연대 전방으로, 나는 소총중대로 쫓겨가게 되었고 그 얼마 뒤 대대장도 다른 곳으로 옮겨갔다.

"옛 사람이 걸었던 금강산 일만이천봉을 두루 돌아다녀 보우다. 갑옷

투구 비로봉, 옥황상제 옥녀봉, 푸른 물결 해금강, 하늘 신선 천선대, 나그네 발길은 멀고 아득함둥."

후반조 근무가 끝난 병사는 깊은 잠에 빠져들었고, 전반조 근무 병사들은 낮 근무자 외에는 도로 평탄 작업을 나가고 없었다. 그의 사설은 끝이 없었다.

한참 만에 그의 목소리는 제자리로 돌아왔다.

"길오야. 사실 말이다. 너나 내나 제대 특명을 받은 군번 아니냐. 너희 중대장에게 허락을 얻어 놀러와라. 내일, 햇빛이 좋으면 맨눈으로도 비로봉이 보일 거야. 포대경으로 보면 북쪽 지역에도 양지바른 곳에는 진달래가 듬성듬성 피어 있어. 친구야, 누가 그랬는지 잊어버렸지만 문고판 책에 나와 있더라. 화시동취파춘수花時同醉破春愁라고 했다. 꽃 피는 날 함께 취해 봄 근심을 부수어보자. 기다리고, 상심하고, 그렇지 않느냐? 내가 작년 시월에 까치독사를 한 마리 잡아 네 살짜리 소주병에 푹 담가 탄약고 뒤에 묻어두었다. 내일 오너라. 아무도 눈치채지 못한다. 알아도 겁이 나서 못 가. 탄약고 뒤는 미확인 지뢰지대거든. 멋진 자리에 숨겨두었어. 어떠냐? 술 한 잔 들고 꽃 한번 쳐다보고, 술 한 잔 다시 지는 꽃잎처럼 들고… 참 좋지 않니? 흐흐흐흐…."

4월 하순 토요일, 황동수는 전화를 끊었다. 나는 물론 가겠다고 했다. 그가 보고 싶었다. 자석식 수화기를 내려놓고 나는 성내천의 얼음이 녹으면서 방책선 수문에 걸려 맴도는 북한 병사의 모자를 발견했을 때가 까닭 없이 떠올랐다. 모자는 작았다. 이게 누구의 것일까? 이름은 무엇일까? 병사들은 모자를 돌려 만져보았고 머리에 써보는 병사도 있었다.

모자를 발견한 한 시간쯤 뒤에 북한 병사의 웃옷이 떠내려 왔다. 그것은 계급장도 이름표도 달려 있지 않았다. 단추도 모두 뜯겨져 있었지만, 제법 새 것이었다. 그 일은 바로 상급부대로 지휘 보고되었고 곧 현장조사가 시작되었다. 물에 떠내려온 모지와 웃옷이 침투시 버린 물건이 아닌가 하는 추측을 불러일으키게 했던 것이다. 그러나 그것을 발견한 시각을 기준으로 해서 방책선은 북한군의 침투 흔적이나 접근 기미가 보이지 않았다. 조사단은 그것들은 침투 때 버린 물건이 아니라는 정보판단을 내렸다. 정보판단은 더 이상의 어떤 것도 필요 없었다.

웃옷은 160센티미터 정도의 작은 몸을 가진 병사가 입을 정도의 크기였다. 나는 그 모자와 웃옷의 주인이 누구인가를 짐작해보려 애썼다. 북한군은 부식을 마련하기 위해 한겨울에도 성내천으로 내려와 얼음을 깨고 물고기를 잡아간다. 그때 그 얼음 구멍 속으로 발을 헛디뎌 빠져버리지는 않았을까.

그 뒤로 시체가 떠내려오지 않아서 알 수 없지만 시체가 성내천 기슭이나 바위틈에 걸리지 않고 방책선 수문까지 떠내려오기도 어렵다. 그들 누군가의 빨래일까? 왜 단추는 떨어져 있을까? 아무것도 확실하지 않지만 누군가 그 옷과 모자를 사용했음은 틀림없는 사실이었다. 나는 더 이상 생각을 진전시킬 수가 없었다.

다음날 나는 소대장을 통해 중대장의 허락을 얻었다. 중대장도 말년병장의 우울함을 이해해주었다. 나는 아침 식사를 한 뒤 GOP 통제검문소로 내려갔다. 그가 있는 소라지계곡으로 가는 부식차가 오전 11시쯤 지나가므로 그 차량을 얻어타기 위해서였다.

GOP 통제검문소에 도착했을 때 나는 시동을 건 채 대기하고 있는 대대 앰뷸런스를 보았다. 뒷부분의 휘장이 열려 있고 그 안에는 들것이 장치되어 있었다. 대대 군의관은 자꾸 시계를 보고 있었다. 나는 앰뷸런스 운전병에게 물었다. 그도 제대 말년이었다.

"사고 났어?"

"그래. 소라지대대에서 지뢰사고가 났는데, 그쪽 앰뷸런스가 환자 수송을 나오다가 타이어가 터졌는가봐. 그래서 1호차로 싣고 나오고 있는데 여기서 우리 앰뷸런스로 빼기로 했어."

해빙기가 지나고 나면 지뢰는 땅이 풀리는 여파로 조금만 충격을 받아도 터진다. 나는 조금 얼굴을 찡그렸다가 폈다. 어디선가 흰나비들이 떼를 지어 북쪽에서 남쪽으로 날아가고 있었다. 나는 손을 뻗어 그것들을 잡는 흉내를 내었다. 나비 떼들은 점점 많아졌다. 나비들은 수백 마리씩 무리지어 통제검문소를 지나 남쪽으로 이동해갔다.

검문소 북쪽 아랫길로 급박한 엔진 소리가 들리더니 곧 지프가 할딱이며 언덕길을 올라 통제검문소로 들어섰다. 무개 지프였다. 선탑석에서 중위 계급장을 단 장교가 급히 뛰어내렸다. 그때 맞은편 길에서 황동수가 있는 소라지대대로 가는 부식차가 들어왔다. 대대 군의관이 길가로 부식차를 갖다붙이라고 소리쳤다. 부식차가 길가로 차를 갖다붙이는 사이에 나는 무개 지프 뒷자리에 헝겊처럼 구겨져 있는 부상병을 볼 수 있었다.

황동수였다.

그는 위생병에게 안겨 있었다. 그는 대대 앰뷸런스의 들것으로 급히 옮겨졌다. 왼쪽다리 허벅지 아래로 압박붕대가 매어져 있었다. 무릎 아래쪽은 날아가고 없었다. 붕대 밖으로 핏물이 뚝뚝 떨어졌다. 성한 곳은 얼굴 밖에 없었다. 옆구리에도 피가 엉겨 붙어 있었다. 붕대 밖으로 배어나오는 피는 너무 붉었다. 나는 그 자리에 못 박힌 듯이 서 있었다. 앰뷸런스 들것으로 옮겨지며 그는 쉴 새 없이 입술을 달싹였다. 무슨 말인가를 하고 있었지만, 나는 그 말을 알아듣지 못했다. 나는 그에게 다가서려고 했지만, 등에 핀이 꽂힌 채집당한 나비처럼 꼼짝할 수 없었다. 다만 나도 그처럼 무슨 말인가를 중얼거리고 있었다. 그의 가슴팍에서도 핏물이 배어나왔다.

선탑석에서 내렸던 중위가 대대 군의관에게 말하는 소리가 들렸다.

"황 병장 그놈, 제 입으로 제대 말년에는 이빨 빠질까봐 껌도 안 씹는다고 하면서 탄약고 뒤는 뭐하러 갔는지 모르겠어. 미확인 지뢰지대인 줄 뻔히 알면서 말이지. 하필이면 앰뷸런스 타이어가 터질 건 또 뭐람. 운 없는 놈이지. 피를 너무 많이 흘렸어. 항공억제선 안이라 헬기도 뜰 수 없고. 가망 있는지 모르겠네. 저기 수곡리 헬기장으로 사단 헬기가 오기로 했어. 야전병원으로 바로 빼야겠네."

중위가 대대 앰뷸런스 선탑석에 올라탔다. 나는 황동수에게 아무런 말도 할 수 없었다. 부식차가 길을 비켰고, 대대 앰뷸런스는 그를 싣고 수곡리 헬기장을 향해 그 흔한 사이렌도 없이 달려나갔다. 아직도 녹지 않고 듬성듬성 쌓여 있는 눈더미에 반사된 투명한 마름모꼴의 햇빛들이 앰뷸런스가 달리는 464번 주보급로 위로 쏟아졌다. 앰뷸런스가 멀어지면서 피에 젖어 쓰러진 그의 얼굴이 더욱 선명하게 내 눈앞으로 밀려들어왔다. 그가 기다리고 있는 모든 것들, 간절히 바랐던 꿈들, 그 희망의 모습들, 그가 간직해온 신화처럼 솟구치는 그리움들을 그는 언제, 또 어디서 다시 만날 수 있을 것인지 나는 알 수 없었다. 다시는 오지 않을 것 같았던 봄이 찾아와 산비탈에는 붉고 희고 푸르고 노란 꽃잎들이 불쑥불쑥 돋아나고 있었다.

한 무리씩 떼를 지어 남하하던 흰나비들이 비무장지대 어느 꽃잎에 숨어 있었는지 갑자기 수천, 수만 마리씩 떼를 지어 통제검문소를 뒤덮으며 남쪽으로 날아오고 있었다. 나는 눈을 크게 뜨고 야전 점퍼를 벗어 나비 떼 속으로 뛰어들어, 그들을 후려치기 시작했다. 나비 떼들은 끄떡없었다. 나의 귓속으로 산사태가 내리는 소리가 수없이 들렸다. 눈앞으로 입술을 달싹이고 있는 그의 얼굴이 커다랗게 다가왔다. 몸이 공중으로 떠오르는 환상에 빠져들었다. 나는 흰 나비 속에 휩싸였다.

명인명견열전
名人名犬列傳

신원부적격자가 되어 정든 군견도 반납하고 황동수와 나는 다시 소총수가 되어 전방으로 팔려 가버렸지만 후반기교육을 받았던 군견대 시절을 이야기하지 않을 수 없다. 정말 행복했던 군견대 시절을 이야기하려면 개똥 치우는 일부터 먼저 말하는 게 순서 같다. 6개월간 군견병 교육을 받으면서 내가 쳐낸 개똥만 해도 열 트럭이 넘는다. 물론 그까짓 개똥을 헤아려보지는 않았지만 3백여 마리가 쏟아내는 것들을 치워냈으니 어쩌면 그보다 훨씬 더 많은 분량이 될지도 모른다. 개똥을 치우며 나는 나도 모르게 군견처럼 되어가고 있다는 생각마저 들었다.

밤새도록 칼바람이 덮치고 간 겨울날 아침에 개똥을 쳐내기란 난감한 일이었다. 꽝꽝 얼어붙은 것들을 삽날로 깨면 개똥 얼음조각이 얼굴로 튀어올랐다.

"개새끼들!"

나는 국방색 장갑을 낀 손으로 얼굴을 닦아내며 혼자 소리치다 멀쑥이 웃고 만다. 군견들 가운데 예의범절이 고약한 놈들은 견사 안 나무침대에다 배설한다. 저녁을 주고 한 시간쯤 지나서 견사장 말뚝에 묶어두었던 놈들을 견사 안으로 집어넣는데, 그때까지 기다리는 까닭은 놈들이 밖에다 배설하기를 바라기 때문이다.

견사 안에 배설하는 놈은 대체로 정해져 있다. 두케, 이놈은 미 7사단에서 온 놈인데 아주 사납다. 나는 두케에게 엄지발가락을 물려 발톱이 빠진 적도 있다. 마린, 이놈은 이름에 걸맞지 않게 겁도 많고 물똥을 자주 싼다. 물똥이 얼면 치우기가 여간 어려운 일이 아니다. 그리고 라도, 이놈은 뒤에 다시 이야기하겠지만 군견들이 먹다 남긴 짬밥을 혼자 처리하는 엄청난 밥통을 가지고 있다. 그러니 배설량도 엄청나다. 그밖에도 자기네 침대며 침실을 똥칠하는 놈들이 많았는데, 나는 그들의 이름을 적어두었다가 야외 교육을 나가서 한 마리씩 찾아다니며 군기를 세웠다.

나는 사이비 군견 군기반장이었다. 원래 개똥 치우는 병사들 가운데 최고참(그래 봐야 일등병이지만)이 군견 군기반장이 되지만 그것도 군견대 기간병이어야만 했다. 나는 교육생 신분이었으므로 견사 당번을 맡는 동안 비밀리에 군견의 군기를 잡지 않으면 안 되었다. 교육생들은 6개월간 군견지도병 교육을 받은 뒤 군견을 데리고 침투간첩을 추적하는 임무를 지니고 최전방으로 가야 했다.

교육생들은 군견들의 군기를 제대로 잡지 못하면 엄동설한에 개똥 치우는 일로 엄청난 희생을 바쳐야만 했다. 견사는 슬레이트 지붕에다 시멘트 블록 벽돌로 지은 연립식이었다. 1견 1실로 되어 있는 견사 안에는 널빤지로 만든 10센티미터 높이의 장방형 목침대 위에 짚으로 짠 멍석 시트가 깔려 있다. 녀석들의 배설물이 시트에 얼어붙으면 흰 침대 시트를 빨아 햇볕에 보송보송하게 말리듯이 청결하게 해야 한다는 것이 군견대장의 지시사항이었다. 그게 어디 가능한 일인가. 그때 군대에서 유행했던 구호가 "안 되면 되게 하라!"였다. 영하 20도를 왔다갔다 하는 날씨인데 침대 시트에 얼어붙은 개똥은 좀처럼 떨어지지 않는다.

어떤 녀석들은 제 배설물을 깔고 뭉개기도 한다. 털에 묻어 있는 배설물은 빗으로 말끔히 빗겨내어야 한다. 얼어붙은 것들이 아침 햇빛에 녹기 전에 말이다.

군견들은 거의가 독일산 셰퍼드였지만 진돗개도 몇 마리 있었다. 진돗개는 추적능력이나 지능은 셰퍼드보다 뛰어났지만 체력에서 떨어졌다. 족보도 알 수 없는 거의 똥개 수준의 군견들도 있었는데 어떻게 해서 그 녀석들이 군견이 될 수 있었는지는 모를 일이다. 군견대장은 국민들의 정성을 모은 방위성금으로 군견들을 구입했으므로 군견은 병사들의 목숨처럼 소중하다고 강조했다. 그는 군견들을 의장대 병사들처럼 절도 있고 씩씩하고 늠름한 모습으로 국토방위에 나설 수 있도록 용모를 단정하게 해주어야 한다는 훈시를 군견병들의 귀에 딱지가 앉도록 해대었다.

드디어 내가 군기반장(물론 견사 당번 주제이지만)이 되자, 나는 야외훈련을 나가 수첩에 적어두었던 버릇 나쁜 군견의 입을 가죽끈으로 챙챙 묶어놓고 회초리로 엄숙하고 준엄하게 때렸다.

"이놈들아, 내가 개똥 치우러 군대 왔냐? 내 청춘을 보상해라!"

나는 처음에는 군견들에게 화풀이하는 듯한 내 모습이 우스꽝스러웠지만 점점 진지하게, 열심히 놈들의 종아리를 후려쳤다. 개똥 치우는 신세라니? 누가 들어도 화가 날 일이 아닌가. 교육생들은 기상하면 견취사장에 가서 군견들의 식사를 타온 다음 군견에게 먹이고 나서, 견식기를 깨끗이 씻어둔 다음에야 비로소 아침을 먹었다. 나 역시 한번도 군견보다 먼저 밥을 먹어본 적이 없다. 그러면 군견들도 예의가 있어야 할 것이 아닌가. 제 침대에다 똥을 싸는 놈들이 무슨 무장간첩을 잡을 수 있겠는가 하는 게 내 생각이었다. 매를 맞는 군견들은 풀쩍풀쩍 뛰며 낑낑거린다. 입을 묶었으니 짖을 수도, 물 수도 없다. 군견을 때리다 교관에게 발각되면 영창을 가게 되므로 놈들을 군기 세우는 일은 아주 비밀스럽게 이루어진다. 또 군견대 기간병 고참의 군견일 경우 고참 모르게 해야 한다. 일주일 정도 버릇 나쁜 군견들에게 매질을 안겨주면, 매에 항우장사 없다는 말처럼 견사 안은 광채가 나도록 깨끗해지게 마련이다. 일조점호를 끝내고 견사로 달려가 군견을 꺼내 이동 견사에 묶어두면 그때까지 놈들이 배설 욕구를 참고 있다가 죄다 용을 쓰고 똥오줌을 싸는 꼴을 보게 된다. 사제 개든 군견이든 두들겨 패는 게 명약인 법이다. 그래도 군견들은 사제 개들보다는 호강하는 편이다. 아프면 환견실에 입원시키고 비싼 포도당 주사며 귀한 영양제 주사도 맞힌다. 그리고 새끼를 배면 산견실에서 출산 준비를 하도록 하니 그 정도면 개치고는 괜찮은 팔자라고 할 수 있다. 침실을 더럽힌 군견의 군기를 잡으면서 나는 자신도 모르게 군견처럼 생각하고 행동하는 것은 아닌가 하는 생각이 들 때도 많았다.

군견들의 교육장은 주로 안마산 화장터 주변 공동묘지와 용대산 미사일 기지 근처, 왕창고개 라면집 일대에서 실시된다. 그 중 가장 좋은 장소가 화장터 주변 공동묘지이다. 왜냐하면 사시사철 저세상 가는 사람들이 마지막으로 찾아오는 곳이기 때문이다. 먹을 것이 가장 풍성한 장소라서 교관도, 지도병도, '군견도 모두 삼위일체로 좋아하는 곳이다. 지도병들은 안마산 등성이 소나무에 군견을 묶어놓고 산 아래 공동묘지를 훑어보며 그날의 사냥감을 살핀다.

말년 기간병 고참과 교관은 불을 피워놓고 지도병들에게 묻는다.

"꽃이 얼마나 피었나?"

"흰 꽃이 12시 방향, 3시 방향, 7시 방향에 탐스럽게 피었습니다."

"그럼 출동해라."

산에 올라오는 사람들은 흰 옷을 입고 오는 법이다. 그들의 모습은 지도병에게 소중하다. 겨울이 더 좋다. 왜냐하면 언 땅을 파기란 어렵고, 그때 군견지도병들이 구원군처럼 나타나 산역을 가볍게 해치우고, 먹을 것을 잔뜩 얻어 훈련장으로 되돌아오는 것이다. 산에 가져오는 음식은 되가져 가지 않는 법이어서 때로 부잣집 초상을 만나는 날이면 지도병들은 며칠 먹을 양식과 용돈을 마련한다. 수통마다 소주를 가득 채우고 삶은 돼지고기는 소금에 절여 말려 고이 보관해두었다가, 문득문득 찔레덤불에 누워 소주를 한 모금씩 부어넣고 안주 삼아 화랑 담뱃가루 묻은 돼지고기를 털어 입안에 넣으면 하늘이 얼마나 파랗게 다가오는지, 문득문득 눈물이 임질 걸린 개 오줌처럼 찔끔거리며 새어나온다. 또 몇 푼 받은 돈은 며칠 라면 값이 되지 않는가.

군견교육이 시작되면 지도병들은 2인 1개조씩 추적군과 대항군으로 짝을 지어 산 속으로 흩어진다. 한 명은 군견을 데리고 산을 비스듬히 넘어 왕창고개 비탈에 서 있는 라면집으로 달아나고, 다른 지도병은 앞선 지도병이 사라지기까지 군견을 베고 양지바른 덤불에 누워 있다가 1시간쯤 지나 군견을 데리고 뒤쫓는다. 족적을 따라 뒤쫓아가는 군견이 대항군의 숨은 위치를 얼마나 정확하게 찾아낼 수 있는가에 따라 추적능력이 판가름난다.

나 또한 산비탈 길을 많이 누볐다. 처음 내가 지급받은 군견은 '모노'라는 독일산 셰퍼드였는데 후각이 아주 뛰어난 놈이었다. 거의 지도병들은 좋은 군견을 지급받기를 원한다. 내가 교육생인데도 그런 명견을 지급받은 까닭은 작전과 기간병인 왕고참이 촌수로 따져 나의 할아버지뻘이 되었기 때문이다. 명견은 주로 짬밥 순이었다.

그게 그리 좋은 일은 아니었다. 탈영병사건이나 무장간첩 침투사건이 일어나면 가장 먼저 선발되는 군견이 모노였다. 군견이 선발되면 지도병도 따라가야 한다. 한밤중에 헬기가 연병장에 내리고 정예군견들과 그들의 지도병들은 목적지가 어딘지도 모르고 작전지역으로 날아간다. 다행히 내가 교육받을 동안 무장간첩 침투사건은 없었지만 수류탄 두 발과 카빈총, 실탄을 200발이나 휴대한 탈영병을 추적하기 위한 작전에 모노와 함께 투입된 적이 있었다. 군견대장은 일일이 지도병과 악수를 하고 무공을 세워 돌아오라고 격려했다.

작전지역에 도착하자 과연 모노는 달랐다. 탈영병의 군화 흔적을 발견한 모노는 코를 땅에 처박듯이 하고는 산비탈을 향해 달려가는 게 아닌가. 추적에 나선 일곱 마리 군견 중에 모노는 단연 돋보였다. 나는 추적끈을 잡고 모노 뒤를 따라 산비탈을 달려 올라가며 참으로 고민스러웠다. 턱까지 차올라오는 숨결도 힘들었지만 탈영병을 잡으러가는 심사가 괴로웠다. 간첩을 잡으러가는 것도 아닌데다 그 탈영병이 누군지, 어떤 사연이 있어 달아났는지는 알 수 없지만 무엇인가 힘들고 고통스러워 탈영했을 텐데 말이다. 탈영병이 실탄을 가졌으니 모노와 나의 생사도 알 수도 없었다. 그런데 기적 같은 일이 있어났다. 모노는 그날 따라 장에 탈이 났는지 추적하다가 자꾸 물똥을 싸대는 것이 아닌가. 내 뒤를 따라오던 증원군 1개 소대 병력이 물똥을 싸고 있는 모노를 지나 다른 군견 뒤를 따라갔다. 그날 작전에서 군트라는 군견이 탈영병이 숨어 있는 산속 폐가를 찾아냈다. 군트의 지도병은 고참 기간병이었다. 탈영병이 쏜 총에 맞아 군트는 죽고 그 고참 지도병은 허벅지에 관통상을 입었다. 물론 탈영병은 벌집이 되고 말았다.

작전에 나갔다오니 왕고참 할아버지가 불렀다.

"안 되겠다. 군견을 바꿔야겠다. 교육받을 때는 모노가 너무 편하지만 손자 녀석 생목숨이 날아갈 수도 있겠다. 탈영병이 쏜 총에 맞지는 않았는가 싶어 간밤에 한숨도 못 잤다. 어디 보자, 늙은 군견 빈센트를 가져가라. 여덟 살인데 그럭저럭 국방부 시계처럼 뭉기적거리는 놈이지. 군견으로서는 말년이라 곧 폐견될 놈이다. 성질도 순하다. 그리고 이건 비밀인데 말이다. 대간첩작전에 나가면 뒤따라가다가 추적끈을 세 번만 당겨. 그러면 군견은 자기가 추적하는 길이 잘못 되었는가 하고 지도병을 돌아보며 고개를 갸웃하고 드디어는 냄새를 잃어버리거든. 할아버지가 별 걸 다 가르쳐주네."

작전병은 군견명부에 붙여진 사진과 기록을 넘겨보더니 화가 고흐 이름이기도 한 아주 순한 군견 빈센트로 바꿔주었다. 나는 모노를 반납하고 빈센트와 함께 군견대 교육시절을 보냈다.

야외훈련장으로 나가 군견과 함께 산과 언덕과 개울을 스쳐가다보면 참 많은 사연들이 새겨진 마을과 무덤과 외딴집을 지나치게 되었다.

흔한 이야기겠지만 밤나무집 막내딸이 군견대 고참 병장과 연애를 했는데, 아이를 배자 병장은 소문도 없이 제대해버렸고, 그래서 그 처녀가 목을 매었다는 처녀 밤나무와 외딴집에서 군인들에게 라면을 팔아 입에 풀칠하는 할머니네 소박맞은 딸과 이등병의 애틋한 사랑 이야기가 서린 폐가도 자주 지나쳤다. 운 좋게 군견대로 갓 팔려온 교육생에게 고참들은 철조망 너머 여자는 돌로 봐야 할 의무가 국방의 의무에 못지않게 중요하다고 강조했다. 젊은 식성이야 돌도 소화시켜버린다는 말도 빼놓지 않았지만. 그러나 상기해보면 풋사랑의 그림자는 끊이지 않고 계속되어왔음을 그들의 사랑 이야기를 통해서도 알 수 있다.

이등병과 소박맞은 딸의 비련은 폐가 뒤쪽 허물어진 봉분 두 개가 말해주듯 그들 사랑의 종말이 참담했음을 보여준다. 군견대가 창설되고 얼마 되지 않아 일어난 일이라서 그리 오래된 사연도 아니었지만, 병사들에게는 전설의 고향에 나옴직한 이야기로 들렸다. 저녁 식사를 마치고 취침 시간까지 쓸 데 없는 잡담의 아주 중요한 부분을 차지하는 두 사람의 이야기는 고참들의 입에서 입으로 전해지고 줄기가 새롭게 엮어져 내려왔으므로 그 실상을 정확히 알기 어렵지만 대충 요약해보면 이렇다.

한국전쟁 때 전쟁터에서 국군으로 참전한 남편을 잃은 할머니가 외동딸을 고이 키워 속초의 선주집 큰아들에게 시집을 보냈으나 3년 만에 그 딸은 아이를 낳지 못한다고 소박을 맞아 되돌아왔다. 어머니는 소박맞은 딸과 같이 산나물과 군견대에서 흘러나오는 군수품을 내다 팔거나 군인들에게 라면과 소주를 팔아 그래도 오손도손 살았다. 어느

해 설 전날, 이등병 하나가 비닐 포대를 하나 들고 이 집에 김치를 얻으러 왔다. 물론 이런 전통은 그 뒤로도 계속되는데, 무엇이냐 하면 명절 전날에 고참들은 졸병을 민가로 보내 만두며 김치, 떡 등을 얻어 오게 했다. 그 이등병도 그런 심부름을 얻어 걸린 것이다.

할머니는 떡을 내오고, 딸은 김치를 담아주었다. 그러고는 이등병을 불러 만둣국을 한 그릇 먹여 보냈다. 군대 부식이 아무리 좋다한들 사제 꽁보리밥보다도 못한 법이다. 그날 이후로 이등병은 자주 그 집을 찾았고, 마침내는 소박맞은 딸과 눈이 맞았다. 여기서부터 고참들의 이야기는 여러 갈래로 나누어진다. 이등병이 먼저 덮쳤다는 것, 그날 할머니는 시내에 물건을 하러 나갔다는 것 등의 설이 있고, 딸이 부엌에서 목욕을 하고 있었는데 이등병이 부엌문을 흔들며 라면을 끓여달라 하니까 앞가슴을 옷으로 가린 딸이 남자를 물통 속으로 끌어들였다는 다른 설도 있다. 그들 두 사람이 같이 산기슭 양지쪽에 앉아서 손을 꼭 잡고 동쪽으로 흐르는 구름을 가리키며 속절없는 이야기만 해대었을 뿐 육체관계가 전혀 없었다는 또 다른 설도 있다. 그 이등병은 홀어머니 밑에서 고학으로 대학원을 나와 박사 공부를 하다가 입대했는데, 그렇게 배운 사람이 더구나 홀어머니를 두고 어이없는 짓을 저지른다는 게 참으로 납득하기 어려운 일이지만, 결국 이야기는 두 사람이 같이 달아나는 사연으로 접어들게 된다. 딸의 뱃속에 아기가 들어 있었다고, 그것도 쌍둥이더라는 당시 군의관 말이 느닷없이 인용되면서 장면은 빠르게 바뀐다.

겨울날 야간 대공초소 근무를 나갔던 이등병은 보름달이 높이 떠오르자 자신도 모르게 그 집으로 갔다. 그날, 그곳에서 라면을 한 그릇 얻어먹고 잠깐 눈을 붙인다는 게 깨어보니 새벽이었고 겁이 더럭 난 이등병은 딸의 손을 잡고 산 능선을 냅다 뛰었다는 것이다. 눈도 제법 내린 산길을 말이다. 어쨌든 탈영병이 되어버렸는데, 그가 카빈 소총과 실탄 20발을 갖고 달아났으므로 부대가 개집처럼 왕왕거렸다.

무장간첩을 잡기 위해 길렀던 군견이 동원되었고, 군견대 기간병 1개 소대와 헌병 1개 소대가 증원군으로 뒤따랐다. 여기서 이야기는 또 한 바퀴 반전한다. 즉, 추적견을 풀어 따라가보니 두 사람이 나란히 소나무에 목을 매달았다는 이야기가 있다. 또 하나는 홍천 가는 산등성이의 작은 굴속에 숨어 있다 개 짖는 소리가 나니까 이등병은 카빈총을 쏘았고, 증원군의 집중사격으로 두 사람은 벌집이 되어 세상을 떠났다는 이야기도 있다.

『삼국유사』에 나오는 이야기도 아니고 조선시대 이야기도 아닌 그들의 애절한 사랑 이야기가 오래되지 않았는데도 이렇게 여러 갈래로 나뉘는 이유는 당시 탈영병 체포작전에 가담했던 고참들이 다 제대해버렸을 뿐 아니라, 또한 고참들이 늘어놓는 사연들이 제각각이었으므로 그 이야기들이 이어져 내려오며 제멋대로 뻗어나간 탓이다. 또 군견대로서는 명예스럽지 못한 기록을 남겨놓을 리가 없기 때문이기도 하다.

이야기는 두 사람이 폐가 뒤 산자락 양지바른 골짜기에 묻힌 데서 끝나지만 이등병의 어머니가 몇 날 며칠을 무덤가에서 자지러지듯 울부짖었다는 뒷이야기가 전한다. 아직도 바람이 세차게 불면 그 울음소리가 부대 막사로 날아 내린다는데 그들이 죽었던, 참으로 거세게 추웠던 겨울밤이 매양 오면 병사들은 페치카에 등을 기대고 앉아 반합 뚜껑에 소주를 홀짝거리며 흘러간 유행가처럼 그들 사랑의 종말을 늘어놓는다. 그들은 술에 벌겋게 달아오른 눈동자 속으로 까닭 없이 솟구치는 막막한 성욕을 손으로 짓눌러가며, 그와 동시에 얼굴 모습도 분명하지 않는 여자의 젖가슴마저 동시에 떠올리는 것이다.

이야기가 길었지만 한 가지만 덧붙인다면, 이등병이 딸에게 그렇게 빠져든 까닭이 무엇인지 또 다른 설이 하나 있는데, 그것은 이등병이 그때까지 살아오면서 남이 자기에게 베풀어주는 일을 한번도 겪지 않았기 때문이라고 했다. 그래서, 그 할머니와 딸이 눈물겹게 고마워서 그만 사고 기능이 정지되었다는 것이다.

홀어머니 외에 그런 깊고 따스한 정을 느껴본 적이 처음이었다는 설을 들으며, 나는 아무리 정이 깊기로서니 그렇게 분별이 없을까 싶었으나, 또 한편으로는 얼마든지 그럴 수 있었으리라고 여겨지기도 했다.

군견병 생활은 별로 힘들지 않았다. 거의 날마다 안마산에는 흰 꽃이 무리져 피었고, 또 내가 좋아하는 가수 김추자가 부대 앞, 개울 건너 보이는 과수원 별장에 살고 있다는 풍문이 있어서 군견을 끌고 하릴없이 울타리 주위를 빙빙 도는 맛도 괜찮았다. 그때 나는 김추자가 부른 〈꽃잎〉이라는 유행가를 너무 좋아했다. "꽃잎이 피고 또 질 때면 그날이 또 다시 생각나 못견디겠네" 하고 시작되는 노래는 김추자란 가수가 얼마나 훌륭한지를 알려주었다.

서로가 말도 하지 않고

나는 토라져서 그대로 와버렸네
그대 왜 날 잡지 않고, 그대로 왜 가버렸나
꽃잎 보면 생각나네. 왜 그렇게 헤어졌나

나는 〈꽃잎〉을 흥얼거리면서 과수원 울타리를 빙빙 돌았지만 김추자를 한번도 보지는 못했다. 5백 원만 주면 과수원 근처에 있는 약과공장에서 배에서 단내가 나도록 약과 부스러기도 실컷 사먹을 수 있었다. 치마를 두른 여공들의 둥근 엉덩이를 훔쳐보는 기분도 멋진 것이었다.

가끔씩 군마대에서 병든 말이 M60 트럭에 실려왔는데, 그런 날은 잔칫집 같았다. 허벅다리가 거의 썩은 군마, 또는 창자가 터져 죽은 군마도 있었다. 나는 그때 처음으로 말고기를 먹어보았다. 병들어 죽은 말은 군견 사료용으로 쓰였다. 사역에 불려나가 아직 숨이 붙어 있는 군마를 트럭에서 끌어내리는 일도 가슴 설레게 했다. 군마대는 전시에 차량이동이 불가능한 고지에 탄약이나 대포를 나르거나 의장대용으로 써먹기 위해 말을 키우는 부대였다.

마지막 숨을 몰아쉬는 군마의 목을 쓰다듬는 군마 지도병이 눈물을 글썽거리며 작별 인사를 끝내고 나면 우리는 밧줄에 군마의 네 다리를 묶어 적재함에서 땅바닥으로 끌어내린다. 선임하사들과 장교는 서로 눈치를 보며 말 정강이를 하나 가지고 싶어 머리를 제각기 굴리는 소리가 요란하다. 말 정강이뼈는 신경통, 류마치스에 특효약으로 소문나 있어서 군마가 실려오는 날이면 암투가 그들 사이에 치열하게 벌어지곤 했다.

말을 잡는 일도 쉬운 법은 아니었지만, 교육생 중에는 사회에서 소장수를 하다온 병사가 있었다. 전국 우시장을 돌아다니지 않은 곳이 없다는 그는 식칼만 손에 쥐어주면 신기에 가깝게 말가죽을 벗겨내고, 살을 발라내고 뼈를 각 부위 별로 나눈다. 내가 보기에는 소장수보다는 밀도살 전문꾼처럼 보였다. 그의 이름은 강장수姜長洙였는데, 늘 코끝에 누런 코를 달고 다녔다. 말을 잡을 때면 그의 콧구멍에서 콧물이 쉴 새 없이 들락거렸다.

강장수는 라도의 지도병이었다. 그는 엉터리 날탕 같은 라도가 군견 중에서 최고라고 떠벌리고 다녔다. 사실 겉으로 보기에도 라도는 늘씬하게 빠졌다. 우뚝 선 귀와 역삼각형 몸매, 검은 윤기가 흐르는 털, 그리고 단단한 두개골. 군견대장도 라도를 보면 아주 흡족한 얼굴로 강장수의 어깨를 두드려주었다.

"자네, 소만 잘 잡는 줄 알았더니 군견도 잘 키우는구만!"

"옛! 그렇습니다."

장수는 누런 콧물을 코 속으로 빨아올리며 침이 튀도록 대답한다. 장수가 말고기를 라도에게 얼마나 먹였는지 그 기상과 몸매야 정말 군견들 가운데 가장 빼어났다고 해도 지나친 말이 아니다. 그런데 나는 강장수와 한 조가 되어 훈련을 몇 번 나갔기 때문에 라도의 추적 실력이 어떤지 잘 안다. 고참들도 라도가 얼마나 엉망인지 알고 있었다. 겨우 산 능선 하나를 넘어 내가 빈센트의 배에 머리를 대고 햇빛 많은 기슭에 누워 있으면 라도는 반대편 산 쪽에서 냅다 달리고 있는 중이었다.

그래도 강장수는 좋다고, "옳지, 그래, 라도!" 하며 나를 찾으러 온 산을 휘젓고 다닌다. 허나 나를 찾을 리가 없다. 최초 추적현장에서 100미터만 지나면 라도는 냄새를 잃어버린다. 종래 라도가 이르는 곳은 짬밥을 파묻어놓은 쓰레기장이나 고기 굽는 민가에 이르러 침을 흘려댄다. 처음에 그는 라도가 하도 기세 좋게 달리니까 정말 대항군 족적을 찾아가는가 싶었지만 전혀 엉뚱한 곳에 자꾸 이르게 되자 아예 내 이름을 불러가며 라도를 내 쪽으로 몰아세운다.

"하길오, 하길오! 어디냐? 대답해라!"

그냥 두면 강장수가 온 산을 헤매기 때문에 나는 대답하지 않을 수가 없다. 라도가 어떻게 해서 추적견이 되었는지 고참 이야기를 들어보면 단번에 알 수 있다. 군견대에서는 병사가 지급받은 군견이 제대로 훈련시험을 통과하지 못하면 그 지도병마저 날탕, 고문관으로 몰린다.

군견훈련은 1단계 복종훈련, 2단계 장애물훈련, 3단계 추적훈련으로 나누어지는데 각 단계마다 시험을 치르게 되어 있다. 각 단계의 시험에 떨어지면 시험에 합격할 때까지 야간보충훈련을 해야 하므로 머리 나쁜 군견을 맡은 지도병의 고충이란 이만저만이 아니다. 휴가는 물론 외출, 외박도 나가지 못한다.

라도를 지급받았던 지도병들은 하나같이 라도가 얼마나 고문견인지를 며칠 되지 않아 알게 된다. 라도는 먹는 것 외에는 아무런 관심이 없었다. 그래서 시험 때가 오면 라도 지도병은 아예 며칠을 굶긴다. 그리고 시험날 바지 주머니에 뼈다귀를 감춰놓고 시험을 보고 교관에게 담배 한 상자를 슬쩍 들이미는 방법을 쓰기도 한다. 기간병 고참들이 그런 편법을 썼던지 라도는 1단계에서 3단계까지 어려운 시험을 우수하게 합격하고는 명실공히 추적견이 되었던 것이다. 누구든지 5년생 라도를 맡기 싫어했으므로 자연히 신병이나 교육생 차지가 될 수밖에 없었다.

교육생 장수도 라도와 닮은 점이 많았다. 우선 먹는 짓이 그랬다. 군복 바지 주머니에는 늘 건빵과 사제 호빵이 불룩하게 들어 있었다. 그러니 라도가 장수를 얼마나 따르겠는가. 일조점호를 마친 뒤 견취사장에서 개밥을 받아가지고 견사장으로 운반하면 가장 왕성하게 짓는 놈이 바로 라도였다. 견식기 당번 교육생들은 군견이 먹다 남긴 짬밥을 갖다버릴 필요가 없다. 라도가 얼마나 국토방위에 필요한 군견인지도 알게 된다. 한 통이든 두 통이든 라도 앞에 짬밥통을 갖다두면 모조리 처리하기 때문이다. 라도가 없다면 남은 짬밥을 대공초소 너머 짬밥 쓰레기장까지 1킬로미터가 넘는 길을 생고생을 하며 들고 가야 한다. 겨울이면 영하 20도는 그냥 내려가는 날씨가 아닌가.

라도는 그것 말고 또 다른 재주가 있는데, 그게 뭔고 하니 혼자 자위를 즐기는 것이다. 뒷다리 사이에 자지를 끼어넣고 망중한을 즐기는데 참으로 볼 만한 풍경이다. 한번은 오전 야외교육을 나가기 위해 견사장으로 군견을 몰러갔을 때였다. 마악 라도는 절정을 끝낸 듯 혀를 쭉 빼물고 퍼질러 앉아 있었다. 녀석의 그것도 툭 튀어나와 있어서 강장수가 아무리 밀어넣어도 들어가지 않았다.

보통 오전 학과 출장 때면 군견병들은 연병장에 개를 끌고 나가 군견대장에게 학과 출장 보고를 하게 되어 있었다. 내가 듣기로 군견대장은 군견대 창설 요원이었다. 따라서 개 박사였고 3백여 두나 되는 군견 이름을 죄다 외우는, 이상하게 기억력이 좋은 소령이었다. 사열대에 서서 어느 군견이 설사병이 있는지, 지도병에게 폭행을 당했는지, 발정이 났는지, 단박에 알아차리는 솜씨가 군견대장에게 있었다.

허나, 어쩌랴. 강장수는 퍼질러 앉은 라도의 엉덩이를 몇 번 걷어차고는 겨우 연병장으로 질질 끌고 내려왔다. 그는 뒷줄에 서서 라도의 몸이 보이지 않게 조바심을 쳤는데, 사건은 그때 벌어졌다.

강장수가 군견대장의 눈길에만 신경을 쏟는 사이, 때마침 발정기에 있던 챠리를 라도가 순식간에 덮치고 말았다. 파랗게 질린 것은 강장수보다 챠리의 지도병 양성곤梁成坤이었다. 발정기의 군견은 절대 군견대장의 허락 없이 교배를 금하고 있었다. 만약 허락 없이 또는 부주의로 군견이 새끼를 배게 되면 지도병은 영창 신세라는 말을 귀에 따갑도록 들었다.

챠리의 미끈한 엉덩이를 덮친 라도는 강장수가 아무리 가죽끈을 당겨도 떨어지지 않았다. 다른 군견들이 짖고, 교관이 달려오고, 군견대장은 사열대 위에서 지휘봉으로 가리키며 뭐라고 소리를 질러대었다. 그야말로 개판이었다. 군견들이 떼지어 짖었다. 누군가 끓는 물을 퍼부어야 한다고 했고 또 누구는 킥킥 웃었다. 교관이 라도의 뒷다리를 잡고 겨우 떼어냈는데, 그때 챠리 지도병의 얼굴 표정은 아주 기묘했다. 아마 나만이 그 표정을 눈치챘을 것이다. 양성곤의 얼굴은 애인이 겁탈당한 현장을 지켜본 듯한 얼굴이었다. 왜, 내가 그렇게 생각하는가 하면 언젠가 야외훈련에서 나는 작달막한 양성곤이 덤불숲에 숨어서 챠리의 엉덩이에 대고 용두질을 치는 뒷모습을 보았기 때문이다.

그때 내가 "너 뭐 하냐?" 하며 다가가자 그는 바지춤을 끌어올리고는 "개도 처녀성이 있다"며 겸연쩍게 웃었다. 그의 웃음은 일그러진 젊은 날처럼 징그럽고 처량했다.

그날 강장수와 양성곤은 사돈지간처럼 사이좋게 아침부터 취침 때까지 완전군장으로 연병장을 돌았다. 그 뒤부터 양성곤은 자주 샤리를 때리기 시작했다. 개가 말할 줄을 아나, 후회할 줄을 아나. 하지만 나는 샤리가 갈수록 야위어가는 것을 알았다. 샤리의 잘못이 아니고 먹충이라도가 일을 저질렀는데, 양성곤은 그것이 못내 마음에 걸리는 모양이었다. 그런저런 와중에 군견병들도 개와 비슷하게 되어갔다.

낙동강 경비견들이 동계 보충교육을 받으러 왔다. 낙동강 경비견들은 연병장의 이동막사에 묶어 있었다. 야간에는 놈들이 탈영할까 싶어 오히려 군견교육생들이 그놈들을 지키는 경계근무를 서야 했다. 연병장에 서면 바람은 또 얼마나 부는지, 장갑을 끼고 빈 탄창이 꽂힌 카빈총을 잡고 있어도 손가락은 고드름이 되어버릴 것 같았다. 나는 연병장 근무를 서다가 너무 추워서 궁리 끝에 제법 괜찮은 이동 견사 앞으로 갔다.

견사 안에 든 경비견을 밖으로 끌어내고 손으로 안을 더듬어보니 바닥이 깨끗했다. 나는 개집 안으로 기어들어갔다. 그런데 입구가 좁아서 몸을 돌릴 수가 없었다. 나는 뒤로 다시 기어나가 몸을 돌려서 엉덩이부터 개집 안으로 밀어넣었다. 개집 안은 바깥보다 훨씬 따스했다. 판자 바닥에는 마른 짚이 푹신하게 깔려 있었다. 나는 카빈총을 옆에 놓고 엎드려, 개집 문 앞에 턱을 괴고는 멀리 밤하늘을 바라보았다. 별빛이 깃발처럼 흔들렸다. 밖으로 밀려난 경비견이 추운지 낑낑거리며 개집 안으로 머리를 자꾸 들이밀었다. 나는 손으로 놈을 계속 밀어내었다.

"별빛은 아득하구나."

나는 그렇게 중얼거리며 두드려 맞아 피멍이 든 가슴 가운데를 쓰다듬었다. 가슴 한가운데에서 왼쪽까지 둥글게 부풀어 있었다. 군복 윗옷 왼쪽 주머니에 군인수첩이 들어 있었기 때문에 쌍절곤으로 가슴을 맞을 때마다 나는 몸을 왼쪽으로 조금 비틀어 군인수첩이 들어 있는 쪽을 맞는 게 덜 아팠다. 그게 내가 할 수 있는 전부였다. 견사 안은 연병장보다 훨씬 따뜻했으므로 나는 오른손바닥으로 가슴을 감싸고는 왼팔로 턱을 괴고 있다가 깜빡 잠이 들었다. 잠결에 내 이름을 부르는 소리가 들려 눈을 떠보니, 그 목소리는 바로 공포의 쌍절곤이라는 별명을 가진 최주복崔柱福 상병이었다. 그가 근무 교대자였다. 아, 나는 죽었구나 싶었다. 그날 저녁 나는 그에게 쌍절곤으로 가슴팍을 직싸게 맞았다. 맞을 때마다 큰소리로 헤아리라고 했는데, 그때 나는 스물을 끝으로 정신을 놓고 말았다. 군복 윗도리 단추 두 개가 박살이 나도록 얻어맞았다. 별로 맞을 이유도 아니었다. 최주복이 졸병 군기를 잡는답시고 우리를 침상에 세워놓고 이소룡의 쌍절곤을 들고 흉내내다가 그만 제 머리를 '탱!' 하고 때렸다.

그런데 그 소리가 얼마나 청아하던지 나도 모르게 그만, "하하하!" 하고 웃음을 터뜨리고 말았다. 참으로 이상한 일이었다. 내가 왜 그렇게 웃었는지 내 스스로도 이유를 알 수 없었다. 평소의 내 자신과는 너무 동떨어진 모습이기도 했다. 지도병이 자주 바뀌는 바람에 눈치가 제법

인 군견보다 더 눈치 없는 짓을 한 것이다. 어쩌면 쌍절곤 앞에서 부동자세로 서 있는 내 모습이 서글퍼서 웃었는지도 모르지만. 하여튼 죽으려고 약을 쓴 것이나 마찬가지였다. 최주복이 앞에서, 그것도 기간병도 아닌 교육생 주제에 감히 웃다니. 하지만 이미 뱉어놓은 웃음이었다. 내가 웃자 다른 교육생들도 개처럼 키들거렸다. 최주복은 그게 대단히 자존심이 상하는 일이었고 곧바로 나는 그의 상처받은 자존심의 제물이 되었다.

최주복이 부르는 소리에 나는 개집을 기어나가며, "저, 여기 있습니다"라고 대답했다. 최주복은 보신탕집 주인이었고, 나는 팔려온 똥개꼴이었다. 그런데 그가 얼마나 나를 반기는지 얼떨떨했다.

"야! 반갑다. 난 네가 탈영한 줄 알았다. 그래 개집 안이 덜 춥더냐?"

"예, 그렇습니다."

"빨리 들어가라. 우와 정말 좆이 빠지도록 춥구나."

최주복은 개집 안으로 머리를 들이밀었다. 거꾸로 들어가십시오. 나는 이 말을 하려다가 그냥 두었다. 개집 안으로 머리를 들이미는 그의 모습을 보니 이상하게도 그에게 대한 어떤 원망이나 적개심이 소리 없이 사라져버렸다. 집주인인 낙동강 경비견도 추운지 최주복이 엉덩이 밑으로 기어들어갔다. 내무반에 들어서니 제대 말년 고참들 몇몇이서 소주판을 벌여놓고 한참 이야기에 열을 올리고 있었다. 폐가 뒤 무덤 두 개의 이야기, 처녀 밤나무 이야기, 또 지금 연병장을 덮치는 바람소리가 그 이등병 홀어머니 목소리라는 둥, 그리고 할머니는 백담사 공양간에서 밥 짓는 일을 하며 두 사람이 극락왕생하도록 빌고 있는 모습을 말년휴가 가서 애인과 함께 보았다는 등 사설은 갈피가 없었다.

이야기 끝에 자칭 육군주임 특무병장 김평식金平植이 록키 이야기를 끄집어내었다. 김평식은 라도의 전 지도병이었는데, 그는 척척 번개 박사였다. 세상에 모르는 일이 없고, 전설 따라 삼만 리라도 갈 사람이었다. 라도를 강장수에게 물려주고 그는 경계견을 지급받았다. 추적 시험에 떨어진 군견을 용도 변경해서 적의 침입을 조기 경보하는 군견으로 만드는 훈련이 경계견 훈련인데, 바람에 묻어오는 냄새나 소리를 듣고 크게 짖어대고는 곧바로 달려나가 적을 이빨로 물어뜯는 공격훈련을 말한다. 김평식이 지급받은 군견은 유명한 화가 이름 비슷한 세잔느였는데 잘 짖지를 않았다. 말년휴가를 눈앞에 둔 김평식은 고참의 특권도 버리고 야간에도 세잔느를 몰고 나가 짖기 훈련을 시켰지만 견사 안에서 잘 짖던 놈이 일단 견사 밖을 벗어나면 짖지를 않았다. 마침내 김평식은 세잔느가 짖는 데는 너무 많은 시간이 걸린다고 보고 스스로 짖기로 결심했다. 그는 경계견 측정시험을 치기 전까지 저녁마다 견사 안에 들어가 개 짖는 소리를 연습했다. 워낙 교관에게 찍힌 몸이기도 하지만, 이번 시험에 세잔느가 떨어지면 휴가가 압수될 판이었다. 더구나 뱀 같은 교관의 눈을 속이자면 절대 입을 벌리지 않고 짖는 소리를 내야 한다. 며칠 동안 저녁시간을 견사장에서 보낸 김평식은 드디어 경계견 시험에서 1등으로 합격했다. 3백 미터 전방에 대항군이 나타나자마자 다른 군견보다 그가 가장 빨리 짖어대었던 것이다. 하여튼 그의 입담은 감히 아라비안나이트 이야기꾼과 맞겨룰 정도로 유창하고 거침이 없었는데, 드디어 그는 한국 군견 사상 최고의 군견인 록키에 대한 장광설을 펼쳤다.

군견 사상 처음으로 화랑무공훈장을 목에 걸었던 록키에 대해서 나 또한 들은 바가 적지 않았으나 김평식의 해설은 나의 상상을 훨씬 앞질러가 있었다. 록키는 태어난 지 3일 만에 말귀를 알아들었고, 한 달 만에 널빤지 장벽 넘기는 물론 사다리 타기도 거뜬히 해냈다. 석 달 만에 복종훈련 시험에 합격(이 부분을 김평식은 마치 "사법시험 합격!"처럼 말했다)하고 넉 달 만에 백 미터 밖에서 보내는 수신호에 따라 차렷, 열중쉬어, 뒹굴기, 기어가기, 좌향좌, 우향우를 한 치 빈틈없이 실연했으며, 다섯 달 만에 암캐 핸디캡인 체력 열세를 극복하고, 어떤 수캐보다 빠르고 정확하게 추적시험에 합격했다. 록키는 대한민국 군견사에 혜성처럼 나타난 '찬란한 별'이라고 김평식은 평가했다.

작고 검은 몸매의 록키는 십자 방향, 물 건너가기, 혼합 족적훈련 등 난이도 높은 코스에서도 절대 길을 잃지 않았다. 이런 복합훈련에 들어가면 명견들도 길을 잃게 마련인데 록키는 망설임 없이 난코스를 헤치고 족적을 따라잡았다고 한다. 코를 땅에 박고 꼬리를 빳빳이 쳐들고 가상의 적인 대항군 냄새를 추적하는 록키의 훈련 모습은 대간첩작전의 한 획을 그어놓을 만했다.

록키는 신중하고 지혜롭기가 끝이 없었다. 록키에 대한 수많은 찬사 중 가장 뛰어난 찬사는 적이 매복한 전방 2백 미터 지점에 가까워지면 꼬리를 거의 수평에 가깝게 흔든다는 점이다. 바로 그런 록키의 꼬리 변화는 실제 작전에서 지도병과 후속 증원군의 생명과 직결되기 때문이다. 어느 간첩이 추적해오는 군견지도병과 지원병력을 그대로 두겠는가.

교관은 대항군이 매복한 지점이 가까워올수록 군견이 어떤 변화를 보이는지 익혀두어야 한다고 강조한다. 하지만 추적견의 끈을 잡고 헐떡거리며 뒤따라 달리면 그 변화를 알아차리기가 어려울 뿐 아니라 대부분 군견들은 적의 근접거리에서의 변화를 확실하게 보여주지 않는다. 록키는 거리가 가까워질수록 속도가 느려진다. 그것을 보고 지도병은 적의 조준사격을 피할 수 있을 뿐 아니라 후속 병력은 작전을 전개할 수 있는 시간을 가질 수 있다.

록키의 탁월한 솜씨는 곧 실전에서 증명이 되었다. 한밤중에 갑자기 헬기가 내려앉았고 록키를 비롯한 정예군견 10두와 지도병 열 명이 그 속에 실려 사라졌다. 때는 여름이었다. 풀이 많아서 간첩 추적은 쉬웠으나 간첩들이 군견 추적을 의식한 듯 물을 자주 이용했고, 또 솔가지로 자신들의 냄새를 지워버린 곳이 많았다. 아홉 마리는 물가에서 또는 족적이 사라진 곳에서 더 이상 나아가지 못하거나 엉뚱한 길을 달려갔지만 역시 록키는 달랐다. 망망대해를 나침반 없이 횡단하는 흑두루미처럼 록키는 간첩을 뒤따라갔다. 더구나 간첩이 매복한 지점 2백 미터 가까이서부터 꼬리를 수평으로 흔들며 몸을 낮추어 전진하기 시작했다. 추적 증원소대가 무장간첩이 매복한 지점의 정면을 포위했고 그 뒤를 따라 주력중대가 도착했다. 지도병과 록키는 옆으로 빠졌고, 곧이어 섬멸작전이 벌어졌다. 아군은 전혀 피해 없이 4명을 사살하고 1명을 생포하는 전과를 올렸다. 록키는 지도병과 같이 화랑무공훈장을 받았고 군사령관의 격려 방문시 시범훈련에 나갔다.

군사령관이 오는 날을 김평식은 별들이 쏟아졌다고 표현했다. 연병장 한쪽 끝에 지도병이 서고 그 반대쪽 끝에 록키가 앉아 있었다. 지도병이 수신호를 보내자 록키는 사열대를 향해 차렷 자세를 취하고 경례를 붙였다. 군사령관이 거수경례로 답례하자 연병장은 우레와 같은 박수소리로 가득 찼다. 그날의 분위기를 요약하자면 모두들 록키 혼자만으로도 분단 조국을 완벽히 지킬 수 있다고 생각하는 듯했다.

뒤이어 열린 추적시범은 그날의 백미였다. 록키의 눈을 검은 헝겊으로 가리고 한 병사가 헌 군화 한 짝을 끌고 연병장을 어지럽게 움직이다 막사를 한 바퀴 돌아 연병장 배수로 안에 던져넣었다. 지도병이 헝겊을 벗기고 가죽끈을 끌러주며 "맡아!"라고 명령하자, 록키는 군화가 움직인 길을 자로 잰 듯 따라갔다. 수많은 군화들이 오갔던 연병장에서 말이다. 드디어 록키가 배수로에서 군화 한 짝을 입에 물고 지도병에게 되돌아오자 사열대 의자에 앉았던 별들과 무궁화들이 일제히 기립박수를 쳐댔다.

"역대의 그 어느 군견이 이렇게 훌륭했던가?"

김평식은 오른손을 높이 흔들며 좌중을 둘러보았다. 그는 전무후무하고 반만 년 우리 역사에 나올까말까 한 일이라고, 이는 시범에 참관했던 육군본부 장군의 말이라고 인용해가며 사설을 계속했다. 물론 나도 그 뒷이야기는 잘 알고 있지만 김평식의 이야기는 언제 들어도 싫증이 나지 않았다.

록키는 모든 군견의 우상과 같은 존재였다. 언제나 말 내장, 소 허파, 푹 삶은 동태 등 록키가 특히 즐기는 음식이 끊이지 않았다. 록키의 일생 중에 실수가 없는 것은 아니었다. 탈영병 체포작전에 나갔을 때 록키는 자주 길을 잃거나 때로는 아예 추적을 포기하는 자세를 보였다. 뒷날 군견평론가(물론 김평식을 말한다)는 말하기를 아마 그 까닭은 탈영병 냄새가 아군 냄새와 비슷했고, 그래서 그것을 추적하기에는 심사가 괴로웠으므로 포기했으리라는 퍽 인도주의적인 평을 했다.

드디어 김평식이 록키의 노래 솜씨를 이야기할 차례가 되었다. 소주를 병나발 불고 난 그는 취침나팔이 울리면 록키가 그 곡조를 따라 조용히 노래를 부른다고 했다. 또 점심시간에 행정반에서 자주 틀어주는 조용필의 〈돌아와요 부산항에〉도 따라부른다는 것이다. 여기서 김평식은 "꽃피는 동백섬에 봄이 왔건만" 하고 조용히 한 곡 뽑는다. 다른 중고참들이 반합 뚜껑을 두들긴다. 졸병들이 깨건 말건 아랑곳하지 않았다.

노래를 마친 김평식은 록키의 노래 중 그래도 취침나팔 소리를 따라 부를 때가 가장 멋지다고 말했다. 자세히 들으면 이미자의 목소리에다가 문주란의 목소리를 섞어놓은 것 같다고 했다. 김평식의 평가는 사실 맞을지도 몰랐다. 그 자신 또한 말년휴가를 가기 위해 얼마나 목청을 가다듬었던가.

김평식의 말에 물안경 장경도(그는 물병장 출신으로 안경을 끼고 있어 붙여진 별명이다)는 록키가 존 덴버 목소리도 닮았다며 〈테이크 미 홈 컨트리 로드〉라는 노래를 한 곡 뽑아대었다. 사실 물안경은 그 노래를 배우느라 휴가 기간 동안 수백 번을 들었기 때문에 이 기회에 자랑할 만했다.

록키의 신화는 고참들의 이야기를 통해 내려와 그 겨울밤 폐견사에 묶여 있는 통돼지 같은 군견이 한때 그렇게 명성을 드날린 록키임을 졸병들은 알게 되었다. 그렇게 볼품없고 엉덩이는 늘 똥이 묻어 있는 폐견. 록키는 언제나 눈곱이 가득 매달렸고 검은 눈동자에는 지친 삶의 슬픈 그림자가 가득했다.

록키의 밥그릇에는 고기 한 점도 없었다. 그는 허물어진 이동식 견사에 엎드려 뚫어진 지붕 사이로 멀거니 하늘을 올려다보았다. 록키는 여덟 살에 폐견이 되었다. 군인으로 치면 강제 퇴역이었다. 록키는 가죽 목걸이를 반납하고 사제 나일론 줄을 목에 걸고 다른 군견들이 먹다 남긴 짬밥을 먹었다. 록키는 갈수록 살이 쪘다.

록키 이야기를 좀 더 하자면 그 해 깊어진 겨울 어느 날 밤, 다른 늙은 폐견과 같이 군용 트럭에 실려 어디론가 사라지게 되지만 그날 김평식이 이야기할 때만 해도 폐견사에 엎드려 있었다.

김평식은 술이 취하는지 같은 말을 자꾸 되풀이했다.

"너 위대한 전사, 록키여! 나, 위대한 소모품 번개여!"

나는 모포를 뒤집어쓰고 몸을 뒤척거렸다. 잠이 오지 않았다. 쌍절곤에게 두들겨 맞은 가슴이 쓰라려왔다. 나는 오른쪽으로 몸을 모로 세운 채 누워 가슴 가운데를 두 손으로 감싸안았다. 김평식의 목소리는 겨울이 결코 물러가지 않으리라고 외치는 것처럼 들렸다.

최주복이 연병장 근무를 끝내고 들어섰다.

"아이고, 고참 각하께서 아직 침전에 들지 않으셨습니까? 하하하."

최주복이 너스레를 떨며 김평식이 앞에 놓인 반합 뚜껑을 훔쳐보자, 물안경이 그에게 소주 한 잔을 건네준다.

"아이구, 황송해서 불알이 노골노골하겠습니다."

최주복은 한 잔을 넙죽 마시더니 김치조각을 집어 입 안에 넣고는 손가락을 한번 빨았다.

"야, 쌍절곤. 노래 한마디 해라."

김평식이 흔들거리며 말했다.

최주복이 따라 흔들거리며 노래 한 가락을 뽑는다.

"여기에 있는 이 오빠는 개똥 치는 신세란다."

"야, 쌍절곤, 그거 말고 사제 노래해라."

김평식이 다시 요구한다.

"목에 기름기가 없어서 사제 노래는 사제 술 한 잔 더 먹고 할 수 있겠습니까? 육군 특무병장 각하!"

"좋다! 나발째 빨아라!"

"아이고, 성은이 개똥바다 같사옵니다."

최주복이 병째 넙죽 받아마시고는 라면국물을 게 눈 감추듯 삼킨다.

연분홍 치마가 봄바람에 휘날리더라
오늘도 옷고름 입에 물고
산제비 넘나드는 성황당 길을

꽃이 피면 같이 웃고, 꽃이 지면… 지면, 하고 고참들이 최주복과 함께 악을 쓰며 노래를 불러제꼈다. 겨울밤은 깊다. 이제 최주복이 가세했으니 술판이 언제 끝날지 알 수 없었다. 불침번은 바쁘게 개구멍을 기어나가 소주를 사다날랐고 말년 고참들이 벌이는 술판을 주번사령은 모른 체 했다. 그 틈틈이 군견들이 집단으로 우는 소리가 들렸다.

나는 그날 밤 얼마나 제대 날짜를 꼽아보았는지 모른다. 어떤 희망도 없이. 가슴팍 한가운데가 풍선처럼 부풀어올라 있었지만 그보다 더 쓰리고 아픈 것은 나를, 그리고 그때 침상에 엎드려 있는 병사들의 젊음과 시간을 가리는 바람과 어둠이었다.

다음날 새벽 우리는 김평식의 고함소리에 전원 기상했다. 최주복이 고주망태가 되어 취침 중에 벌떡 일어나 김평식 각하를 비롯한 고참들의 얼굴에 소변을 한참 동안이나 갈겼기 때문이었다.

“화장실인 줄 알았습니다. 화장실인 줄….”

얼마나 잠이 깊었으면 몰랐고, 또 얼마나 오줌발이 세차고 양이 많았으면 그 깊은 잠을 깨우게 했는가는 알 수 없는 일이었지만, 최주복의 입술이 터졌고 야전삽이 그의 엉덩이로 날았다.

“아이고 죽네, 최주복이 초상치네.”

얼마나 소주를, 그것도 틀림없이 외상이니까 엉망으로 마셨길래(고참은 마시고 졸병은 갚는 게 규칙이었다) 그들은 비틀거리며 때리고 흔들거리며 맞았다.

“쌍절곤 네 이놈! 개똥 속에 파묻을 놈!”

“개똥도 좋고 개좆도 좋습니다. 살려만 주십쇼. 은혜 갚겠습니다. 위병소 앞 통천집 영계 푹 삶아 바치겠습니다.”

최주복이 코피를 흘리며 중얼거렸다.

그날 새벽 교육생들은 난데없이 군기가 빠졌다는 이유로 어둠이 채 걷히지 않는 연병장에 팬티 바람으로 내려섰다. 근무를 마친 그 몇 시간 사이 밖에는 뒷산 폐가 이등병의 홀어머니 울음소리라던 바람도, 그 푸르던 별빛도 사라지고 흰 눈이 하늘 가득히 퍼붓고 있었다.

삼수갑산三水甲山

1기지에서 205GP 삼거리까지 걸어오는 동안 선임하사는 줄곧 말이 없었다. 봄눈이 녹아 길은 질퍽했고, 반들반들하게 닦았던 선임하사의 군화는 흙투성이가 되었다. 왼쪽 어깨에서 오른쪽 어깨로 번갈아가며 더블백을 옮겨 메던 그는 불쑥 1기지 쪽을 뒤돌아보다가는 발놀림을 빨리했다. 나는 뒤를 돌아본 뒤 갑자기 빨라지곤 하던 그의 발걸음을 따라잡아야 했다. 북풍이 두 사람의 머리를 지나 산골짜기로 떨어져 내렸다. 후사면 보급로를 따라 삼거리에 이르면, 이제 나는 선임하사와 작별하게 될 것이다. 소총중대, 말단소대로 쫓겨와 얼마 되지 않은 기간 동안에 나는 그와 꽤나 친했던 모양이라고 마지막 길을 함께 걸으며 고개를 뜻 없이 끄덕거렸다.

지난 겨울 어느 날, 금옥이네 집으로 내려간 선임하사는 돌아올 줄을 몰랐다. 눈보라가 걷히고 날씨가 좋아지자 소대장은 신참 하사와 사병들을 금옥이네 집으로 내려가게 했다. 선임하사를 데리러 보낸 것이다. 그들은 저녁 무렵 빈손으로 돌아왔다. 선임하사가 막무가내로 올라오기 싫다 길래 할 수 없이 그냥 왔다고 했다.

"올라오지 않으면 탈영 보고를 한다는 말을 전했나?"

소대장은 난감한 듯이 하사에게 물었다. 하사의 입에서는 술 냄새가 났다.

"물론입니다. 소대장님 마음대로 하시라고 합디다. 군대 밥이 싫어졌다고, 방바닥에 늘어지게 누워 일어날 생각을 안 합니다."

소대장은 고개를 절레절레 흔들었다.

"보안대나 헌병대에서 알면 큰일인데, 그런 조짐은 없던가?"

"그냥 태평입니다. 오히려 술 한 잔 잘 얻어먹었습니다. 사제 밥까지 지어주던 걸요. 금옥이 기둥서방이 다 됐습디다."

"알았다. 내일 아침 내가 직접 내려가서 데려와야겠다. 방책선 순찰도 문제지만, 불안해서 잠을 잘 수가 있나."

선임하사는 소대장보다 나이가 일곱 살 위였다. 스무 살에 장기하사로 지원해 들어와 전방근무만 꼬박 12년을 떠돌았으니까 지긋지긋해질 때도 되었을 것이다. 선임하사의 말로는 전 육군에서 최고참 중사라고 했으니까.

중사에서 그는 더 이상 진급이 되지 않았다. 진급 대상자 명단에는 번번이 올라갔으나 늘 누락되었다. 진급에 별 신경을 쓰는 것 같지도 않았다. 나, 제대할 거야. 금옥이 데리고 내 고향 강진 땅에 가서 살 거야. 아직 내 팔뚝은 튼튼하지, 하 병장. 고향에 가면 꿈속에까지 바닷물이 시퍼렇게 밀려든다. 또 대나무숲은 얼마나 울창한지 아는가. 바람이 한번 일어나면 고놈의 댓잎들이 온 몸을 바삭거리며 흔들린다. 망자의 넋이 안개처럼 피어오르지. 언제 자네도 한번 와라. 우리 집은 쥐새끼도 살지 않았을 정도로 가난했지. 그렇지만 뒷담에 늘어선 대나무숲에 들어가면 나는 배고픔을 쉽게 잊었어. 그 푸른 잎들이 갈리는 소리를 들으면 허기가 가시고 대신 가슴이 퍼렇게 요동치는 거야. 강물같이 피가 흐르는 소리가 들린다니까. 그렇게 어린 시절을 보냈어. 강진 앞

바다에 나가면 어린 나이에도 설움이 뭔지 알 것 같았어. 아버지에게 얼마나 맞으며 컸는지. 그 아버지, 이제 병들어 나를 더 이상 때릴 수 없어. 어린 나는 아버지에게 직싸게 맞으며 가슴 속에서 복수의 칼을 갈았다. 이담에 내가 크고 아버지, 당신이 늙으면 보자. 그때는 내가 두들겨주지. 내게 했던 것처럼 불 꺼진 아궁이에 머리를 처박게 하고 엉덩이를 발로 찰 거라고 얼마나 다짐을 했던지 몰라. 선임하사의 넋 빠진 얼굴이 어두운 망막 속에서 떠올랐다. 쌀밥이 먹고 싶어서 모내기할 볍씨를 까서 밥을 해먹었지. 차라리 나는 그때 죽었어야 했다. 아버지는 부엌칼을 들고 내 배를 갈라 밥알을 꺼내려고 했으니까. 그렇지만 이제 나는 아버지 심정을 잘 안다. 왜 그랬는지. 그렇게 자랐어. 군대 가면 밥도 주고, 옷도 준다고 하더군. 돈도 주고. 나는 그게 좋았어. 그리고 지금까지 후회해본 적이 없다. 집안 식구들은 입을 하나 덜게 되었다고 좋아했지. 소아마비를 앓은 여동생이 내게 백동전을 세 개 쥐여주었어. 이봐, 하 병장. 나 그 돈 아직 쓰지 않고 있어. 쓸 곳이 없었던 거야. 나, 이 지중삼이가 무식해도 소중한 것이 무엇인지 안다. 그 말을 하며 선임하사는 군복 상의 단추를 열고 군번줄에 꿰어둔 세 개의 백동전을 꺼내 보였다. 그것들은 닳아서 표면이 미끄러웠다. 내가 떠난 얼마 뒤, 여동생은 배를 타고 미역을 건지러 나갔다가 물에 빠져 죽었어. 배가 뒤집혔기 때문이야. 그래도 그것은 좋아. 시체를 찾지 못했어. 나는 그 소식을 듣고 고향엘 갔지. 아버지는 그새 늙어 있더군. 날 보자 슬금슬금 피했어. 나는 아무 말도 할 수 없었어. 누이의 시신은 바다 위로 두 번 다시 떠오르지 않았다. 그 애가 용궁으로 갔을 리도 없을 텐데…. 결국 마을사람들은 시체 찾기를 그만두었어. 살아서 병신이라고 놀림감이 되었고, 죽어서는 고기밥이 되었던 거다. 그 뒤로 나는 전방근무만을 자원했다. 설움이 견딜 수 없이 북받쳐 오르면 개목걸이에 꿰어둔 백동전을 손으로 문질렀다. 그런 변이 있었던 것도 아버지 때문이다. 누이더러 밥값을 해야 한다고 바다로 내몰았지. 나는 누이가 행복하게 죽었다고 믿기 시작했다. 놀림감도 되지 않고 배고픔도 없을 테니까. 시신도 없이 입던 옷을 태워 누이의 장례를 치르고 부대로 돌아오던 날, 나는 아버지의 멱살을 잡고 외쳤다.

"야, 이 개새끼야!"

아버지는 아무 말이 없었다. 그러나 그 말이 내 가슴에 못처럼 남게 될 줄 몰랐어. 그때 나를 하염없이 올려다보던 아버지의 막막한 눈빛, 종이조각처럼 가볍게 내 손아귀에 매달렸던 육신을 뒤로 하고 나는 고향을 빠져 나왔다. 누이는 자주 꿈속에 나타났지. 오빠, 나 죽지 않았어. 오빠, 나 살아 있어. 나 있지, 다리도 절지 않아. 나, 얼마나 잘 달리는지 보여줄까. 누이는 눈부시게 웃으며 내 시야 끝으로 달려나갔다. 얘야, 순분아! 너 이거 먹고 가거라. 내 손에는 늘 붉은 시루떡 한 조각이 놓여 있었다. 시루떡을 얼마나 먹고 싶어했는지 몰라. 얘야, 오빠가 번 돈으로 산 거야. 누이는 달아나며 내게 메아리처럼 말했다. 오빠, 이제 배고프지 않아. 그게 아니래두 글쎄. 이거, 시루떡이다. 나는 시루떡을 손에 움켜잡고 누이의 뒤를 따라 달렸지. 눈을 떠보면 벙커의 시멘트벽이 다가왔다. 진급이 될 턱이 있겠나. 전방근무부대로 늘 전출상신을 했지. 그냥 세월을 없애버린 거야. 그러다가 금옥을 만났지. 하 병장, 금옥이 얼굴이 누이동생과 많이 닮았어. 나, 아직 금옥이 몸에 손도 대지 않았다. 믿지 않겠지만, 고년이 내 품 속을 파고들면 나는 그만 강진 앞바다 깊은 물속으로 돌아가는 거야. 그 바다 밑이 얼마나 차가운지 자네는 모를 거야. 나는 금옥이 고년을 꼬옥 안고 잠든다. 그러면 누이는 꿈속에서 말해. 거봐, 오빠. 나 죽지 않았다고 했잖아. 그래, 이 시루떡 한 조각 먹고 가거라. 아니야, 오빠. 나 배고프지 않아. 누이는 자꾸만 달리는 거야. 내가 이래 보여도 구보를 얼마나 잘하냐? 산악구보로 단련된 몸인데 누이를 잡을 수가 없어. 깨어보면 금옥이 년이 내 자지를 꼭 잡고 잠들어 있더군.

나는 소리 없이 눈가로 흐르는 물기를 닦아내었어. 나, 금옥이 데리고 강진 가서 살 거다. 아버지는 목숨이 모진지, 아직도 죽지 않고서 산 해골이 되어 있지만, 이제 나는 아무도 미워하지 않는다. 나는 그렇게까지라도 목숨이 끊어지지 않고 어쩔 수 없이 살아낸 아버지가 장하다는 생각마저 한다. 구차한 목숨일지 모르지만.

선임하사는 술에 벌겋게 익은 얼굴을 흔들거리며 내게 그의 지난 기억을 한 조각씩 펼쳐내었다. 그날이 언제였을까. 그의 얼굴이 끝없이 멀어졌다가 가까워졌다가 하던 그날….

소대장은 이튿날 아침, 후반근무조가 철수하자, "근무 이상 없음"을 중대장에게 전화로 보고한 뒤 혼자 금옥이네 집으로 달려 내려갔다. 그리고 반나절이 되지 않아 술에 절은 선임하사를 업다시피해서 데리고 왔다.

"나 싫어. 소대장 당신이나 말뚝 박아. 천년만년 군대 밥 먹어. 나, 돌려보내줘. 나 싫어."

선임하사는 기지로 올라와서도 술 푸념을 계속했다. 소대장은 아무 말도 하지 않았다. 금옥이네 집에 가 있는 동안 얼마나 소주병을 나발 불었는지, 살갗을 누르면 소주가 솟아나올 것처럼 그는 엉망으로 취해 있었다. 선임하사는 벙커로 돌아온 뒤 이틀 밤낮을 아무것도 입에 대지 않고 꼬박 잠을 잤다. 칡을 넣어 달인 닷 되들이 물주전자를 두 개, 깨끗이 비워낸 것을 빼고는. 그 이틀 뒤 오후 선임하사는 소대장과 같이 고가초소로 올라가 해가 질 때까지 있었다. 두 사람은 무언가 오래 이야기했다. 소대장 조 중위도 이제 일 년만 복무하면 그만이었다. 아마 그때 소대장은 선임하사가 제대하기를 바라고, 그 마음이 확실하다면 한시라도 빨리 제대할 수 있도록 하는 방법을 모색하자는 이야기를 한 모양이었다. 선임하사는 전역상신을 내었고, 그해 겨울이 끝나고 봄이 올 무렵 전역 특명이 그에게 내려왔다.

선임하사가 기지를 떠나기 전날 오후, 소대원들은 그에게 전역 축하 파티를 열고자 했으나, 그는 한사코 거절했다. 축하할 일이 아니라는 것이다. 소대장은 우격다짐으로 그를 취사장 나무의자 한가운데 앉혔다. 병사들은 반합뚜껑에 소주를 붓고 마셨다. 식탁을 젓가락으로 두드리는 병사도 있었고, 한사코 거절하던 선임하사도 술이 몇 잔 들어가자 반합뚜껑을 두드리고 철모를 치는 초라한 흥겨움 속으로 빨려들어 갔다.

"하늘을 나는 새들, 푸른 저 하늘 밑에서…. 철 따라 바람 따라 날아서 희망을 찾아가네."

선임하사는 차렷 자세로 서서 노래를 불렀다.

그의 전역 회식은 오후 5시에 끝났다. 오후 6시부터 방책선 전반근무조가 투입되기 때문이었다. 내가 전반조근무를 끝내고 벙커 안으로 들어섰을 때까지 그는 잠들지 않고 있었다. 그가 있는 칸막이 침상에서 달그락거리는 소리가 났다. 나는 난롯가에 등을 돌려 서 있다가 선임하사실의 휘장을 걷고 안을 들여다보았다. 그는 관물대 짐을 깨끗이 정리해두고 이제는 더 이상 쓸모없을 M16 소총 개머리판을 왼손으로 탁탁 치며 앉아 있었다. 개머리판 끝에 달린 고리가 달그락거렸다. 나는 휘장 안으로 들어서 엉덩이를 침상에 걸쳤다.

"하 병장. 나, 하나 물어볼까?"

"뭔데요?"

"자네 시메산골이 어딘지 아나?"

"시메산골? 두메산골처럼 첩첩산중 같은 데요."

"그러면 자네 삼수갑산이 어딘 줄은 아나?"

"가보진 않았지만, 조선시대 때 중죄인을 유배 보내는 산골 아닙니까?"

"물론 가볼 수도 없지."

"갑자기 삼수갑산은 무슨 삼수갑산입니까?"

"아니다. 시메산골이 삼수갑산 가는 깊은 산골 같아서 물어보았네."

"그만 눈을 붙이십시오. 갈 길이 먼데."

"아니다. 강진 가는 길이 삼수갑산 들어가는 머나먼 이정표 같군…."

"고향 가는 길이 어찌 삼수갑산 가는 길입니까. 그까짓 정분 무어 하나 남아 있다고. 나 같으면 오줌도 이 골짝 보고는 누지 않겠는데."

"그렇지, 그렇지. 물론 그렇지. 피곤할 텐데 자네 먼저 눈붙여라. 나는 이제 영영 안녕이니까 혼자 눈 뜨고 있고 싶다."

선임하사가 뜬금없이 삼수갑산 이야기를 꺼낸 까닭을 이튿날 그를 전송하러 205GP 삼거리에 가서야 알았다. 더블백을 내가 지려고 했지만 선임하사는 한사코 사양했다. 나는 그가 반납해야할 자동소총을 대신 받아들었다. 소대장 전령이 열심히 닦아준 군화는 진흙길에 이미 볼품없이 되었고, 나는 군화의 검은 광채가 이 길을 채 벗어나기도 전에 흙투성이가 되는 게 섭섭했다.

205GP 삼거리에 이르자, 선임하사는 나더러 그만 기지로 돌아가라고 했다. 나는 그의 얼굴을 바라보며 가만히 웃었다. 그는 나를 마주보며 같이 웃어주었다.

"세상 일을 알 수 없다 해도 이제 우리 두 번 다시 만나기는 어렵겠지."

"글쎄요."

나는 삼거리에 서서 사방을 빙 둘러보았다. 북쪽 산비탈로 방책선이 급하게 내려섰다가 칼날능선 뒤로 자취를 감추고 있었다. 삼거리에서 동쪽으로 난 길을 따라 걸으면 항공억제선이 있을 것이다. 아군 비행기라 할지라도 이 항공억제선을 넘으면 대공초소에서 발칸포를 쏘게 되어 있었다. 그 아래 후사면에는 폐허가 된 가옥이 하나, 이제는 거의 사람이 살았던 흔적조차 찾아보기 힘들 정도로 부서져 있겠지. 그 밑으로 좀 더 내려가면 불고기 벙커가 나온다. 나는 화목작업을 나갔다가 그 벙커를 가본 적이 있었다. 1960년대 초, 그때는 방책선이 훨씬 남쪽에 설치되어 있었다고 했다. 그때 건설된 벙커였다. 어떤 여자가 가져다 준 수면제를 탄 술을 먹고 병사들이 잠들었을 때, 여자와 내통한 북한군이 화염방사기를 가지고 넘어와 벙커 안을 모두 불고기로 만들어버렸다는 이야기가 전해진다. 때마침 복통이 일어나 화장실에 갔던 한 병사만이 화를 면했다고 한다. 그 일화는 자주 방책선 야간근무 중 졸지 말라는 교육사항으로 계속 전해져왔다. 그 사실을 확인할 길은 없지만 흙더미에 덮인 벙커 안으로 들어가보면 시커멓게 그슬려 있는 시멘트 벽을 볼 수 있었다.

선임하사는 더블백을 깔고 앉았다. 정오께 오리라던 부식차는 좀처럼 그 모습을 드러내지 않았다. 어디선가 아릿한 향내가 빠르게 지나가는 바람에 묻어왔다. 내가 코를 흠흠거리자 선임하사가 말했다.

"냄새를 따라가봐, 더덕이 있는 모양이다. 더덕 향기는 십 리를 간다는데 이건 아주 가까이에 있겠군."

"벌써 싹이 났을까요?"

그는 내 허리춤에 달린 대검을 빼내더니 눈살에 힘을 모으고 냄새가 짙어지는 쪽으로 나아갔다. 길 아래쪽 그늘진 비탈에 잎을 내민 더덕이 세 뿌리 모여 있었다. 그는 대검을 빼내어 그것들을 파내었다.

"기념으로 가져가십시오."

"기념하고 싶지 않아. 그냥 여기서 먹자."

그는 흙을 털어낸 뒤 대검으로 더덕껍질을 얇게 벗겨내었다. 두 사람은 한 뿌리씩 입에 넣었다. 속이 움찔거려질 정도로 혀가 아려왔다. 그는 나머지 한 뿌리를 파내었던 곳에 다시 심어주고는 막막한 얼굴로 북쪽을 바라보고 있었다. 내겐 그가 청춘을 바친 지난 세월을 생각하는 모양 같아 보였다.

“이제 무얼 먹고 살아야 하는지 모르겠어.”

“그야 밥을 먹고 살아야지요.”

나는 농담처럼 말했으나 그는 조금도 웃지 않았다. 고향으로 돌아가는 길이 귀양 가는 길 같다. 다시는 돌아올 수 없는 곳으로 가버리고 말 것 같군. 배운 것도 없고, 기술도 없으니 고기잡이를 나갈 수밖에 없을 거야. 바다로 나가면 죽은 누이의 얼굴이 물결마다 빛나겠지. 이봐, 하병장. 우리 순분이 말일세. 그 애가 시를 아주 좋아했어. 살아 있었다면 아주 고운 시인이 되었을 거야. 내가 하사관 훈련을 받을 때, 누이가 보낸 편지를 동료들이 서로 읽어보려고 다투었으니까. 그 편지는 이미 바닷물 속 어딘가 재가 되어 흐르겠지. 나는 누이가 죽고 나서 누이가 가진 것들과 내가 받은 편지를 불태웠네. 그렇지만 날마다 누이가 겨드랑이에 끼고 다니던 시집 한 권은 내가 가지고 왔지. 하 병장, 나 시 하나 외워볼까. 김소월이라는 양반인데, 누이가 김소월을 얼마나 외고 다녔는지 시집 모서리가 다 해졌지. 지금은 누렇게 변색되었지만. 기다리던 부식차는 오지 않았고, 바람과 햇빛들이 두 사람의 몸을 스쳐갔다.

선임하사는 오래 침묵 속에 빠져들었다. 나는 산비탈 보급로 아래쪽을 계속 살폈으나 부식차는 보이지 않았다. 이윽고 그가 시를 외우기 시작했다. 나는 삼거리까지 걸어오면서 맺혔던 땀방울이 선득하게 증발되는 기분을 느꼈다. 그의 얼굴은 어두웠고, 일순 몸이 공중으로 솟는 것처럼 보였다.

삼수갑산 내 왜 왔노 삼수갑산 이 어디뇨
오고나니 기험奇險타
아하 물도 많고 산 첩첩이라 아하하

내 고향을 도로 가자 내 고향을 내 못 가네
삼수갑산 멀더라
아하 촉도지난蜀道之難이 예로구나 아하하

삼수갑산 이 어디뇨 내가 오고 내 못 가네
불귀不歸로다 내 고향아
아하 새가 되면 떠가리라 아하하

님 계신 곳 내 고향을 내 못 가네 내 못 가네
오다가다 야속타
아하 삼수갑산이 날 가두었네 아하하

내 고향을 가고지고 오호 삼수갑산 날 가두었네
불귀로다 내 몸이야
아하 삼수갑산 못 벗어난다 아하하

선임하사가 아하하, 라고 할 때마다 나는 가슴 속에서 무엇인가가 파열하는 소리를 들었다. 그는 시를 다 외우고 칼날능선 너머 북쪽을 말없이 바라보고 있었지만 내 귀에는 메아리처럼 아하하, 아하하 하는 그의 목소리가 자꾸 울려왔다. 삼거리 아래쪽에서 회오리바람이 한 줄기 일어나 우리가 앉아 있는 쪽으로 달려왔다.

우리는 곧 회오리바람 속에 뿌옇게 갇혔다. 나는 눈을 가늘게 뜨고 바람 속을 들여다보았다. 선임하사의 얼굴이 물비늘처럼 흐려져 있었다. 나 말이야, 스무 살까지는 배불리 먹는 일이 소원이었네. 허기가 늘 눈앞에서 흔들거렸지. 고기 대가리를 주워서 그것을 삶아먹었던 적이 많았어. 쇠뜨기 풀뿌리를 뽑아 먹었어. 그때에는 극빈자들에게 옥수수 빵을 나누어줄 때였다. 아직도 그 빵 맛을 잊을 수가 없어. 이미 쉬어버린 빵을 한 입이라도 더 먹고 싶어 아버지 눈치를 살펴가며 누이 얼굴을 훔쳐보면 누이는 금방 알고 먹던 빵을 슬그머니 내 손에 쥐여주며 말했지. 선임하사의 야전 점퍼로 바람이 가득 들어갔다.

"오빠, 나는 몸이 작아서 조금만 먹어도 배가 불러."

나는 고맙다는 말도 할 겨를 없이 한 입에 누이가 준 빵을 삼키는 거야. 아버지가 그걸 모를 턱이 있나. 야, 이 돼지 같은 놈아. 낳아주고 키워줬으면 밥벌이를 해야지, 밥만 축내고 있으니. 밥이 아닌 쉬어버린 빵을 축내던 그때 내 나이 스무 살이었다. 고등학교를 겨우 마치고 할 일 없이 바닷가를 어슬렁거렸을 때야. 썰물이 지면 누이와 같이 낙지잡이를 나갔지. 개펄 구덩이를 파면 미끌미끌한 낙지대가리가 쑥 나와. 누이는 질겁하며 오빠, 하고 내 가슴에 매달린다. 밀물이 발목을 적실 때까지 나는 개펄을 돌아다닌다. 집에 들어가기가 싫었다. 왜 우리 집은 찢어지게 가난한지. 하루 세 끼 밥조차 제대로 먹을 수 없는지. 허리를 굽혀 개펄 속을 뒤지다가 한번은 물에 빠져 죽을 뻔한 적도 있었지. 누이를 등에 업고 빠르게 차오르는 물살 속을 빠져나오면 등허리로 콩닥콩닥 뛰는 누이의 심장 소리를 느낄 수가 있었어. 그렇게 뭍으로 달려나오다 엎어졌다. 누이의 손에 걸렸던 대바구니가 물속으로 떨어지고, 그새 그 못된 낙지놈들이 개펄 속으로 달아나버리는 거야.

"어머나, 오빠 저걸 어떡해. 큰일났어, 오빠!"

누이는 비명처럼 외치며 물이 차오르는 개펄 속으로 황급히 온몸을 던지고 손을 넣어 헤젓는다. 다리를 절룩이며. 그렇지만 그 진흙탕 속에서 달아난 놈들을 어떻게 찾을 수 있겠나. 나의 머릿속으로도 바닷물이 마구 밀려들어왔어. 순분아, 그냥 가자. 이러다가 물에 빠져 죽겠다.

"안 돼, 오빠. 아버지가 알면 죽이려들 거야."

"그래도 할 수 없어."

누이는 들은 척도 않고 허둥거리며 흙탕물 속에 손을 넣는다. 내 눈에는 누이가 흙탕물 속을 뒹구는 것처럼 보였지. 붉은 나일론 치마는 온통 흙탕물에 적셔지고 팔이며 머리칼이며 진흙범벅이 되어버린 누이 얼굴을 잊을 수가 없다. 왜 나는 잊을 수가 없을까. 그래도 지금 나는 배고프지도 않고 아버지에게 두들겨 맞지도 않는데. 그 붉은 치마, 그 속에 유난히 굽고 메마른 누이의 종아리가 자꾸 내 눈앞을 어지럽히는 거야. 언제였나. 금옥이네 집에 처음 갔을 때, 아 금옥이 고년이 붉은 치마를 입고 있더구나. 이봐, 하 병장, 나는 글쎄 붉은 치마만 보면 맥을 못 춘다니까. 붉은 치마 아래 고년 흰 종아리가 내 눈 앞에서 반짝 반짝 드러나면 나는 가슴이 자르륵 떨린다. 금옥이 날 보고 배시시 웃는 거야. 그 모양을 보노라니, 도망친 낙지를 잡느라고 흙탕물 속을 뒹구는 누이를 들쳐업고 무릎까지 차오르는 물을 허겁지겁 박차고 나오던 기억 속으로 돌아갔지. 누이는 나의 등을 주먹으로 콩콩 두드린다.

"안 돼, 오빠! 안 돼, 안 돼, 이제 아버지에게 우린 맞아죽어."

나는 들은 체도 않고 물가로 빠져 나왔어. 나는 물 밖으로 달려나갔지만 그러나 아니야, 내 가슴은 물속으로 힘없이 달려들고 있었으니까. 누이는 모래펄에 주저앉아 자꾸 울더구나. 눈물이 거뭇하게 진흙처럼 흘러내렸어. 괜찮다, 순분아, 너 먼저 들어가라. 아버지한테 낙지 팔아 쌀 사간다고 해라. 아니다, 돈 가져간다 해라.

"오빠가 무슨 수로 할 수 있어?"

"내 주머니에 돈이 조금 있다. 저번에 구장집 물질 나갈 때 따라나섰지 않니. 그때 푼돈 받은 거 있다."

"그럼 보여줘봐."

"아니다, 돈을 주머니에 어떻게 넣어두니? 아버지가 단박 알 텐데. 뒷담 대나무숲에 숨겨두었다."

"정말?"

"그럼 정말이지."

그제야 누이는 울음을 멈추었어. 나는 누이를 업고 집으로 타박타박 걸어갔다. 그 길이 얼마나 멀었을까. 나는 그때 집으로 돌아가는 가장 먼 길이 어디 있을까, 라고 생각했지. 집 앞 골목에 누이를 내려놓고 보란 듯이 대나무숲으로 들어갔다. 누이는 내가 대나무숲으로 들어가자, 그때야 안심이 되는 듯이 집안으로 들어가더군. 그렇지만 돈이 있을 턱이 있나. 품삯을 손에 쥐어보지도 못했는데. 중삼이 네 몫은 아버지가 받아갔네. 예, 알아요. 구장의 말에 나는 할 말이 없었지. 나는 누이가 집으로 들어가는 뒷모습을 보고 마을 쪽으로 슬금슬금 빠져나왔어. 행여 누이가 돌아볼까 싶어 뒷걸음질을 치며 쌀가게로 갔다. 그때 뒷걸음질치며 보았던 누이의 얼룩진 붉은 치마가 눈앞을 가리더군. 쌀가게에서 무얼 했겠나? 그때는 사람들이 한 봉지씩 쌀을 사먹었다. 아니, 쌀이 아니라 보리쌀이었네. 나는 가게주인 김씨가 선주 집으로 쌀배달을 나간 틈을 타서 보리쌀 한 봉지를 들고 냅다 튀었네. 아무도 보지 못했어. 난 얼마나 자랑스러웠는지 몰라. 집에 들어가니까, 아버지가 웃으며 반갑게 맞아주더군. 순분이가 그러는데 낙지를 한 바구니 가득 잡았다면서. 어디 낙지 판 돈을 이리 내놔봐라. 아버지, 여기 보리쌀을 한 봉지 사왔어요. 순간 아버지 얼굴이 일그러지더군. 야, 이놈아. 누가 널더러 먹을 걱정 하랬냐? 돈을 내놓아야지. 이까짓 보리쌀을 가져오다니. 내가 내미는 보리쌀 봉지를 아버지는 마당에 패대기를 치더군. 봉지가 터지니 보리쌀이 아니라 납작보리쌀이었다. 납작보리쌀이 온 마당을 하얗게 수놓았어. 부엌에서 어머니가 달려나왔다. 하이고, 저 귀한 것을. 순분아, 빨리 빗자루로 쓸어담아라. 순분이 빗자루를 들고 나와 마당에 흩어진 납작보리쌀을 쓸어담았다. 아버지는 휑하니 밖으로 뛰쳐나갔어. 내가 낙지 팔아 돈 몇 푼을 건져오면 그것을 밑천삼아 노름판에 끼어들 요량이었지. 그 모든 기대가 물거품이 되었으니까, 아버지는 그럴

만도 했겠지. 문득문득 그날 일이 떠오르면 내가 아버지였더라도 그렇게 했을 거라는 어이없는 생각이 드는 거야. 그날, 우린 모처럼 납작보리밥에 조를 뿌려 지은 밥을 맛있게 먹었어.

"오빠, 우리 이다음에도 낙지 잡으러 가자."

"그래, 순분아."

"오빠, 대바구니에 그물을 쳐두어 붙들어 매어야겠지. 그러면 넘어져 바구니가 떨어져도 낙지가 도망 못 갈 거야."

"그래그래. 네 말이 맞다. 왜 그걸 진작 생각 못했을까?"

"배가 고프면 무슨 생각이 날 수 있겠어. 그렇지, 오빠?"

밥을 먹고 나자 비로소 형언할 길 없는 슬픔이 개펄을 달려나올 때 발목을 차오르던 밀물처럼 가슴 속에서 그 형체를 드러내기 시작했어. 빗자루로 쓸어담았던 납작보리쌀로 지은 밥을 한 숟갈씩 입 안으로 떠 넣을 때마다 가는 돌조각이 바삭바삭 씹혔어. 바삭 하는 소리가 나면 누이가 미안스런 얼굴을 했어. 그러면 나는 말했다. 괜찮다, 순분아. 그래도 돌보다 밥이 많지 않니.

"그래, 정말 그건 그래, 오빠."

회오리바람 속에서 나는 수없이 흩날리는 선임하사의 목소리를 들을 수 있었다. 정말, 그날이 언제였을까. 금옥이네 집에 갔다온 뒤, 이틀 밤낮을 꼬박 누워 있다가 퀭한 눈으로 취사장에 앉아 소주병을 마주하고 술잔 비우듯이 꺼내던 그의 이야기는 나를 강진 앞바다 시퍼런 물결 속으로 데려갔다. 그의 이야기는 나와 아무런 관계가 없었지만, 그의 이야기를 들으며 선임하사가 강파른 시절을 겪어내던 그 무렵 나는 어디서 무얼 했을까 하는 의문이 끝없이 일어났으나 그 실마리를 찾을 수 없었다. 나는 화목난로 속에 참나무 장작만 던져넣었다. 화목난로 밖으로 빠져나오는 불빛과 불빛에 일렁거리는 그의 모습들이 나의 망막에 흐릿하게 들어왔을 뿐이었다.

삼거리에 앉아 부식차를 기다린 지도 한 시간이 넘게 지나갔다. 나는 자리를 털고 일어나 선임하사에게 말했다.

"확인해보겠습니다. 부식차가 어디쯤 올라오고 있는지요."

선임하사는 대답 없이 앉아 있었다.

나는 205GP로 달려 올라갔다. 비무장지대 안에 들어 있는 GP와 달리 205GP는 방책선에 바로 잇대어 있었다. 나는 상황실로 들어가 중대본부로 연락해보았으나 아직 부식차가 나타나지 않았다고 했다. 다른 날 같았으면 벌써 지나갔을 시각이었다. 나는 다시 대대본부로 전화를 걸었다. 대대본부 군수과 김 일병은 아직 연대 부식차가 대대본부에 도착하지 않았다고 말했다. 동부요새 입구에서 고장이 나 수리하고 있다는 것이다. 언제쯤 205GP 삼거리에 도착하겠느냐고 묻자 언제 수리가 끝날지 모르겠지만 연대 부식차가 대대본부에 도착하는 대로 바로 출발하겠다는 대답이었다. 나는 통화를 마치고 상황실을 빠져나왔다. 상황실 옆에는 대북 선전요원 벙커가 있고, 그 옆에 대형 스피커 철판이 달려 있었다. 이동식 도르래가 달린 스피커 철판은 방향을 조절하게끔 되어 있었다. 가로 12개, 세로 8개, 모두 96개의 대형 스피커가 철판에 부착되어 있었다. 나는 대형 철판을 손으로 이리저리 밀어보았다. 비무장지대 아래 산비탈에는 눈이 듬성듬성 남아 있었다. 205GP에서는 삼거리가 잘 보였다. 선임하사는 둥근 점이 되어 있었다. 나는 GP 철문을 빠져나와 삼거리 쪽으로 터벅터벅 걸어내려갔다. 선임하사와의 거리가 가까워질수록 그의 모습은 둥근 점에서 날개를 접은 지친 새로, 그리고는 동면을 끝내고 해쓱하게 똬리를 틀고 있는 뱀으로 바뀌어갔다.

선임하사는 방향을 바꿔 금옥이네 집이 있는 남쪽을 내려다보고 있었다. 고원의 바람은 옷소매 사이로 들어와 몸을 풍선처럼 부풀게 만들었다. 금옥이네 마을은 산등성이에 가려 보이지 않았다.

"정말, 금옥이와 같이 고향으로 갈 계획이십니까?"

선임하사는 대답 없이 고개를 끄덕거렸다. 그는 넋이 나간 사람처럼 보였다. 나는 쓸데없는 질문을 한 것 같아 돌을 하나 주워 방책선 쪽을 향해 던졌다. 그것은 얼마 날아가지 못하고 산비탈로 떨어졌다.

"금옥이와 원통읍 내에서 만나기로 했다. 내일 아침 10시. 읍내 버스 정류장 대합실 의자에 앉아 있겠다고 했지. 그런데 하 병장, 이게 뭐지. 내 눈앞에 개똥벌레처럼 파랗게 파닥이는 불빛이 있어. 아무리 걷어내도 없어지지 않아. 이게 도대체 뭘까?"

선임하사는 눈앞을 손으로 걷어냈다. 나는 아무것도 보이지 않았다.

"몸이 피곤해서 그럴 겁니다. 아무것도 없어요."

"부식차는 언제 온다고 하는가?"

"지금 동부요새 언덕에서 고장이 나 수리를 하고 있답니다. 고치는 대로 곧 온답니다."

"잘됐군!"

"잘되다니요?"

“여기 좀 더 앉아 있고 싶어서 그래. 누구에게도 구속받지 않고. 내 몸이 거대한 물살처럼 어디론가 끝없이 흘러가는 것만 같다.”

선임하사는 손을 들어 비무장지대 안의 장들을 가리키며 물었다. 저기 무엇이 많았더라. 두릅이 많지요. 그래 햇두릅. 된장에 찍어 먹으면 맛이 좋지. 그리고 저기는? 그는 청음초 아래 소양강 상류로 이르는 개울을 가리켰다. 열목어. 나는 빙긋 웃으며 대답했다. 그래 김일성 고기가 지금 찬물을 따라 한창 북상하고 있을 때다. 그 물길을 거슬러 올라가면? 칼날능선. 좋았어! 시멘트 두 포를 지고 저 능선을 따라 올랐지. 그때, 누구였지? 이제 이름도 생각나지 않지만 키가 크고 얼굴이 검고 여드름이 많은 신병이 질통을 지고 가다 아래로 굴렀어. 그 새까맣게 갈라진 입술이 지금도 잘 보인다. 결국 탈영했지. 방책선 수문을 통해 월북했을 가능성도 있다고 했지. 그 뒤 수문 아래로 철망을 설치했어. 그는 죽은 아버지가 부르는 목소리를 따라 집으로 간다고 남쪽으로 걷다가 배가 고파 쓰러졌다고 했다. 군법회의로 넘어가 10년형을 받았어. 잘 알지요. 그래, 그래. 그 녀석 며칠만 더 기다렸으면, 며칠만 더 참았으면 됐는데 말이야. 왜요? 그가 탈영하고 난 뒤에 그에게 의가사제대특명이 내려왔어. 어머니는 병들어 있고 동생들은 어리고 해서 그가 없으면 아무도 생계를 꾸려갈 사람이 없었거든. 기다림은 언제나 최후에 오는 모양이야. 더 이상 기다림이 쓸모없을 때 말이야. 아하하…. 그의 웃음소리가 바람소리처럼 공중으로 흩어졌다. 그의 몸이 점점 공중으로 솟구치는 것처럼 보였다.

그리고 저기는? 또 저기는? 저어기는? 선임하사는 나의 대답을 기다리지 않고 손가락으로 비무장지대 안쪽의 여기저기를 마구 가리켰다. 우리가 앉은 곳에서는 철책이 내리막길로 달리고 있는 능선 너머 태연하게 누워 있는 비무장지대가 잘 보였다. 하 병장, 내가 모를 줄 알아. 이 산 어디어디, 내 발길이 닿지 않은 곳이 없어. 내가 파묻은 지뢰는 또 얼마나 무수하냐. 이제 나는 안다. 그것들이 내 가슴 속에 파묻혀 있는 거야. 너무 막막하다, 하 병장. 나는 조금씩 떨려 나오는 선임하사의 목소리를 들으며 가슴이 서늘하게 젖어왔다. 머리 위를 비추던 해는 서쪽으로 조금씩 자리를 옮겼다. 바람은 우리의 옷깃을 잡고 흔들어대었다. 구경꾼도 없는 무대에서 혼자 부르짖고 뒹구는 연극배우처럼 선임하사의 얼굴은 처연했다. 햇빛이 사선으로 떨어지고 두 사람의 그림자가 항공억제초소로 이르는 길을 따라 멀어져갔다.

"다시 한번 연락해보겠습니다."

"그럴 것 없어. 그냥 기다리다 오지 않으면 대대본부까지 걸어갈 거다."

선임하사와 나는 서서히 침묵 속으로 빠져 들었다. 나는 철모를 벗어 땅바닥에 깔고 앉았다. 산골에서 하루에 한번 지나가는 버스를 기다리듯이. 노루 한 쌍이 항공억제초소 산등성이에 올라서서 우리 모습을 바라보고 있었다. 나는 습관처럼 자동소총의 자물쇠를 풀고 노루의 늑골부위쯤에 조준선을 맞추었다. 바람이 심하게 불었으므로 우탄이 나리라는 예측을 했다. 나는 총구를 조금 왼쪽으로 옮겨 숨을 멈추었다. 선임하사의 목소리가 들렸다.

"그만둬."

나는 다시 자물쇠를 잠그고 자동소총을 무릎 사이에 세웠다. 굳이 쏠 마음도 없었다. 답답했을 뿐이다.

"새끼 밴 노루야. 우는 소리가 달라. 나는 벌써부터 끽끽하는 소리를 들었어. 자기네들끼리 사랑하는 소리인 거야."

지난 겨울, 선임하사는 새끼 밴 노루의 아기집이 정력에는 최고라는 말을 했지 않은가. 하지만 그가 총을 쏘지 말라는 말이 조금도 이상하게 들리지 않았다.

"하 병장, 저번 금옥이네 집에 있다 소대장에게 끌려왔을 때, 고가초소에서 무슨 이야기를 했는지 아는가?"

나는 고개를 흔들었다. 나 역시 그 일이 궁금했다. 어떤 이야기가 오고갔는지.

"소대장이 먼저 말하더군. 자기가 장기복무지원을 했다는 거야. 나는 전혀 몰랐어. 왜, 그 최 상병 사건 있지? 그 뒷수습으로 그렇게 된 거야. 만약 소대장이 그렇게 하지 않았다면 소대장은 물론 나, 그리고 최일표와 같이 근무 섰던 신병 둘에게도 징계가 내려졌을 거야. 나도 그 당시 이상하게 생각했어. 물론 죽은 자가 모든 잘못을 뒤집어쓰지만 사고가 간단하게 수습되는 게 의아했지."

"소대장이 장기지원을 하다니요?"

"그렇다. 조 중위도 머지않아 이곳을 떠날 거다. 이미 그렇게 된 몸, 직업군인으로 더 철저해지고 싶다는 거야. 보병학교로 교육받으러 가게 될 거야. 그러고 나면 대위로 진급하겠지. 그런데 말이다. 왜 그때 최 상병이 북쪽으로 달려가지 않았을까? 불모지를 지나 어둠 속으로 충분히 사라질 수 있는 시간이 있었는데."

나는 목젖이 뜨끔해왔다.

"최 상병이 수류탄 안전핀을 빼던 모습이 잊히지 않는다. 쓰러지던 모습도. 그는 우릴 향해 던지려 하지는 않았어."

나는 아무 대답도 할 수 없었다. 군 생활을 마감하는 그에게 잊어버리라고 말할 수도 없었다. 나 역시 최 상병의 모습이 기억 어딘가에 깊숙이 숨어 있었다.

"저기 갈대숲 좀 봐라. 지난 겨울에는 은백색이더니, 지금은 검은 머리를 풀고 있구나."

선임하사는 말머리를 돌렸다.

나는 그의 목소리를 따라 느리게 눈길을 돌렸다.

산불이 났을 때…, 나는 맞불을 지르기 위해 저 골로 뛰어들었어. 북한 병사들도 솔가지를 들고 불 끄느라고 난리였지. 산토끼 꽁지에 불이 붙어 달아나고, 그 와중에도 그놈을 잡느라고… 그랬지. 21사단에서는 불을 끄던 병사 일곱 명이 질식해 죽었어. 밤이면 꽃불놀이를 하는 것 같았지. 내 고향 강진 밤바다에 불을 밝히던 어등처럼. 그날 밤 꿈에 순분이가 찾아왔어. 나는 한 손에 시루떡을 들고 순분아, 순분아, 이거 먹고 가거라, 자꾸 불렀지. 아니야, 오빠. 나, 물속에서 행복하게 살고 있어. 그곳이 얼마나 깨끗한지 몰라. 오빠, 먹지 않고 살 수 있는 나라에서 나는 살고 있어. 그곳이 어디니? 나도 갈까? 나도 갈 수 있니? 안 돼, 오빠. 그러면 제발 이 시루떡 한 조각 먹고 가거라. 손이 무거워 죽겠다. 순분이는 들은 척도 않고 불 밝힌 밤바다로 하얗게 떠나간다. 순분아,

이 무정한 것. 병사들은 연기 때문에 방독면을 쓰고 방책선 근무를 나갔어. 그리고 그 다음은 다 타버린 비무장지대 지뢰밭에 감자 눈을 심듯 폭풍지뢰, 대인지뢰, 대전차지뢰를 다시 심었지. 비무장지대 안에 묻힌 지뢰를 다 합하면 100만 개는 훨씬 넘겠지. 이제 내 가슴에는 고스란히 기억의 지뢰들이 남아 있어. 나는 그것들을 안고 잘 살 수 있을까, 하 병장? 더블백을 깔고 앉아 있는 선임하사의 얼굴은 갈수록 흐려졌다. 해가 설핏 기울 때까지 부식차는 오지 않았다. 선임하사는 일어서서 더블백을 메고 대대본부까지 걸어갈 준비를 했다. 나는 그에게 자동소총을 건네주었다. 그는 대대본부로 가서 총기를 비롯한 자신의 관물을 반납할 것이다. 그러고는 그것과 맞바꾸어 낡고 지친 청춘을 돌려받겠지.

"잘 있어라. 이런 자리에서 두 번 다시 만나지 말자."

"물론입니다, 선임하사님."

나는 내미는 선임하사의 손을 맞잡았다. 그의 손은 가벼웠다. 그는 돌아서 내리막길을 걸어가기 시작했다. 해종일 불던 바람 속으로 빠져들어가는 그의 뒷모습이 힘겹게 흔들렸다. 나는 그의 뒷모습을 꼼짝없이 지켜보았다.

한참을 걸어내려가던 선임하사는 갑자기 걸음을 멈추더니 더블백을 내려놓고 그 안에서 무엇인가를 꺼냈다. 그는 돌아서서 내가 그 자리에 있는 것을 확인하고는 가파른 산길을 달음박질쳐 올라왔다. 그는 숨을 급하게 몰아쉬며 내 앞으로 와 손에 책 한 권을 쥐여주고는 아래로 뛰어 내려갔다. 그는 산길을 달려 내려가며 외쳤다.

“하 병장, 그거 소월 시집이다. 순분이 책이야, 자네가 가져.”

나는 엉겁결에 받아든 낡은 소월 시집을 내려다보았다. 선임하사 모습은 자꾸 멀어졌다. 내리막길 모퉁이를 돌아 그의 모습이 사라지자 나는 다시 철모를 깔고 앉아 시집을 펼쳤다. 오르막길로 이어져 있는 1기지까지 걸어갈 일이 아득했으므로 부식차가 올라올 때까지 기다리기로 작정했다. 차가 올라오면 1기지까지 태워달라고 할 생각이었다. 책장이 떨어져 나간 소월 시집은 갈피마다 얼룩이 져 있었다. 나는 기우는 햇살을 받으며 한 장씩 시집을 읽어나가기 시작했다. 바람은 갈수록 거세어졌고, 바람막이 하나 없는 삼거리에서 나는 삭주, 구성, 삼수갑산 고갯길을 쉼 없이 넘어가고 있었다. 산새도 오리나무 위에서 운다. 산새는 왜 우노? 시메산골, 영嶺 넘어가려고 그래서 울지. 선임하사가 말하던 ‘시메산골’이 나왔다.

소월의 시를 읽으며 나는 한번도 가보지 못했던 강진 앞 바다의 구슬픈 물결소리를 들었다. 사나이 속이라 잊으련만 십오 년 정분을 못 잊겠네. 삭주, 구성을 되빠져나오는 1930년대, 소월의 발길에 겹쳐 선임하사의 얼룩진 군화가 보였다. 오늘도 하룻길 칠팔십 리, 돌아서서 육십 리는 가기도 했소. 어쩌면 그는 수없이 이 산하를 돌아보고 돌아보며 점점 멀어지겠지. 마음은 소월처럼 육십 리를 되돌아서 온다 해도. 나의 귓속으로 아하하, 아하하 하던 그의 목소리가 거칠어지는 바람 속에서 메아리져 내렸다. 아하, 삼수갑산이 날 가두었네, 아하하.

아하하, 아하하….

어둠이 슬슬 내려서야 부식차가 가르릉거리며 올라왔다. 나는 선탑석에 탄 김 일병에게 선임하사를 봤느냐고 물었다. 김 일병은 칼날능선 앞길을 걸어가고 있더라고 말했다. 나는 그에게 1기지까지 태워달라고 부탁했다. 나를 화물칸에 태우고 M60 부식차는 경사진 산길을 기어올랐다. 내가 한나절 앉아 있었던 삼거리가 어둠 속에 묻히고 있었다. 나는 화물칸 의자에 앉아 푹푹 내리는 어둠을 바라보며 선임하사의 길고 긴 목청이 아하하, 아하하 하고 울려내는 삼수갑산 속으로 새처럼 떠가고 있었다.

산수유와 자동소총

수곡리를 돌아나가자 소용돌이치는 물웅덩이가 나왔다. 성내천을 흘러내려와 비무장지대를 거쳐 방책선 수문을 빠져나온 물줄기는 소양강 상류로 이어졌다. 관측병인 이 상병과 나는 깡통 다이너마이트를 터뜨리기 좋은 곳을 찾고 있었다. 세 시간을 넘게 물길을 따라 걸어온 셈이었다.

그날, 우리는 아침을 먹자마자 1기지를 출발했다. 205GP 앞을 지나면서 이 상병은 소양강 상류로 가기 전에 청음초聽音哨에 잠깐 들르자고 했다. 땅굴 파는 소리를 감청하는 청음초는 칼날능선 남쪽 후사면에 있었다. 1기지에서 205GP까지 걷는데 30분가량 걸렸다. 청음초에 가기 위해서는 내리막길을 내려가 방책선 수문으로 향하는 북쪽 도로를 따라가다가 급경사진 왼쪽 산중턱으로 올라가야 했다. 나는 시계를 자꾸 들여다보았다. 소대장이 오후 5시까지는 돌아오라고 했다.

"말년에 몸조심해."

"소대장님도 말년 아닙니까?"

"그렇군. 아마추어 시절은 말년이지. 곧 프로 생활을 시작할 테니까."

소대장은 씁쓸하게 웃었다. 나는 이제 무엇인가가 조금씩 끝나가고 있다는 기분이 들었다,

이 상병과 나는 205GP에서 내리막길을 걸어 방책선 수문으로 난 길로 접어들었다. 수문을 빠져나오는 그 개울에는 봄철이면 북상하는 열

목어가 많았다. 햇빛이 개울물에 소란스럽게 부딪쳤다. 나는 목이 말랐다. 자동소총과 군장을 내려놓고 개울로 내려가 얼굴을 씻고 물을 두 손바닥으로 퍼담아 마시고 얼굴을 들었다. 현기증이 났다. 이 상병이 산중턱에 있는 청음초를 올려다보고 있었다. 그는 내내 침울해했다. 나는 그 이유를 알고 있었다. 며칠 전, 정보사령부와 헌병대, 보안대 장교로 구성된 조사단과 이 상병이 소속된 포대장까지 1기지로 올라와 포대경을 들여다보고 그가 보고한 관측정보에 대한 판단이 틀렸다는 결정을 내렸기 때문이다. 직속상관인 포대장은 지휘봉으로 그의 가슴 한가운데를 쿡 찌르며 적정 관측을 제대로 하라는 질책까지 했다.

"야, 이 상병. 관측병을 너무 오래해서 눈이 어떻게 된 것 아냐? 헛것을 봤어? 지금은 아무렇지도 않잖아. 성내천에는 맑은 물만 흐르는구먼. 후임병으로 교체해줄 때가 다 됐구먼."

그는 군사분계선을 따라 흐르는 성내천에 사흘간 계속 흘러내리는 흙탕물을 보고 이는 틀림없이 북한군이 땅굴을 파고 있기 때문이라는 보고서를 계속 올렸다. 그는 비가 오지 않을 때는 한번도 흙탕물을 쏟아낸 바 없는 성내천이 3일간 흙탕물 범벅이 되었다는 사실은 북한군이 땅굴을 파다 수맥을 건드려 터졌거나, 흙을 파서 버리지 않았다면 있을 수 없는 일이라고 판단했다.

정보사령부에서 나온 조사장교는 관측일지를 뒤적여보고는 심드렁하게 말했다.

"이 상병, 청음초에서도 아무런 소리를 듣지 못했다고 했어. 더 이상 이런 보고를 올리지 말고 관측이나 제대로 해. 알았어? 이 상병이 본 것은 땅굴 파서 생기는 흙탕물이 아니야. 수맥이 터진 것도 아니구먼. 쟤네들이 도로작업을 하고 흙을 버리는 것 이상이 아니다. 쟤들이 바보냐? 우리 눈에 훤히 보이도록 드러나는 짓을 하겠어?"

이 상병은 할 말이 없었다. 그가 포대경으로 땅 속에서 북한군들이 땅을 파고 있다는 것을 확인할 수도 없는 일이었다. 그렇지만 그는 확신을 버리지 않았다. 그는 관측병으로 2년 이상을 전방에 머물렀기도 했지만, 그 땅굴 발견 정보보고 사건으로 후임 관측병이 오는 대로 포대본부로 돌아가게 돼 있었다.

그는 포대본부로 불려가 3일간 있다가 돌아왔다.

"적정 관측을 잘못했다는 자술서를 쓰고 왔습니다. 더 이상 땅굴 관측에 대한 말을 입 밖에 흘리지 않겠다는 서약서도 썼지요. 이제 할 일이 없군요. 그렇지만 억울한 생각도 들고 도대체 상부에서 왜 이런 판단을 내리는지 알 수가 없습니다. 관측병이 잘못 볼 수도 있지만 이건 틀림없이 북한군이 땅굴을 파고 있는 게 맞습니다. 성내천 관찰을 하는 동안 한번도 이런 일이 없었어요."

겨드랑이에 성경책을 끼고 기드온교회에 들어가던 그의 뒷모습이 그의 얼굴에 겹쳐 보였다. 나도 교회 안을 한번 들어가본 적이 있었다. 폐가나 다를 바 없는 교회 안에서 이 상병은 시멘트 바닥에 꿇어앉아 기도를 하고 있었다.

땅굴정보진상조사단이 다녀간 뒤 포대본부로 불려갔다 돌아온 그는 내게 느닷없이 열목어를 잡으러 가자고 제안했다. 나는 물이 너무 차서 그물을 들고 물속으로 들어가기 어렵지 않겠느냐고 했다. 그는 그건 걱정하지 말라고 했다. 포대본부로 내려갔을 때 탄약병에게서 다이너마이트 떡을 얻어왔다고 했다. 그는 그날 오후 사과주스 깡통에다 다이너마이트 떡을 다져넣고 클레이모어 잭을 선으로 연결한 깡통 다이너마이트를 다섯 개나 만들었다. 그걸 물속에 던져 터뜨리면 고기들이 순식간에 기절해서 물 위로 떠오른다고 했다.

"여기도 열목어가 많았는데."

나는 개울 옆 보급로로 올라서며 혼잣말처럼 말했다.

개울은 황동수와 내가 전방 진지공사 중에 자주 내려와 멱을 감고 고기를 잡던 곳이었다. 얼음이 녹고 개울물이 다시 흐르지만 저 속에서 기억의 흔적은 찾을 길이 없었다. 이 상병은 내 말을 못 들었는지 아무 대답도 없이 앞장서서 걸었다. 그가 청음초에 들르자고 하는 이유는 청음초 조장도 땅굴을 파는 어떤 소리도 듣지 못했는지를 알아보기 위해서였다.

청음초는 바닥이 온돌방으로 된 지상 막사였다. 근무 인원은 네 명이었다. 그들은 지하 200미터에 박아둔 진동측정기로 땅굴 팔 때 내는 소리를 듣기 위해 2인 1개조씩 교대로 24시간 내내 헤드폰을 끼고 있었다. 청음초에서는 온돌방에 배를 깔고 뒹굴면서 헤드폰만 끼고 있으면 되었다. 최고의 근무조건이었다. 막사 안에는 2층 침대가 두 개, 막사 문 옆에는 화목난로와 기름난로가 한 대씩 놓여 있었다. 화목난로 위에 놓인 주전자에는 칡뿌리가 들어 있었다. 물이 설설 끓었다.

청음초 조장은 하사였다. 얼굴이 시꺼멓고 얼마나 수염을 안 깎았는지 산적처럼 보였다. 그는 이 상병이 나타나자 놀라는 기색이었다.

이 상병은 그를 쏘아보며 물었다.

"통신전화로도 몇 번 물었지만 제대로 대답하지 않았습니다. 도무지 이해할 수 없어 직접 찾아왔습니다. 청음초에서 무슨 이유인지 모르지만 거짓말을 하는 것 같아요. 정말 땅속에서 울리는 진동을 듣지 못했단 말입니까? 그 진동측정 장비가 독일제라면서요? 나는 2년 동안 비무장지대를 관측하면서 비도 오지 않는데 그렇게 흙탕물이 계속 쏟아져 내리는 성내천을 한번도 보지 못했습니다. 진동을 듣지 못했다면 진동측정 장비가 고장났든지, 귀가 고장났든지 둘 중에 하나입니다."

"허어, 참. 이 상병. 찾아온다더니 정말 찾아왔네. 따질 게 뭐 있나. 더 이상 이야기하지 말자니까 그러네. 우리도 미칠 지경이라고. 이 오두막 속에 들어앉아 1년 내내 헤드폰을 끼고 있어보시오. 귀만 고장나는 줄 아나? 정신이 홱 돌아버린다니까. 지난 겨울에 한 녀석은 정신이상 증세를 보여 후송을 갔어. 좀 봐주소. 나는 짬밥이야 겨우 2년 남짓 먹었지만 말뚝 박은 장기 하사야. 마르고 닳도록 군대생활을 해야 한다니까. 높으신 분들의 뜻을 낸들 아나. 그저 그렇게 하라고 하니 그렇게 할 수밖에."

"그렇게 하라는 게 어떻게 하라는 뜻입니까?"

"이 상병이나 우리나 무슨 잘못이 있겠소. 모처럼 청음초에 왔으니 이것저것 복잡하게 따지지 말고 라면이나 하나 들고 가시오. 올라온다고 고생했는데."

청음초 조장은 이야기를 딴 데로 슬슬 끌어가려고 했다.

"하 병장도 라면 하나 맛보시오. 황동수가 부식 추진할 때는 정말 좋았는데 말이오. 그가 쫓겨간 뒤로는 영 재미가 없었소. 황동수는 네 놈이 옹기종기 산속에 처박혀 있으니 얼마나 외롭겠냐고 하면서 양고기도 뭉텅 떼어주고, 꽁치 상자도 통째로 주고, 차 끓여먹으라고 생강도 한 포대나 주었어. 그가 준 고춧가루는 아직 남아 있소. 건빵을 튀겨먹으라며 18리터짜리 식용유도 세 통이나 주었소, 하 병장과 둘이서 친구사이고 밥솥에서 목욕하다가 쫓겨간 것도 후임 군수과 김 일병한테서 들었지. 〈육군회보〉를 보고 그가 지뢰사고로 죽었다는 것을 알았소."

하사는 내 손을 꽉 잡았다. 그도 황동수의 죽음을 알고 있었다. 하긴 〈육군회보〉로 내려왔으니 모를 리가 없을 터였다. 아마 그는 전방 각 기지에 부식을 나눠주면서 청음초에 더 많이 배려한 모양이었다. 1인당 정량에다 식수 인원을 곱해 부식을 저울에 달아 나누어준다지만 정량보다 많이 받는 곳도 있고 적게 받는 곳도 있었다. 부식은 넉넉하게 나왔으니 황동수가 청음초에 선심을 썼을 것이다.

"울적한 이야기는 그만하고 라면 이야기나 계속 합시다. 이건 청음초에서 개발한 라면인데 맛이 끝내준다니까. 나중에 라면집 차릴 정도로 돈을 모으면 비 오는 날, 말뚝 쑥 빼고 여고 앞에서 청음초 라면집을 낼 생각이오, 맛이 끝내준다니까. 뭐, 이해하시오. 사시사철 휴가 빼고 여기 들어앉아 있으면 여자 생각과 먹는 것밖에 생각 안 난다니까. 여기 처박혀서 여자를 생각해봤자 무슨 소용이 있소? 그 어떤 여자도 신기루 이상이 아니오. 그러나 먹는 생각은 확실하지. 바로 실천할 수 있다니까."

그는 우리의 대답도 듣지 않고 관물대에 쌓인 라면 봉지 세 개를 꺼내 가위로 귀퉁이를 자르더니 봉지째로 주전자 안으로 던져넣었다. 이 상병은 자꾸 이야기를 피하고 라면이나 먹고 가라는 하사의 권유에 픽 웃고 말았다.

"자, 천천히 이야기합시다. 둘은 근무고 하나는 자고 있으니 우리 세 사람 몫으로 라면 세 개만 넣었소이다. 이렇게 하면 잘라낸 라면봉지 귀퉁이로 끓는 물이 들어가 잘 익습니다. 더구나 산의 정기를 가득 품는 암 칡을 끓인 물이 스며들어간 쫄깃쫄깃한 면발 맛이 죽여줍니다. 자, 어디 보자, 라면이 잘 익으셨는지. 우선 라면부터 먹고 천천히 이야기합시다. 우리는 네 식구니까 식사도 아주 특별하게 한다오. 잠깐만 기다리시오. 내가 취사장에 가서 그릇과 특수 된장을 가져오겠소이다."

그는 우리 두 사람에게 말을 올렸다내렸다 하며 넓은 그릇 세 개와 둥근 플라스틱 반찬통을 가져다 탁자 위에 놓고는 오리나무 가지로 만든 긴 젓가락으로 주전자 뚜껑을 열고 라면봉지를 쿡쿡 쑤셨다.

"아, 아주 잘 익었구나! 감사합니다, 라면님."

하사는 감탄사를 터뜨리며 합장을 하고는 봉지에 싸인 라면을 국자로 건져내었다. 그가 라면봉지를 쭉 찢고 노랗게 익은 면을 그릇에 담았다. 그는 반찬통을 열고 검은 된장을 한 숟갈씩 퍼넣고 스프를 반쯤 뿌린 뒤 어깨를 들썩여가며 비비더니 우리 앞에 내밀었다.

"맛 좀 보시겠소. 이건 청음초에서 비법으로 내려오는 아주 특별한 된장으로 라면을 버무려 만든 비빔 라면이올시다. 오늘은 대접이 이렇소만 날이 완전히 풀리면 임금님 수라상에 올린다는 열목어 회를 바치겠소. 그 있잖소, 김일성 고기말이오."

뜨거운 눈알을 식히기 위해서인지 물이 차가운 곳으로 북상하는 버릇이 있어서 열목어가 김일성고기라는 별명을 얻게 되었다는 것을 모르는 병사들이 없었다. 탁자에 앉아 그가 내미는 라면 그릇을 받아 먹어보니 하사의 말대로 맛이 특별했다. 라면이 주는 느끼한 맛도 없으면서도 달콤하고 짭짤했다. 입에 짝짝 들어붙는 맛이 예사롭지 않았다. 하사는 모처럼 청음초를 찾아오는 손님이 반가운지, 아니면 말을 못해 병이 날 지경이었는지 잘도 설을 풀어냈다. 실성한 것은 아니겠지만 정신이 조금 이상하게 보일 정도로 그는 쉴 새 없이 지껄였다.

"이 맛은 다 이 신비의 된장맛 때문이오이다. 60만 대군이 똑같이 먹는 군대된장으로 만들었지요. 군대된장의 완벽한 변신이라고나 할까. 군바리들은 날마다 똑같은 된장국에다 똑같은 반찬을 먹으니 생각도 행동도 똑같아지지요. 그러나 우리는 달라. 어느 날 우연히 된장소스를 발견했소이다. 노벨상보다 위대한 발견이라고나 할까. 쌀을 안치고 실수로 그 안에 된장을 담은 그릇을 넣었는데, 밥이 다 되고 나니까 된장이 까맣게 변했는데 맛이 끝내주더라니까."

"정말 맛은 좋은데요."

이 상병이 조금 허탈한 듯이 말했다.

"그럼, 그럼. 대접이 시원찮지만 정성으로 받아들여주고 더 이상 묻지 말자고. 그저 국방부 시계는 돌아가니까. 여기 후식으로 산돌배더덕 절임을 드시오. 입속이 개운해집니다. 이 근처에서 우연히 산돌배나무를 발견했소. 그 열매를 더덕과 함께 소금에다 절여 작년에 담근

건데 맛이 진짜 좋을 거요."

하사는 엄지손가락과 입술에 묻은 특수 된장을 혀로 핥으며 관물대에서 유리통에 담근 후식을 내놓았다. 햇빛으로 차 있던 건너편 산기슭이 갑자기 어두워졌다. 세 사람은 산돌배더덕절임을 하나씩 입에 넣었다. 이 상병은 갈수록 어정쩡한 얼굴이 되어갔다. 청음초에 따지러왔는데 하사의 이상한 대접에 할 말을 잊은 듯했다.

하사는 빗방울이 떨어지는 하늘을 올려다보더니 산 날씨는 변심한 애인 마음 같다며 투덜거렸다. 이 상병은 막사 밖으로 나와 물끄러미 산 아래를 보고 있었다. 하사가 막사 밖으로 따라나왔다. 그는 오른팔로 키 작은 이 상병의 어깨를 품어안듯이 두르고는 낮은 목소리로 말했다.

"이 상병, 우린들 왜 진동을 못 알아챘겠소. 지하에서 땅 파는 소리와 지상에서 작업하는 소리는 전혀 다르니까. 우린 한번도 불시검열에 걸린 적이 없어. 청음초로 다가오는 지프 발통소리를 금방 알아채니까. 지프에 탄 지체 높은 손님들이 헐떡거리며 청음초에 올라올 동안 헤드폰을 끼고 방바닥에서 뒹굴다가 완벽한 근무태세로 변신해 있다니까. 이번 일은 말이오. 나름대로 높으신 분들의 정보판단이 있었지 않겠소. 다 국가 안보를 위한 일이니까. 최근 며칠간 청음초에서 포착한 진동음은 땅굴을 팔 때 나는 소리가 아니고 다른 공사에서 나는 진동이라고 하니 그런 줄 알고 있지. 더 이상 입 밖에 내지 말라니 그럴 수밖에 없어요. 생각해보면, 아니 생각해볼 것 뭐 있나? 눈치로 금방 알지. 아주 특별하고 정밀한 검사가 들어갔을 가능성도 있지 않겠소? 그때까지 보안을 유지해야 할 필요성도 있고, 하여튼!"

하사는 도움을 청하는 눈길로 나를 보았다.

"그걸 하 병장, 뭐라고 합니까?"

"그거라니요?"

"왜, 그거 있잖소. 결정적인 순간에 부모형제, 자매, 친구의 관심을 집중시키기 위해 발표하는 것 말이오. 땅굴이 발견됐습니다, 하는 것 말이오, 그걸 뭐라고 해야 하나. 아이고, 나도 모르겠다."

하사는 이빨을 드러내며 실없이 웃었다. 이 상병은 더 이상 묻지 않았다. 그도 하사가 무슨 말을 하는지 알고 있었다. 땅굴조짐이 확실하다면 철저한 보안사항에 해당하는 것이고, 북한군이 눈치채지 못하도록 땅굴 발견 작업을 극비에 추진해야 하는 것이 이해 못할 일도 아니었다. 비는 그쳤지만 구름이 짙게 깔려 있었다. 그가 우리에게 건빵을 네 봉지 내밀었다.

"어딜 가는지 모르지만 갈 때 요기나 하시오. 두 봉지씩 받으시오. 하나는 식용유에 튀긴 황동수 튀김건빵이고 하나는 소나무 햇순에다 건빵을 얹어 김으로 푹 찐 황동수 솔잎 건빵이오. 이게 다 황동수 덕분이오이다. 그는 우리에게는 동방박사였소. 늘 귀한 선물을 가져다주곤 했지. 자, 받으시오."

우리는 그가 내미는 건빵을 받아 점퍼 양쪽 주머니에 넣고 청음초에서 내려왔다. 이 상병이 산길을 내려오다 돌아서자 하사는 그때까지 우리를 바라보며 손을 흔들고 있었다. 아무도 찾아오지 않는 산장에 유일하게 찾아온 손님을 떠나보내는 산장지기처럼. 거리가 점점 멀어지자 하사의 모습은 어린 오리나무처럼 한 줄 가는 선으로 서 있었다.

우리는 점점 넓어지는 개울을 따라 걸어내려갔다. 깡통 다이너마이트를 터뜨릴 만한 깊은 물웅덩이는 보이지 않았다. 짙은 구름 사이로 중천 가까이 떠오른 해가 흐릿하게 나타났다가 다시 사라졌다. 옅은 땀방울이 이마에서 간간이 돋았다. 두 병사는 개울이 이어져 소양강 상류로 합쳐지는 곳까지 걸어가며 건빵을 입에 넣고 씹었다. 튀김건빵은 고소한 맛이 났고, 솔잎건빵은 향긋한 냄새가 났다. 우리는 개울을 따라 소양강 상류 쪽으로 자꾸 걸어갔다.

개울을 따라 걷는 행동은 무모한 짓이었다. 해빙기가 지나고 나면 자칫 매설된 지뢰들이 지대가 낮은 쪽으로 흘러내릴 수 있기 때문에 골짜기나 물줄기를 따라걷는 일은 위험한 행동이었다. 하지만 우리는 운이 좋았는지 별 탈 없이 개울가를 걸어 점점 드넓어지는 강가로 나왔다.

빗방울이 조금씩 떨어지기 시작했다.

"비가 많이 올 것 같은데요. 판초 우의를 입을까요?"

"나는 괜찮은데. 이 상병은 입어."

"여기 괜찮군요. 물웅덩이가 깊어서 한방 터뜨리면 열목어가 제법 떠오를 것 같습니다."

그는 군장을 벗었다. 군장 위에 말아서 묶어둔 판초 우의를 풀어 입고는 배낭 안에서 깡통 다이너마이트를 하나 꺼냈다. 그는 물웅덩이 속으로 깡통을 던졌다. 깡통이 물속으로 가라앉자 클레이모어 잭을 눌렀다. 펑!하고 웅덩이 가운데로 물기둥이 솟아올랐다. 웅덩이 바닥에 고여 있던 썩은 나뭇잎들과 먹치 세 마리가 떠올랐을 뿐 열목어는 보이지 않았다.

“이거 실팬데요. 조금 더 내려가볼까요.”

그가 다시 군장을 멨고 나는 굵어지는 빗방울 속으로 앞서 걸어갔다.

“비가 많이 오는데요. 우의를 입어요!”

그가 뒤에서 소리쳤다. 나는 우의를 입고 싶지 않았다. 기다렸던 봄이 오고, 봄비마저 오고 있지 않는가. 철모 끝에 매달리는 물방울 속으로 순간순간 잊어버리곤 했던 동수의 얼굴이 자꾸만 떠올랐다. 나는 황동수가 후송 중에 죽었다는 것을 〈육군회보〉를 통해 다시 한번 확인했다. 회보에는 특히 해빙기에 미확인 지뢰지대로 들어가서는 안 된다는 것을 알리는 사례로 그의 죽음이 실려 있었다. 대인지뢰가 그의 청춘과 희망을 영원히 압수해버린 것이다. 그의 기지로 찾아가 유품을 정리하던 순간들이 환등기처럼 지나가고 있었다.

그가 있었던 기지로 찾아갔을 때, 병사들이 꽂아놓은 흰 진달래꽃이 그의 관물대를 가득 덮고 있었다. 이 지역 어딘가 흰 진달래 군락지가 있는 모양이었다. 소대원들은 내가 들어서자 물길이 갈리듯 자리를 비켜주었다. 나는 그의 관물대 앞으로 가서 소지품을 하나씩 간추려 더블백에 넣기 시작했다. 이제 그에게는 필요 없게 된 책이 가장 많았다. 한국사를 비롯해 까맣게 연필로 밑줄을 그은 정통종합영어, 공통수학, 일반상식, 당시선, 버섯재배법, 토종 약초와 약나무 재배법, 그리고 형사소송법과 민사소송법 책도 있었다. 어쩌면 그는 제대한 뒤 그의 말대로 방송통신대학 진학 공부를 하거나 아니면 공무원 시험을 치려고 했을지도 모르지만 이제는 아무 짝에도 쓸모가 없는 것들이었다. 금강산에 관한 책들은 여덟 권이나 되었다. 금강산 유적 해설서도 있었고 최남선이 쓴 『금강예찬』도 들어 있었다. 그는 금강산 여행 가이드라도 할 듯이 『금강예찬』에는 연필로 수두룩하게 밑줄을 그어놓았다. 나는 그가 이 책을 보고 전화로 금강산 사설을 풀어댔으리라는 것을 짐작했다.

나는 무심코 『금강예찬』을 여기저기 펼쳤다. 책갈피 사이에 들어 있던 사진과 편지가 툭 떨어졌다. 사진 속에서 동수는 눈 쌓인 고지에서 막 피고 있는 흰 진달래 곁에 얼굴을 대고 환하게 웃고 있었다. 어떻게 눈 속에서 흰 진달래가 피어 있는지는, 아니면 꽃을 벙커 안에서 미리 피워 눈 위에 꽂아두었는지 알 수 없었지만 사진 속 동수의 얼굴은 밝고 싱싱했다. 접은 편지지 안에는 만 원짜리 한 장이 들어 있었다. 나는 편지지 안에 돈을 다시 넣고 접어서 사진과 같이 상의 왼쪽 주머니에 넣었다. 어쩌면 그는 금강산이 바로 보이는 산등성이에 서서 몽유병 환자처럼 밤마다 금강산 유람을 다녔는지도 몰랐다.

그의 유품을 싸는 손이 떨고 있었다. 나는 그의 유품을 끈으로 힘껏 묶으며 혼자 중얼거렸다.

"너는 죽었고 나는 살아 있다. 고향에 돌아가면 어떻게 너의 어머니를 만나야 하는지, 그 힘든 순간은 아무 일도 아니다. 이제 살아서 너를 다시는 볼 수 없지 않은가."

다시 1기지까지 되돌아 걸어오는 그 길은 멀었다. 나는 동수의 웃고 있는 얼굴 사진을 들여다보고 그의 편지를 얼마나 읽고 또 읽었는지 모른다. 그 편지는 그가 신병훈련을 마치고 이등병이 되어 103보충대로 가는 군용열차에서 쓴 편지였다.

사랑하는 어머니.

어머니가 혹시나 헌병이 눈치챌세라 역에서 접고 또 접은 만 원짜리 한 장을 제게 주셨습니다. 저는 못내 이 돈을 받아가지고 왔습니다. 그러나 이 돈을 결코 쓰지 않겠습니다. 이 돈은 시장판에서 호각소리에 쫓겨가며 번 돈이라는 것을 이 아들은 너무나 잘 알고 있습니다. 이 돈으로 웨하스도 사먹고 싶고, 짜장면도 사먹고 싶고, 라면도 사먹고 싶지만, 대한민국에서 주는 이등병 월급이 나옵니다. 곧 일등병으로 진급할 것이고 그러면 월급도 늘어납니다. 저는 그 돈으로 잘 먹고 잘 살 수가 있습니다. 군대에서는 옷도 주고 밥도 줍니다. 그러나 무엇보다 훌륭한 군인은 결코 민폐를 끼쳐서 안 될 뿐 아니라 집안의 돈을 받아 써도 안 되기 때문입니다. 우리 집은 더욱 그렇습니다. 밑으로 정수, 영수가 있고 막내공주인 수옥이도 있습니다. 남동생 둘은 고1과 중2이고 수옥이는 내년이면 중학교에 가야 합니다. 공납금도 많이 들고 옷값, 책값도 들고, 참고서도 사야 하는데 제가 이 돈을 끝내 뿌리치지 못하고 받아왔으니 참으로 불효가 막심하고 막심한 놈입니다.

그렇지만 어머니, 걱정하지 마십시오.

책갈피에 끼워둔 만 원짜리를 들여다보고 또 들여다봅니다. 수없이 들여다봅니다. 만 원짜리 속에 계시는 세종대왕님도 저의 깊고 정성스러운 마음을 알아주시겠지요. 제가 제대해서 남동생 둘을 대학까지 보내고, 수옥이도 꼭 대학에 보내겠습니다. 없는 집 자손은 몸이 튼튼하고 공부를 열심히 하는 게 최고입니다. 동생들도 다 성실하고 정직하니 어머니 걱정을 끼쳐드리지 않고 잘 자라고 있습니다. 집안의 장남인 제가 공부를 열심히 못해서 어머니 걱정을 많이 끼쳐드렸습니다. 제대하면 다시 낮에는 공장에 나가 돈을 벌고 밤에는 공부를 하러 다니겠습니다. 그리하여 열심히 공부해서 언젠가는 꼭 훌륭한 사람이 되겠습니다. 그래서 순하고 이쁜 며느리도 보여드리고 토끼 같은 자식도 쑥쑥 낳아 어머니를 기쁘게 해드리겠습니다. 모든 염려를 놓으십시오.

이 돈은 제대해서 액자에 넣어 보관하다가 나중에 제가 장가 가서 아들을 낳으면 전해주겠습니다. 그때에는 통일이 되어 있고 북한에 살고 있는 외삼촌도 만날 수 있겠지요. 그때가 오면 이 아버지가 얼마나 훌륭하고 성실하게 군대생활을 했는지, 세종대왕님도 다 아실 것이라고 아들에게 자랑하겠습니다.

어머니, 세월은 흐르는 물 같다고 하지 않았습니까.

33개월, 3년도 안 되는 날짜들은 후딱 지나갑니다. 인생은 아름답고, 살아 있는 모든 날들이 소중하도록 날마다 어머니와 세 동생을 위해 세상의 모든 신명들에게 기도하겠습니다. 부디 건강하고 조금도 희망을 잃지 마십시오.

이제 서울을 떠난 새벽 열차가 한강을 건너 안개가 가득 낀 곳으로 달리고 있습니다. 해가 뜨면 곧 안개가 걷힐 것이고 열차는 종착역에 멈추어도 저는 안개 속 너머 밝은 날을 향해 부지런히 달려가겠습니다.

어머니, 충성!

어머니의 아들, 우리 가족의 기둥 황동수 올림.

편지 글씨는 군데군데 얼룩이 져 흐려 있었다. 왜 그가 이 편지를 부치지 않았는지 알 수 없었다. 편지를 쓰다가 울었는지도 모른다. 글씨가 얼룩이 지자 다시 옮겨 써서 부치고 처음 쓴 편지는 두고두고 들여다보았는지도 알 수 없다. 부치지 않았을 수도 있다. 나는 그와 함께 보냈던 어린 시절이 떠올랐다. 우리 마을은 한국전쟁 때 인민군 야전병원이 들어와 있던 곳이었다. 그래서 그 시절을 기억하고 있는 어른들은 누구도 그 이야기를 입 밖에 내지 않았다. 국군으로 불려간 이들도 있었지만 갑자기 들이닥친 인민군에게 부역하는 이들도 있었다. 노임을 준다고 해서 포탄을 지고 퇴각하는 인민군을 따라간 사람도 있었다. 그와 내가 신원부적격자가 된 이유도 아마 그 때문이었을 것이다. 그렇지만 아이들은 달랐다. 어른들의 기억을 우리는 가지고 있지 않았다. 우리는 유달리 친했다. 그는 힘이 셌고 눈물도 많았다. 의협심도 강했다. 나는 편지를 접어 다시 주머니에 넣었다가 또 꺼내어 읽었다. 그의 희망과 꿈들, 기다림을 얼룩진 글씨 속에서나마 쓰다듬고 싶었다. 그는 보이지 않는 전쟁 속에 흩날려간, 보이지 않는 아주 작은 영웅이었다. 나 혼자만 기억하는 영웅이었다. 그러나 나의 기억조차 얼마나 오래갈 수 있을지 알 수가 없었다.

그와의 기억에 빠져 걷던 나는 정강이를 무엇인가에 세차게 부딪치며 앞으로 엎어졌다. 뼈가 부러진 것처럼 아팠다. 나는 그 자리에 주저앉아 무릎과 정강이를 주물렀다. 다행히 뼈는 부러지지 않은 모양이었다. 어느새 이 상병과 나는 '배고픈다리'를 지나 있었다. 왜 이 다리가 배고픈다리인지 정확히는 모른다. 고참들은 행군을 하다 이 다리를 지날 때쯤이면 배가 고파진다고 붙인 이름이라고도 하고 한국전쟁 때 피난 내려온 사람들이 이 다리 밑에서 배가 고파 죽었기 때문에 붙여진 이름이라고도 했다.

내가 부딪친 것은 무릎 높이도 채 되지 않는 아주 작고 초라한 비석이었다. 나는 비석에 새겨진 글씨를 읽었다. 군사작전 도중에 전사한 한 명의 중사와 두 병의 일병을 기리는 화강암 비석이었다. 나는 그 비석이 새겨지게 된 까닭을 알고 있었다. 황동수와 같이 전방에서 진지공사를 하고 있을 때였다. 갑자기 장마가 지고 공사장비마저 떠내려갈 정도로 소양강 물이 불어나자 인솔 하사와 신병 두 명이 공사용 시멘트 비빔철판을 들고 강 지류를 가로질러 철수하다 불어난 물에 떠내려가는 사고가 났다. 그들이 물에 휩쓸리는 순간 철판을 놓아버렸다면 죽지 않을 수도 있었다. 그러나 신병들은 시멘트 비빔철판을 놓아버릴 생각을 미처 하지 못했다. 철판을 잃어버리면 곤욕을 치러야 했기 때문에 신병들에게 철판은 자동소총처럼 소중한 것이었다. 신병 둘이 오른쪽 어깨엔 총을 메고 앞뒤에서 철판을 잡은 채로 물에 휩쓸려 들어가자 인솔 하사가 그들을 구하기 위해 물속으로 뛰어들었고 결국 세 사람은 철판과 함께 세차게 흐르는 강물 속으로 사라지고 말았다.

"그까짓 철판이 뭐길래 버리지 못했단 말이냐?"

황동수가 내게 했던 말이었다. 세 명이 소양강 속으로 실종되자 진지공사 중인 작업병력들은 공사를 일시중지하고 실종지점에서부터 강줄기를 따라 내려가면서 군데군데 밧줄을 강 양쪽으로 가로질러놓고 시신을 찾는 작업을 일주일이나 했다. 강물이 얼마나 빠르고 세차게 흘러갔는지 그들의 시신은 소양댐에서 발견되었다. 둘의 시신은 그런대로 온전했지만 하나는 오른팔이 떨어져 나가고 없었다. 그들은 죽어서 일계급 특진이 되어 여기 작은 비석으로 남았다. 그 비석이 봄비에 젖고 있었다.

이 상병이 다가왔다.

"옷이 다 젖었습니다."

그가 손을 내밀었다. 나는 그의 손을 잡고 일어섰다. 비석을 지나 물이 소용돌이치고 있는 곳까지 걸어갔다. 우리는 자동소총과 군장을 내려놓았다. 나는 잊어버린 일이 생각난 듯이 그에게 물었다.

"내내 물어본다고 해놓고 잊어버렸네. 이 상병, 그때 벙커 난롯가에 있던 산쥐들은 어떻게 되었어?"

"아, 흰등줄산쥐 말이지요. 기드온교회 안으로 옮겨주고 가끔 먹을 것을 갖다주었습니다. 그들은 거기서 겨울을 보냈지요. 눈이 녹고 나니까, 어느 날 이사를 가고 없더군요."

나는 고개를 끄덕이며 왜, 갑자기 열목어를 잡으러 가자고 했는지 그에게 물었다. 이 상병은 대답 없이 군장에서 깡통 다이너마이트를 네 개 꺼냈다. 물웅덩이는 깊어 보였다. 그가 한 개를 웅덩이의 소용돌이 속으로 던져넣고 잭을 눌렀다. 빗소리 속에서 폭발음이 물웅덩이에 이어진 산등성이에 부딪쳤다가 되돌아왔다. 열목어 일곱 마리가 물 위로 배를 뒤집은 채 떠올랐다. 이 상병이 탄성을 질렀다. 우리는 그것들을 전부 건져낼 수 없었다. 수심이 깊은데다 소용돌이가 빠르고 세찼다. 이 상병이 강 아래쪽으로 달려 내려가 물속으로 들어갔다. 그곳은 허벅지까지 물이 차올랐다. 이 상병은 소용돌이 밖으로 떠내려오는 열목어 세 마리를 손으로 건져 강가 자갈 위로 던졌다. 나도 군화를 신은 채 물속으로 몇 걸음 들어갔다. 꽉 졸라맨 군화 안으로 스며드는 강물은 발이 시리도록 차가왔다. 나는 소용돌이 바깥으로 빙빙 돌고 있는 열목어 네 마리 중 두 마리를 건져내었다. 나머지 두 마리는 소용돌이를 따라 빙빙 돌다가 다시 정신이 들었는지 물속으로 사라졌다.

"하나 더 까넣으세요!"

이 상병이 아래쪽에서 소리쳤다. 나는 깡통을 높이 들어 수류탄을 던지듯이 소용돌이 속으로 던져넣고는 잭을 눌렀다. 열목어 다섯 마리와 바위 아래 숨어 있던 먹치들이 수십 마리 떠올랐다.

"황금어장이군요!"

이 상병이 떠내려오는 열목어와 먹치를 주워 밖으로 던졌고 나는 소용돌이 밖으로 밀려나오는 열목어를 건져내었다. 저것들이 정신을 차리기 전에 빨리 건져내어야 했다. 몇 마리인지 헤아릴 틈도 없었다. 빗발이 점점 굵어졌고 군복에서 김이 솟아올랐다. 철모 위로 떨어진 빗방울이 눈 속으로 새어들어갔다, 눈앞이 뿌옇게 흐려졌다. 나는 철모를 벗어 자갈밭에 던졌다.

"한번 더요!"

이 상병은 신이 나는지 크게 소리쳤다.

나는 다시 깡통을 던지고 잭을 눌렀다. 열목어가 스무 마리쯤 수면 위로 확 떠올랐다. 강변으로 던져지는 고기들이 늘어날수록 빗줄기가 거세지고 있었다. 썩은 나뭇잎들이 물속으로 가라앉자 나는 마지막 한 발을 소용돌이 한가운데 있는 바위 옆으로 던져넣었다. 물고기들은 바위 밑에 많은 법이었다. 깡통 다이너마이트가 터지자 물기둥이 높이 솟구치고, 무슨 비명 같기도 하고 무엇인가 깊이 박혔다가 뽑히는 듯한 소리가 펑,하는 소리에 뒤섞여 나면서 강바닥에서 이상한 물체가 물기둥을 따라 솟구쳤다. 나는 얼굴에 흐르는 빗줄기를 손으로 닦아내며 물기둥을 따라 높이 솟았다가 다시 물속으로 천천히 가라앉는 그것이 무엇인지 정확하게 보았다. 이 상병도 마찬가지였다.

"아!"

그가 비명을 질렀다.

물거품과 함께 솟구쳤다가 다시 물속으로 서서히 내려앉는 그것은 M16 소총과 소총을 꽉 움켜잡은 오른팔이었다. 소총을 움켜잡은 손은 아주 천천히 물속으로 다시 가라앉고 있었다. 우리는 그것과 함께 떠오른 열목어들을 건져낼 생각을 하지 못했다. 우리는 그 자리에서 꼼짝없이 서 있었다. 나는 그 오른팔의 주인공이 누구인지 알 수 있었다. 그것은 비석에 새겨진 어느 병사의 것일 수밖에 없었다. 물속에 휩쓸려가면서도 결코 자동소총을 놓아서는 안 된다는 무의식이 저렇게 꽉 움켜잡게 했을 것이다. 자동소총 총구가 바위 틈에 끼여 몸은 세찬 물속으로 떠내려갔지만, 자동소총을 움켜잡은 손아귀와 팔뚝은 그곳에 그대로 남아 있었단 말인가. 그러나 동시에 나는 알 수 없었다. 어떻게 저 오른손이 물속에서도 여전히 소총을 잡고 놓지 않는지를. 아무리 물이 차갑다 하더라도 저 손이 여태 썩지도 않고 떠내려가지도 않았는지. 강바닥의 바위 밑에 깊이 박혀 있었는지 알 수 없지만, 어떻게 고기밥이 되지 않고 그대로 남아 있었는지도 알 수 없었다.

이 상병이 물 밖으로 나왔다. 그는 바닥에 흩어져 팔딱이고 있는 열목어와 먹치를 다시 강물 속으로 던져넣었다. 그 중에는 이미 죽은 것도 있었다. 머리 위에서 얼굴로 빗물이 줄줄 흘러내렸다. 나는 비에 젖은 얼굴을 손으로 훔쳐내며 강 건너편 산기슭에서 노랗게 피어 있는 산수유를 보았다. 비에 젖은 산수유는 내 눈앞으로 금방이라도 다가서기라도 할 듯 몸을 흔들고 있었다. 어쩌면 내가 오한이 들어 떨고 있는지도 몰랐다.

나는 산수유 아래 바위에 앉아 내게 입영통지서를 전해주는 황동수 얼굴이 깡통 다이너마이트에 솟구치던 물기둥처럼 떠올랐다. 정말 "정신이 타는 숯과 같았던 이는 황동수 바로 너다!"라는 외침이 몸속에서 일어났다.

봄비가 내리는 소양강 상류에서 마침내 나는 산수유를 향해 웅얼웅얼 소리치고 있었다.

"황동수, 이제 다시는 볼 수 없구나! 꽃 같은 네 몸도! 타는 숯 같은 정신도 만날 수 없다…."

나는 바닥에 내려둔 자동소총을 집어들고 자물쇠를 풀어 자동으로 놓고는 지향사격 자세로 서서 산수유를 향해 총구를 겨누고 방아쇠를 당겼다. 탄창에 든 총알이 순식간에 산수유를 향해 날아갔다. 첫째 탄알은 예광탄이었다. 예광탄은 빗발 속을 짧게 반짝이며 산수유 노란 꽃잎 속으로 날아갔다. 메아리들이 나를 향해 날아왔고 그것들이 나를 덮치기 전에 나는 두 번째 탄창으로 갈아끼우고 거듭 방아쇠를 당겼다.

자동소총 세례를 받은 산수유 노란 꽃들이 머리 풀고 몸부림치듯 뒤흔들리고 있었다. 나는 여섯 개의 탄창에 든 실탄 120발을 산수유를 향해 날려보냈다. 산수유나무 가운데가 꺾여 아래로 접혔다.

우리는 그곳을 떠나 다시 기지로 돌아왔다. 돌아오는 길은 더 멀고 길었다. 나는 밤새도록 끙끙 앓았다. 꿈에 황동수를 만났다. 그는 여전히 환하고 싱그러운 웃음을 날리고 있었다. 나는 그의 손을 잡으려 했지만 그는 소리 없이 웃기만 할 뿐 조금씩 멀어져 갔다. 그는 내게 한마디도 하지 않고 환하게 웃기만 했다. 그렇게 그는 떠났다.

후임 관측병이 올라오자 이 상병도 포대본부로 돌아갔다. 청음초의 산적 하사가 부식차 편으로 내게 꿀 한 통과 짧은 편지를 보냈다. 그는 청음초 근처에 있는 야생벌통에서 지난 가을에 딴 완전 자연산 벌꿀이라고 편지에 썼다. 그는 편지 끝에 내게 벌꿀을 보내는 까닭을 자신도 모른다고 했다. 벌꿀 덕분인지 나는 봄비를 맞고부터 시작된 몸살에서 조금씩 회복되었다.

제대특명을 받고 나서 나는 뜻밖의 전화를 한 통 받았다.

"야, 하 병장. 나 모르겠어? 나, 백중기다. 백중기!"

나는 그의 목소리와 이름을 동시에 기억해냈다. 그는 황동수와 나를 쌀 한 가마와 라면 스무 상자에 사간 군수장교였다. 그는 〈육군회보〉를 보고 황동수의 죽음을 알았다고 했다.

"무슨 말을 할 수 있겠나. 황동수는 아름다운 사람이었다. 우리, 다시 만나자고 했는데. 그는 약속을 어겼지만 우리는 그를 잊지 말자."

그리고 선임하사에게서 편지가 한 통 날아들었다. 그는 금옥과 함께 강진으로 가서 전역 퇴직금으로 '금옥이네 집'이라는 조그만 횟집을 바닷가에 차렸다고 전했다.

금옥이 전공이 술 파는 일 아니냐. 금옥이는 술을 팔고 어머니는 회를 판다. 나는 아침에 배 타고 나가 고기를 잡아오니 그럭저럭 먹고살 만하다. 하 병장. 제대하면 놀러와라. 나는 지 중사에서 지 사장이 되었다. 네가 찾아오면 함께 개펄에 나가서 낙지도 잡고, 엉망으로 취해보고 싶다. 금옥이는 여전히 순분이처럼 붉은 치마를 입고 있다. 나는 장터에 나가면 붉은 치마만 사온다. 붉은 색으로 물드는 저녁 바다는 순분이 치마처럼 일렁거린다. 아버지는 슬슬 내 눈치만 본다. 나는 다 잊었는데 말이다. 무지막지하게 두드려 패던 아버지는 이제 술병이 들어 누워 있다. 그래도 살고 싶은지 큰 병원에 가보고 싶다는군. 어머니는 회 팔아 종이돈 세는 인생이 비로소 살맛나기 시작하는데, 저 화상이 빨리 죽지도 않고 또 누구 고생을 시키려는지 모르겠다고 푸념만 늘어놓는다. 치료비가 너무 많이 든다는 거야. 그래도 산목숨을 어찌하겠나. 이제 조금 보인다. 인생이란 오래 견디어야 하나씩 그 비밀을 드러낸다는 것을. 곧 나도 아버지에게 한 수 배울 수 있지 않겠나? 무엇인가 내 가슴 속에 큰 구멍이 뚫려 있고 그 속에서 바람소리가 쉼 없이 새어나오는 이유를 언젠가는 알 수 있겠지.

나는 제대하면 찾아가겠다고 선임하사에게 답장을 썼다. 나의 집 주소도 써넣었다. 물살은 어느 순간 갑자기 빠르게 흐르듯 나는 사단 보충대에서 마지막 밤을 보냈다. 전방 곳곳으로 흩어졌던 신병들이 드디어 그들이 나라로부터 지급받았던 물건들, 총기를 비롯해서 철모, 야전삽, 군복까지 남김없이 반납하고 마침내 얼룩덜룩한 국방색 무늬가 염색된 개구리복을 마지막으로 한 벌 받아 입었다.

제대병들이 모이는 사단 보충대에서 나는 함께 입대했던 동료 병사들의 소식을 알 수 있었다. 교련혜택을 받아 한두 달 먼저 제대한 병사도 있었지만 누구는 지뢰를 밟아 발목이 날아가는 바람에 의병제대했고, 누구는 월북했고 또 누구는 탈영했다는 소식을 서로 주고받았다. 제대병들이 서로 전하는 소식 가운데 훈련소에 함께 입대했던 물리학자의 소식을 들었다. 두꺼운 근시안경을 고무줄로 두 겹이나 동여매어 쓴 그를 병사들은 훈련소 때부터 물리학자라고 불렀다. 그는 서울대 물리학과를 다니다 입대한 병사였다. 그와 같은 부대에 있었던 제대병이 그의 소식을 전했다. 물리학자는 검문소 야간근무를 서다가 암구호를 묻는 질문에 위병조장이 대답은 하지 않고 "어, 나야. 임마, 위병조장이야!"라고 대답하자 세 번 암구호를 물은 뒤 그대로 자동소총으로 쏴버렸다고 했다. 그는 군법회의에 넘어가 육군 제1교도소에 갔다. 제대병들은 위병조장이 얼마나 지독하게 물리학자를 괴롭혔는지를 말했지만 나는 귀가 먹먹할 뿐 어떤 이야기도 들리지 않았다. 그 자리에 없는 물리학자의 이야기를 하다가 제대병들은 갑자기 침묵 속으로 빠져들어 갔고 자신의 얼굴을 만지며 서로의 얼굴을 멀거니 쳐다보았다.

원통에서 진부령으로 나가는 길가에 있는 사단 보충대 침상 위에 제대병들은 소리 없이 누워 마지막 밤을 뒤척이고 있었다. 제대병 모두들 그랬겠지만 나 역시 잠이 오지 않았다.

그때 한 제대병이 벌떡 일어서더니 소리쳤다.

"우리가 청춘을 바친 이곳에서 마지막 밤을 그냥, 말없이 보낼 수 있겠습니까? 우리는 지금 이렇게 몸성히 돌아가는 영광을 누리지만 친했던 동료 병사들은 사고로 떠나가거나, 불구가 되어 먼저 전역하기도 했습니다. 우리는 이름 없는 청춘을 나라에 바쳤습니다. 제가 우리들 분홍빛 청춘을 위해 노래 한 곡 바치겠습니다."

그는 우뚝 서서 허공을 바라보며 노래를 하기 시작했다. 그가 "가려거든 울지 말아요, 울려거든 가지 말아요" 하고 노래를 부르기 시작하자 잠든 척하고 침상에 누워 있던 제대병들이 하나둘씩 일어나 따라 부르기 시작했다.

그리워 못 보내는 님
못 잊어 못 보내는 님

제대병 가운데 누군가 소주를 사왔다. 두들길 철모도, 개머리판도, 수통도 이미 반납해버렸지만 그들은 어느새 침상을 풀쩍풀쩍 뛰어오르며 목청껏 소리를 질렀다. 당신이 떠나고 나면 미움이 그치겠지만 당신을 보내고 나면 사랑도 끝이 난다오. 그들은 목이 쉬도록 노래를 불렀다. 그들의 모습 하나하나는 박제된 나비처럼 한없이 날아가는 동작을 유지하고 있었다.

제대를 한 뒤 나는 복학했다. 박정희 대통령이 죽었고 대학은 휴강이 거듭되었다. 나는 내내 망설이다가 겨울이 되어서야 황동수의 집으로 찾아갔다. 나는 그의 어머니에게 흰 진달래꽃 옆에서 환하고 웃고 있는 그의 사진을 전했다. 그의 어머니는 속 깊이 재워둔 설움이 다시 솟구치는지 웃고 있는 동수의 사진을 가슴에 안고 흐느끼다가 사진 속 그의 얼굴을 손으로 쓰다듬으며 펑펑 울었다. 그 모습 앞에 차마 나는 동수의 편지를 꺼내어놓을 수가 없었다. 남동생 정수가 어머니를 달랬다. 나는 고개를 숙인 채 말없이 앉아 있다가 큰 절을 하고는 그의 집을 빠져나왔다. 대문 앞 공중에 석류가 발갛게 속을 터뜨린 채 매달려 있었다. 정수가 집 밖까지 따라나왔다. 그는 황동수의 보상금을 밑천으로 삼아 소를 스무 마리 키우고 있었다.

나는 황동수가 이등병 시절에 어머니에게 썼던 편지를 그에게 전해주며 말했다.

"이제 네가 가족의 기둥이구나. 편지 안에 들어 있는 만 원짜리는 어머니가 네 형에게 주었던 돈이다. 힘들 때마다 그 돈을 들여다보고 용기를 내라."

내가 할 수 있는 말은 그것밖에 없었다. 정수가 편지를 받아들며 내 얼굴을 보았다. 나는 그의 어깨를 두드려주고는 돌아서서 빠르게 고향 마을을 빠져나왔다.

집으로 돌아오는 길에 나는 현숙의 뒷모습을 우연히 보았다. 그녀는 대구백화점 앞길을 단발머리를 나풀거리며 혼자 걸어가고 있었다. 이름을 부르려고 했지만 목소리가 나오지 않았다. 가슴이 터질 것처럼 울렁거렸다. 나는 그 자리에 멈춰 섰다. 움직일 수가 없었다. 현숙의 뒷모습이 사람들 속으로 사라져 완전히 보이지 않을 때까지 나는 오래 그 자리에 서 있었다. 왜 그 이름을 부르지 못했을까.

그때부터 몸이 아프기 시작했다. 느닷없이 가슴 한가운데로 찢어질 듯한 통증이 시작되더니 그것은 명치를 타고 내려가 배 속 깊숙한 곳에 똬리를 틀고 앉아 있는 듯했다. 병원에도 수차례 가서 사진도 찍고 검사도 수없이 했지만 아무런 병명도 나오지 않았다. 한의원에서 가서 약을 여러 번 지어 먹었지만 별 효과가 없었다.

늙은 한의사는 심하게 놀랐거나 크게 두드려 맞은 적이 있느냐고 물었다. 나는 그제서야 군견교육을 받으면서 최주복에게서 쌍절곤으로 맞다가 기절했다는 생각이 났다. 나는 그 일 자체를 잊고 있었다. 한의사는 어혈瘀血이 깊이 박혀 있으면 좀처럼 낫지를 않는다고 했다.

나는 군대시절의 긴장이 풀어져서 잠시 아프다 말 것이라고 생각했다. 그때는 몰랐다. 그 통증이 얼마나 오래 가는지를. 통증은 한순간도 나를 놓지 않았다. 통증은 정도의 차이가 있을 뿐 하루도 쉬지 않고 나를 찾아왔다. 나는 통증을 치료하겠다는 생각보다 오히려 통증을 견디고 그와 함께 사이좋게 보내는 법을 배워야 했다.

나는 선임하사를 찾아가겠다고 강진 주소로 편지를 보냈다. 편지는 수취인불명으로 돌아왔다. 그가 다시 어디론가 떠난 모양이었다. 문득 문득 나는 그가 준 순분이의 낡은 소월 시집을 펼쳐 시를 외우곤 했다. 그리고 3년이 흘렀다. 대학 4학년, 졸업을 앞두고 있었다. 도무지 앞길이 보이지 않았다. 취업도 쉽지 않고 대학원을 가려니 시간낭비 같아 심사가 산란해져 있을 때였다. 잊지도 않았고 잊을 수도 없었지만, 그러나 내게서 조금씩 소리 없이, 기억이 희미해져 갔던 선임하사의 편지

한 통이 12월 초순에 갑자기 날아왔다.

이제야 편지를 보내는군. 아직 이 주소에 살고 있는지 알 수 없으나 자네가 없다면 편지라도 되돌아오겠지. 우리가 서로를 잊은 것은 아닐 테지? 그 사이 나는 강진을 떠나 다시 금옥이 고향으로 돌아오고 말았네. 놀라지는 말게. 다시는 돌아오고 싶지 않은 곳으로 돌아와 금옥이를 앞세워 술장사를 하고 있네. 횟집 '금옥이네 집'이 술집 '금옥이네 집'으로 바뀌었을 뿐이네. 그동안 강진에서 배를 타기도 하고 부두에서 막노동을 하기도 했지. 고향을 떠나고 싶지 않았지만 어쩔 수가 없었네. 횟집은 아버지 병원비로 다 들어갔다. 아버지 목숨은 참으로 질겨서 내가 가진 모든 것을 말아먹고 거기다가 빚까지 덮어씌우고 세상을 떠났네. 아버지는 오래 살고 싶어했지. 그래도 좋았네. 마지막으로 눈 감기 전에 아주 맑은 정신이 든 아버지는 내 이름을 불렀다.

"중삼아, 미안하다."

나는 살아서 그렇게 투명한 울음이 얼굴에 가득히 번지는 아버지 모습을 처음 보았네. 나는 군대생활, 내 청춘을 밑천으로 해서 만든 횟집이 다 날아갔지만 그 순간 하나도 아깝지 않았지. 나는 아버지와 그렇게 화해했네. 비로소 순분이도 꽃처럼 아름다운 곳에서 살고 있다는 느낌이 들었네. 어머니는 강진을 떠나지 않겠다 하길래 둘이서 해안마을로 다시 돌아왔네. 장인 포 영감은 2년 전에 죽었고 장모는 중풍이 들었지만 다행히 지팡이를 짚고 다니네. 금옥이는 지금 배가 만삭이네. 그래서 술집은 잠시 내가 맡아서 하고 있지. 산중턱을 개간해 고랭지채소를 심었다네. 배추,

무, 감자도 심고 더덕밭도 일구었네.

금출이 형님 이야기도 전해야겠지. 한번 나간 정신은 돌아오지 않았지만 아직 살아 있네. 포 영감은 내게 아들을 부탁했네. 금출 형님은 파도의 포말처럼 머리가 하얗게 세었더구먼. 하염없이, 요양원 앞에 펼쳐진 먼 바다를 보고 있다네. 모든 기억이 다 사라졌더군. 언젠가는 집으로 모셔 올 생각이네. 새로운 기억이 시작될 수 있도록 말이네.

보고 싶군.

우리가 서로 어떻게 달라졌는지 말일세. 이곳은 출입허가를 받으면 들어올 수 있지만 시일이 많이 걸릴 것이네. 아니면 내가 나갈 수도 있지 않겠나. 서화나 천도리, 원통 어디서든 만날 수 있지만 금옥이 만삭이라 오래 집을 비울 수는 없네. 서화검문소에서 전화를 하면 달려나가겠네.

오랜 희생 끝에 언젠가는 아름다운 날짜가 오겠지. 나는 아버지를 통해 그것을 보았네. 그때는 여기도 출입증 없이 마음놓고 다닐 수 있겠지. 여기만 그렇겠나. 비무장지대도, 금강산도, 원산도, 개마고원도, 두만강도, 감자꽃 만발하는 대홍단도 그럴 것이네. 그때쯤이면 금강산 가는 길목, 소라지 어디쯤에 술집을 하나 더 낼 생각이네. '금출이네 집'이라고 하면 어떨까 싶네. 언제든지 찾아오게나. 나는 여기서 오래 살 것이네. 지상의 별처럼.

편지 끝에는 해안 면사무소의 전화번호가 적혀 있었다. 면사무소에 전화하면 방송을 통해 알려준다고 했다. 나는 바로 달려가겠다고 답장을 썼지만 대학 4학년 2학기 말 시험을 끝내고 취직자리를 알아보느라

신문 광고면을 뒤적거리다가 성탄절 새벽녘에 불현듯 집을 나섰다. 나는 집을 나서며 뽀얗게 먼지를 뒤집어쓴 성경책을 책꽂이에서 꺼냈다. 먼지를 털고 앞장을 펴니 누런 종이에 '언제나 당신과 함께 옥'이라는 반듯한 펜 글씨가 그와 함께 있었던 기억을 불러일으켰다. 나는 성경책을 선임하사에게 선물로 주고 싶었다. 그가 내게 여동생의 시집을 선물했듯. 우리가 바쳤던 청춘의 유일한 증거일 수도 있으니까. 기차로 서울역에 내려서 마장동에서 원통행 직행버스를 탔다. 창밖은 눈으로 하얗게 덮여 있고 비닐하우스는 눈 무게에 무너져 있었다. 눈발이 가늘게 창밖을 지나가고 있었다. 원통까지 가는 동안 꼬박꼬박 졸았다. 부대로 돌아가는 휴가병들로 버스 안은 꽉 차 있었다. 홍천과 원통으로 들어서는 입구 검문소마다 헌병이 올라와 군인들의 휴가증을 조사했다. 나는 민간인 신분이었지만 괜히 자세를 고쳐잡았다. 원통에서 완행버스를 기다리는 동안 다방에서 커피를 한 잔 마시고 원통다방이라는 상호가 찍힌 성냥 한 통을 기념 삼아 주머니에 넣었다. 서화검문소로 가는 완행버스를 타고 선임하사가 사는 해안으로 가까이 다가갈수록 이상하게도 가슴이 울렁거렸다. 해가 설핏 기울어서야 서화검문소에 도착했다. 검문소 행정전화로 해안면사무소로 전화해서 그를 찾는다는 말을 하고 검문소 유리창 너머 소양강을 말없이 보았다.

느닷없이 현숙의 얼굴이 떠올랐다. 현숙도 이렇게 소리 없이 기다렸을까. 나는 그때, 왜 이곳으로 달려오지 못하고 강가 갈대숲으로 달려나갔는지 조금은 알 수 있을 것 같았다. 막막함과 그것이 만드는 상처를 주고 싶지도 않고 받고 싶지도 않았을까. 전화를 하고 한참을 기다리니 선임하사의 걱걱한 목소리가 수화기에서 새어나왔다.

"야, 하길오. 반갑다. 살아 있으면 이런 날이 있구나. 금옥이가 곧 해산을 할 모양 같은데 그래도 조금만 기다려라. 얼굴이라도 보자. 금방 달려간다."

그는 포 영감이 타던 낡은 자전거 오토바이를 타고 눈길에 나타났다. 짐칸에는 신문지에 둘둘 말은 더덕 한 뭉치가 삐져나와 있었다. 어느새 노을이 그의 등 뒤에 걸려 있었다.

"선물이다. 내가 재배한 거야. 3,4년만 더 지나면 돈 좀 만질 거다. 그때까지 취직이 안 되면 여기 와서 같이 농사짓자."

나는 선물을 받아들고 빙그레 웃었다. 그때 전화벨이 울렸다. 검문소 위병이 선임하사에게 전화를 바꿔주었다. 선임하사는 입이 커다랗게 벌어졌다.

"뭐 지금 막 출산한다고? 이런, 이런! 친구가 멀리서 왔는데. 미안하네. 나는 가봐야겠네. 마을에 산파가 한 분 있기는 하네만 사흘은 꼼짝도 못하지 싶네. 다음에는 넉넉하게 볼 수 있을 거야."

"드디어 새 생명이 탄생하는데 빨리 가보십시오."

서로 손을 한번 잡아본 게 다였다. 차를 한 잔 마실 시간도 되지 않았다. 그는 탈탈거리는 자전거 오토바이를 타고 부리나케 노을이 쏟아지는 서쪽 눈길 속으로 사라졌다. 더덕을 배낭에 넣다가 그에게 성경책을 미처 전해주지 못했다는 생각이 났다. 그가 준 누이의 소월 시집을 아직 간직하고 있다는 말도 못했다.

완행버스를 타고 원통으로 나왔다. 눈이 내리기 시작했다. 갑자기 나는 갈 곳이 없었다. 둘이서 천도리 술집에서 소주라도 한 잔하며 지난 시절을 꿈처럼 떠올리고 싶지 않았는가. 그 시절은 단순히 지나간 것도 아니고 청춘의 통과의식도 아니라 눈길을 밟아 앞으로 나아가는 길을 만드는 미래의 어떤 근거라는 생각이 자꾸 들었다.

나는 미시령 계곡에 있는 설포동 유격장에 가고 싶었다. 황동수와 함께 유격훈련을 받던 생각이 났던 것이다. 설포동 가는 완행버스를 탔다. 눈발이 조금씩 거세어졌다. 체인을 감은 버스는 기어가다시피 했다. 용대리를 지나 미시령 입구에서 내렸다. 버스 지붕에 눈이 두 뼘은 넘게 쌓여 있었다. 나는 배낭을 메고 유격장으로 들어가는 길로 걸어갔다. 어두워졌고 눈앞이 보이지 않을 정도로 함박눈이 쏟아지고 있었다. 유격장은 텅 비어 있었다. 계곡을 가로지르는 로프는 눈으로 짠 그물 같았다. 막사는 눈에 파묻혀 있었다. 황동수의 싱그럽고 환한 웃음이 눈발 속에서 솟아오르는 것 같았다. 그때 돌아섰어야 했지만 나는 무엇에 홀린 듯 유격장 뒤의 산을 오르고 있었다. 산 정상쯤에 대피소가 있다는 것을 알기 때문이었는지 모른다. 돌아서는 것보다 대피소로 가는 게 더 쉽다는 생각도 들었고 이곳을 다시 찾아와 보기 쉽지 않다는 생각도 들었기 때문이다.

흑백의 어둠 속에서 나는 나뭇가지를 잡고 산비탈을 오르다가 미끄러져 골짜기로 굴러떨어지고 말았다. 오른쪽 발목이 부러졌는지 금방 퉁퉁 부어올랐다. 발을 디딜 수가 없었다. 등으로 식은땀이 돋았다. 이 어둠과 폭설 속에 누가 들을 수 있겠느냐만 나는 목이 쉴 때까지 고함을 질러대었다. 메아리가 눈발에 부딪치며 주춤주춤 돌아왔다. 얼어죽겠다는 두려움이 들었다. 손끝이 싸늘하게 굳었다. 불을 지펴 조금이라도 몸을 녹이고 싶었다.

나는 오리나무 가지 두 개를 부러뜨려 오른쪽 발목 양쪽에 대고 배낭의 끈을 풀어 동여매어 고정시켰다. 침착해야 한다고 속으로 수없이 다짐하면서 배낭에 넣어둔 원통다방 성냥을 꺼냈다. 불 붙일 것이라고는 성경책과 더덕을 싼 신문지밖에 없었다. 나는 더덕을 바지 주머니와 점퍼 안주머니에 집어넣고 신문지를 폈다. 성냥은 물기가 배어 잘 켜지지 않았다. 다행히 다섯 번째 성냥알이 불꽃을 일으켰다. 먼저 신문지를 태우고 성경책을 꺼냈다. 불꽃이 사그라지기 전에 나는 성경책을 펴서 한 장씩 찢어 불을 붙이기 시작했다. 미농지는 불이 잘 붙었지만 얇아서 금방 사그라졌다. 한 손으로 불을 붙이고 다른 한 손으로 성경을 찢어내며 태우다가 우연히 나는 불빛에 비친 성경 구절을 보았다.

욥기였다.

인생은 땅 위에서 고역이요, 그의 생애는 품꾼의 나날 같지 않은가? 해지기를 기다리는 종과도 같고 삯을 기다리는 품꾼과도 같지 않은가? 달마다 돌아오는 것은 허무한 것일 뿐. 고통스런 밤만이 꼬리를 문다네. 누우면 "언제나 이 밤이 새려나" 하고 기다리지만 새벽은 영원히 올 것 같지 않아 밤이 새도록 뒤척거리기만 하는데, 나의 몸은 구더기와 때로 뒤덮이고 나의 살갗은 굳어졌다가 터지곤 하네. 나의 나날은 베틀의 북보다 빠르게 덧없이 사라져가고 만다네.

불이 사그라지자 나는 여러 장을 동시에 찢어 불꽃 속으로 밀어넣었다.

불빛에 비친 구절은 신명기였다.

그것은 너희와 아주 가까운 곳에 있다. 너희 입에 있고 너희 마음에 있어서 하려고만 하면 언제든지 할 수 있는 것이다.

나는 그것이 무엇인지 생각할 겨를도 없었다. 추위와 발목의 통증이 점점 더 심해졌다. 나는 왼발로 눈더미를 밀어내고 드러난 흙바닥 위에 배낭을 놓았다. 그 위에 눈에 젖지 않도록 옷섶 안에 품었던 성경 종이를 구겨놓고 불을 붙이고 그 위로 한 장씩 떨어뜨려 사그라지는 불꽃을 살려냈다. 구약을 거의 다 태웠다. 내 손에는 시편이 구겨져 있었다.

야훼는 나의 목자, 아쉬울 것 없어라. 푸른 풀밭에 누워 놀게 하시고 물가로 이끌어 쉬게 하시니.

나는 시편을 불에 던져넣었다.

나를 버리지 마소서. 나의 하느님, 나를 멀리하지 마소서. 내 구원의 주여, 어서 오시어 도와주소서.

나는 자신도 모르게 시편의 구절처럼 중얼거리고 있었지만 아무도 이 눈길에 나를 찾아올 수 없다는 것을 알고 있었다. 시편이 와르르 타올랐다. 갑자기 관측병이었던 이인석의 얼굴이 불꽃 속에서 떠올랐다. 그라면 이때 어떻게 했을까. 기드온교회의 시멘트 바닥에 꿇어 앉아 기도하듯 해야 할까. 신약을 태우기 시작했다. 배낭은 젖어서 불이 붙지 않았지만 다행히 눈발이 조금씩 엷어지고 있었다.

마태복음이 나왔다.

좁은 문으로 들어가거라. 멸망에 이르는 문은 크고 또 그 길이 넓어서 그리로 가는 사람이 많지만 생명에 이르는 문은 좁고 또 그 길이 험해서 그리로 찾아드는 사람이 적다.

가진 사람은 더 받아 넉넉하게 되겠지만 못 가진 사람은 그 가진 것마저 빼앗길 것이다. 내가 그들에게 비유로 말하는 이유는 그들이 보아도 보지 못하고 들어도 듣지 못하고 깨닫지도 못하기 때문이다.

불꽃은 겨우 손가락을 녹일 정도밖에 되지 못했다. 이 불꽃이 다하고 나면 얼어죽을 수밖에 없다는 두려운 생각이 들었다. 목도 쉬어 있었다. 눈앞이 침침해져 왔다.

누가복음도 보였다.

등불을 켜서 그릇으로 덮어두거나 침상 밑에 두는 사람이 어디 있겠느냐? 누구나 등경 위에 얹어놓아 방에 들어오는 사람이 그 빛을 볼 수 있게 할 것이다. 감추어둔 것은 나타나게 마련이고 비밀은 알려져서 세상에 드러나게 마련이다. 내 말을 명심하여 들어라. 가진 사람은 더 받을 것이고 가지지 못한 사람은 가진 줄 알고 있는 것마저 빼앗길 것이다.

나는 불꽃 속으로 찢어낸 종이를 구겨 빠르게 던져넣기 시작했다. 불빛 사이로 한두 구절이 보였다가 흔적 없이 사라졌다. 예수께서는 큰소리를 지르고 숨을 거두셨다. 그때 성전 휘장이 위에서 아래까지 두 폭으로 찢어졌다. 바닥에 깐 배낭에 불이 붙었다. 나는 그 위로 마지막 불꽃처럼 신약성서 뒷부분을 찢어 넣었다.

고린도전서가 타고 있었다.

사랑은 오래 참습니다. 사랑은 친절합니다. 사랑은 시기하지 않습니다. 사랑은 자랑하지 않습니다. 사랑은 교만하지 않습니다. 사랑은 무례하지 않습니다. 사랑은 사욕을 품지 않습니다. … 사랑은 성을 내지 않습니다. 사랑은 앙심을 품지 않습니다. 사랑은 모든 것을 덮어주고 모든 것을 믿고 모든 것을 바라고 모든 것을 견디어냅니다.

우리가 아는 것도 불완전하고 말씀을 받아 전하는 것도 불완전하지만 완전한 것이 오면 불완전한 것은 사라집니다.

나는 두꺼운 앞뒤 표지에 불을 붙였다. '언제나 당신과 함께 옥'이라는 글씨도 불꽃 속으로 사라졌다. 환하게 불이 타오르는 사이 나는 왼발을 딛고 일어서 산 능선 쪽을 보았다. 산 능선 위에 등불이 하나 걸려 있었다. 대피소 불빛이었다. 저기까지만 가면 살 수 있을 것 같았다. 더 이상 성경을 태운 불꽃에 의지해 기다릴 수는 없는 일이었다. 불꽃은 곧 사그라지고 말 것이다. 나무로 동여매었는데도 발목은 두 배쯤 부풀어 있었다. 나는 산 능선의 등불을 바라보며 왼발에 의지해 산기슭을 기어오르기 시작했다. 두 손으로 나무를 잡아당기고 왼발로 밀며 눈밭을 기어올랐다. 산 능선의 등불은 보였다가 사라지며 눈앞으로 점점 가까이 다가서고 있었다. 추위로 굳었던 몸에서 땀이 솟아나기 시작했다. 오른쪽 다리를 끌며 얼마나 기어올랐는지 알 수 없다. 산 능선을 거의 다 기어올랐는지 이마에 등불이 받칠 듯 다가서는 것 같았다. 나는 힘을 다해 산 능선 위로 몸을 솟구쳐 올라섰다. 그러나 그것은 대피소 등불이 아니라 푸르게 빛나는 샛별이었다. 멀리서는 등불처럼 가까이 보였던 별은 능선을 올라서자 너무 먼 곳에 있었다.

갑자기 눈물이 비 오듯 쏟아지기 시작했다. 그 눈물은 죽음을 두려워해서도 아니고 슬퍼서도 아니었다. 그 어떤 이유로도 설명할 수 없이 온몸에서 거센 폭포처럼 눈물이 솟구쳐 올랐다. 그 울음 너머 산 정상 아래 쪽에 대피소 등불이 찬란하게 떠 있었다. 그곳까지는 계곡에서 능선까지의 거리보다 더 멀었다. 나는 등불을 보며 그곳을 향해 다시 눈길을 기어가기 시작했다.

*

갑자기 코피가 옷섶을 적시고 우리는 눈 내리는 산을 오른다
쓰러지고 꺾어지고 산을 오르며 이 달겨드는 눈발로도 몸을 파묻지 못하거니
어느 불꽃인들 몸을 말릴 수 있는가?
둘러보아도 산마루마다 번쩍이는 눈보라는
살아 있는 것들의 핏줄을 한 가닥씩 비우고
하룻밤의 평화를 위하여
자작나무 껍질 한 짐과 참나무 등걸을 지고 돌아와
젖은 나무에 불을 지피는 우리는
한 마리씩의 쓸쓸한 딱정벌레,
불꽃은 젖어서 손바닥 껍질을 한 겹씩 벗기고
어딘가 이 겨울밤을 타오르는 넋들이 그리워
젖어서 우리는 불꽃 속으로 떠난다.

눈이 내린다, 불꽃 속으로 창자를 긁어내는 오늘 밤의 눈보라는
꿈꾸는 속눈썹에 방울방울 쉼 없이 솟아오른다
젖어라 나무들이여, 딱정벌레 몸뚱이여
천지사방天地四方 우리는 외로워서 온몸에 불꽃을 달고
그 불꽃 갈피 없이 눈보라 속으로 흩날리어,
어딘가, 그리운 넋들의 사랑은
젖은 어깨 가득히 적막寂寞의 불꽃은 갈기갈기 쓰러지고
아아 우리는 눈사람이 되어 숨죽이며

스물다섯 해 자란 등뼈를 깎는다
눈길을 간다, 천둥을 치면서
얼마나 많은 가뭄이 우리의 가슴을 적시는가
서로의 가슴에 벼락을 때리면서
눈 내리는 산에 불을 지른다
지치도록 눈보라는 온 산을 헤매고
한 삽의 그리움도 쳐내지 못한 채 우리는 퍼질러 앉아
다시 터져 흐르는 코피를 훔치면
목놓아 아른거리는 꽃잎의 불꽃,

보이나니, 눈보라 속에
저 퍼붓는 그리움 속에 서럽고 싱싱하게
산등성이마다 살아오르는 넋들의 불꽃이 보이나니,
더욱 기승을 부리는 눈보라의 살갗이여
말없어라, 말없어라
우리의 살갗은 아프지 않구나
우리의 두 눈, 우리의 두 귀, 우리의 어깨뼈,
말없는 스물다섯 살, 푸르디푸른 등뼈 조각조각이
이 밤 저리도 흐느끼는 눈발로 퍼붓나니,
산등성이마다 불을 켜는 넋들아
우리는 하나씩 도깨비불이 되어,
눈물 흘리는 도깨비가 되어,

꿈결에 지는 폭설暴雪의 화살, 목 메이는 불꽃으로 온 산을 헤매다가
이제는 통곡의 산등성이에 이르러
꽃잎같이 타올라 넋이 되는구나.

— 문형렬 시詩「꿈에 보는 폭설暴雪」

해설

작가의 자의식 '하길오', 작가의 어린 왕자 '황동수'
— 사라져가는 모든 그리운 청춘에게 바치는 노래

진형준/문학평론가

「작가의 말」에서 "처음 이 소설을 쓰기 시작했을 때가 신군부정권 시절인 1982년이었다"라는 구절을 읽는다. 아마 작가가 제대한 지 3년 정도 지난 무렵이었을 것이다. 그 구절을 읽으며 나는 군에서 제대했을 때의 나의 모습을 떠올린다. 나는 무슨 생각을 하고 무엇을 했는가?

나는 군생활의 모든 것을 지우고, 잊고 싶었다. 내 삶에서 3년 동안의 군생활을 잘라내고 접착제로 잇고 싶었다. 3년 동안 열심히 쓴 일기를 제대 6개월 후에 읽고 모두 태워버린 것도 그 때문이었다. 자신을 지킨답시고 쓴 일기에서 오히려 속물이 되어간 자신의 모습만 확인할 수 있었기 때문이다. 군대 갔다 오더니 사람이 되었다는 이야기를 들어도, 군대가 아니라 3년의 세월이 나를 그렇게 만든 것이라고 우겼다. 나의 아이덴티티는 군대에는 없었다. 군대생활 내내 제대만이 꿈이었다. 내 평생 그만큼 간절하게 그 무언가를 꿈꾸며 기다리는 일이 다시 있을 수 있을까 하는 생각을 수도 없이 하며 지낸 세월이었다.

제대 후 얼마나 오랫동안 나는 다시 입영통지서를 받는 악몽에 시달렸던가? 그 악몽 속에서 이것이 제발 꿈이기를 얼마나 간절히 빌었던가? 내가 그 악몽에서 벗어난 것은 정말로 우연인지 모르지만, 작고하신 소설가 이청준 선생의 글을 읽은 뒤부터였다. 그분도 나와 똑같이 다시 입대하는 악몽에 수없이 시달렸다는 글이었다.

그런 내가 문형렬의 군대 이야기를 듣는다. 그 이야기에 빠져 다시 그 세월로 돌아간다. 그리고 정말 잘라버리고 싶었던, 잘라낼 수 있었다고 믿었던 그 3년이 결코 잘라낼 수도 없고 지울 수도 없는 나의 3년이었음을 절감한다. 그가 들려주는 이야기가 군대에서 축구한 이야기가 아니기 때문이다. 그가 들려주는 이야기가 군대에서 고생한 이야기가 아니기 때문이다. 그가 들려주는 이야기가 청춘의 꿈, 우리가 잊고 사는 청춘의 꿈 이야기이기 때문이다. 3년 동안의 군생활도 청춘의 꿈을 가진 내 삶이라는 것을 확인시켜주었기 때문이다. 문형렬의 꿈 같은 소설은 그런 요술을 부리는 힘을 갖고 있다.

작가는 "천도리 술집에서 소주라도 한 잔 하며 지난 시절을 꿈처럼 떠올리고 싶지 않았는가? 그 시절은 단순히 지나간 것도 아니고 청춘의 통과의식도 아니라 눈길을 밟아 앞으로 나아가는 길을 만드는 미래의 어떤 근거라는 생각이 자꾸 들었다"라며 제대 직후 이 소설을 쓰기 시작한다. 그리고 30년이 지난 지금에야 '그 시절 병사들의 일기'를 끝마친다. 그 일기에는 사라지는 모든 것들을 향한 그리움이 넘친다. 그리고 그 그리움의 힘으로 저 아득한 옛 우리의 청춘이, 우리의 청춘이 겪었던 일들이, 우리의 청춘이 만났던 사람들이 눈물겹게 되살아난다.

일기이면서 편지이기도 한 이 소설의 화자는 하길오이다. 그는 이 소설의 화자이면서 동시에 작가 문형렬 자신이기도 하다. 하지만 이 소설의 중심에 있는 인물은 황동수이다. 황동수라는 캐릭터는 실제 인물일 수도 있고 작가가 창조해낸 인물일 수도 있다. 혹은 작가의 또 다른 분신일 수도 있다. 하지만 그 어떤 인물이어도 아무 상관이 없다. 작가는 황동수라는 캐릭터를 통해, 그의 행동과 그의 삶과 그의 죽음을 통해, 작가와 비슷한 경험을 한, 지금도 비슷한 경험을 하고 있을 모든 병사들에게 이 소설을 바친다. 황동수는 개인이면서 동시에 모든 병사들의 생각, 행동, 꿈을 담고 있는 인물이다. 그는 황동수 개인이 아니라 모든 병사들이 된다. 그는 일종의 신화적인 존재가 된다.

황동수는 화자와 함께 산수유 꽃이 핀 계절에 입영 통지서를 받는다. 소설 속의 산수유는 청춘의 꽃이다. 화자는 "나는 나를 아는 모든 이로부터 잠시나마 몸을 감추고 싶었고, 내 자신으로부터도 몸을 감추고 싶었다. 그러기에 가장 좋은 곳은 군대밖에 없었다. 입영통지서는 유배된 청춘을 위한 초대장이었다"(「금강산 꽃구경」)라고 쓴다. 산수유는 유배된 청춘의 상징이면서 동시에 다른 청춘을 살고 싶은 갈망의 상징이다. 나는 화자의 그 말에서 입영 당시의 내 모습을 떠올린다. 내가 꼭 그러했다. 대학 2년을 마치고 더 이상 학교에 다닐 힘이 없었다. 흥이 없었다. 나는 입대를 했다. 그때 군대는 내게 도피처이면서 희망이었다. 감춤과 새로움의 이중 의미를 지닌 입대였다. 어찌 나만 그러했을 것이랴. 입대라는 도피처가 있다는 사실에 안도한 사람이 어찌 소설 속의 화자와 나뿐이었겠는가?

하지만 그것이 얼마나 낭만적인 생각이었는지는 신병 훈련 첫날부터 단번에 알게 된다. 그런 낭만적인 생각은 저리 가고 관심사는 딱 두 가지로 집약된다. 허기를 메우는 일과 줄을 잘 서서 좋은 부대 배치받기. 훈련병생활과 자대생활 초기의 황동수 모습을 읽으면서 나는 자꾸 웃음이 나왔다. 그 모습은 당시 군생활을 하던 바로 나의 모습이었다. 군생활을 하던 모든 청춘의 모습이었다. 산수유 꽃을 보고 "그래 청춘의 꽃이란 말이지!"라고 말하던 낭만적 나는 사라지고 '군대'에서 편하게 지내려는, 편하게 살아남으려는, 지극히 현실적이고 속물적인 나만 남게 되는 것이 바로 군 생활이었다. 황동수는 산수유 꽃이 피면서 시작한 또 다른 청춘이 그런 낭만적인 청춘이 아니라 전혀 다른 청춘이라는 것을 보여주는 캐릭터이다.

화자인 하길오와 황동수는 그 청춘의 길을 함께 걸어간다. 과거의 나와 단절된 새로운 청춘의 길이다. 작가 자의식의 상징인 하길오가 가는 그 길은 과거의 나에 비추면 한 없이 초라한 새로운 내가 걸어가는 길이다. 그 청춘의 길은 세상 모르는 채 밝은 낭만적 꿈에 젖어 있던 지난날 청춘의 길이 아니다. 화자가 직접 "갓 전반기 훈련을 마치고 군용버스에 탄 신병들의 심정도 우리와 무엇이 다를 바 있었겠는가. 산길이 굽이쳐 오르고내리는 것이며, 계곡 아래로 까마득히 구르는 명주 빛 물줄기, 허공을 가르는 낙락장송들의 장대함도 그들에게는 한갓 어두운 젊음의 배경일 뿐이었다"(「금강산 꽃구경」)라고 묘사하고 있듯이 어두운 젊음의 길이다.

그 길을 제대로 걸어가려면 과거의 나와 단절해야 한다. 어렵게 면회를 온 현숙을 만나러 가지 않고 피한 것은 그 때문이다. 화자는 "내가 왜 그녀를 만나러 가지 않았는지 나 스스로도 그 이유를 모른다. 한순간에 달려나가고 싶었지만 왜 그러지 못했는지. 그녀가 어떻게 내가 있는 곳을 알고 찾아왔는지 알 수 없는 것처럼"(「금강산 꽃구경」)이라고 쓴다. 물론 "모두들 빠질 수 있다면 빠지고 싶은 그까짓 군 복무를 슬쩍 비켜 가서 출세를 향해 자신의 미래와 희망을 가꾸는 이들에게 비해 지방대학에 겨우 이름이나 걸어놓고 동부전선에 쳐박혀 있는 나의 미래는 불확실하다 못해 형편없었다. 그녀는 수재였고, 이름 있는 집안의 외동딸이었으며 명문대학에 다니고 있었다"(「금강산 꽃구경」)라고 슬쩍 현실적 이유를 밝히는 척한다. 철이 들어서 피하는 것 같다. 그런 면이 없었을 리 없다. 하지만 그것만이 이유는 아니다. 내가 이미 다른 사람이 되었고 그 다른 사람의 삶을 치열하게 살고 싶었기 때문이다.

그러자 하길오의 삶은 배경으로 사라지고 황동수의 삶이 전면으로 떠오른다. 작품의 중심에서 가장 긴 분량을 차지하고 있는 「금강산 꽃구경」은 황동수의 이야기이다. 「금강산 꽃구경」은 황동수 이야기면서 동시에 또 다른 청춘의 삶의 이야기이다. 그러고 보니 황동수를 하길오와 함께 작가 문형렬의 또 다른 자아라고 보는 것도 별 문제는 없으리라는 생각이 든다. 황동수는 고문관 소리를 들으면서도 열심히 군대생활을 한다. 하지만 결국은 가장 고독한 결별의 삶으로 귀결된다.

그 고독한 결별의 삶은 우선은 "쇳덩이를 삼킨 것 같은 불안감"이 엄

습하는 길이고, "후방에서 날아드는 편지가 우리의 존재를 확인시켜주는"(「실명기」) 존재감 상실의 삶이다. 근무하는 곳이 군 내에서도 가장 오지인 철책선 전방이니 그 결별은 더욱 철저하다. 눈이라도 오면 그 단절과 결별은 완벽해진다. 그 단절과 결별의 삶은 "벙커 주위로 쌓이는 눈발을 치우는 일과 편지 쓰기, 저녁 6시부터 다음날 아침 6시까지 자동소총을 북으로 겨누는 일이 병사들의 모든 것"(「실명기」)과 같은 무의미한 삶이다. 그 삶은 잠을 자며 자신의 존재조차 잃어버리는 삶이다.

> 병사들은 저마다의 잠자리로 돌아갔다. 잠 동네를 찾아 떠나며 그들은 누군가의 시처럼 중얼거렸는지도 모른다. 그들이 잠 길에서 산쥐를 만난다면 그들에게 닥쳐오는 이 잠이 산쥐들의 잠과 같은 오랜 잠인지, 아니면 어떤 하찮은 인간의 잠인지를 물어보리라고. (「실명기」)

그런데 기적이 일어난다. 황동수의 새로운 꿈이 그 철저한 고독과 결별 가운데 탄생한다. 정말로 느닷없이 "이보라우! 금강산 꽃구경 오라우! 어저께 봄눈이 내렸지 않이요. 그러니께니 햇빛 좋고, 시계視界 극히 양호. 비로봉 보고 싶지비? 마하면 보고 싶지비? 왔다갔다 60리 길, 돌사다리 처녀길 걷고 싶지비?"로 시작되는 「금강산 꽃구경」의 첫 머리 사설은, 요령 있는 군대생활을 꿈꾸며 그에 충실했던 황동수가 꾸게 된 새로운 꿈의 내용이다.

그 꿈은 철없던 시절 작품의 화자인 하길오가 가졌던 꿈과는 질이 다르다. 그 꿈은 철이 들어 꾸는 꿈이다. 입대를 하면 잃어버릴 수밖에 없던 그런 꿈이 아니다. 제대를 하면 다시 찾을 수 있는 그런 꿈이 아니다. 그 꿈은 옛 꿈을 잃은 존재가, 그 옛 꿈을 불가능하게 만드는 군대에서 열심히 생활하면서 새롭게 갖게 된 꿈이다. 그리하여 황동수는 꿈꾸는 존재가 된다. 금강산 꽃구경을 가는 꿈을 꾸는 존재가 된다. 힘이 세고 눈물도 많고 의협심도 강했던 황동수라는 존재가, 어머니를 사랑하고 가족을 사랑하는 존재인 황동수가, 가족과 행복하게 사는 것이 꿈이고 희망이었던 존재인 황동수가 꾸게 된 새로운 꿈이다. 작가는 황동수의 그런 꿈을 통해 군대란 우리의 꿈을 잃게 만드는 것이 아니라 가장 일상적이고 가장 현실적인 가치를 되찾게 하고 그를 통해 더 크고 새로운 꿈을 꿀 수 있게 만드는 곳이라는 것, 적어도 작가는 그런 군 생활을 했다는 것을 우리에게 보여준다. 그런 깨달음이 있었기에 작가는 제대 후 곧바로 이 소설을 쓰기 시작했을 것이다.

작가는 황동수에 대해 "보이지 않는 전쟁 속에 흩날려간, 보이지 않는 아주 작은 영웅이었다"(「산수유와 자동소총」)라고 쓴다. 그는 군대에서도 보기 드문 캐릭터이다. 그가 근무하던 곳에서 벌어진 모든 사고들, 게다가 흔적도 없이 사라진 사람들도 흔히 볼 수 있고 겪을 수 있는 사고들이요, 사람들이 아니다. 그런 그를 중심으로 군대가 아니었다면 만나기 어려웠던 사람들, 아름다움을 느끼게 해준 사람들, 인간미를 느끼게 해주었던 사람들이 살아간다. 황동수는 그 모든 사람들을 집약하는 아름다운 사람이다. 황동수에 의해 군대는 사람들이 살아가는 그런 세상이 된다.

나는 이쯤해서 황동수가 화자와 함께 입대한 작가의 또 다른 나라고 말하고 싶어진다. 그리고 문득 생텍쥐페리의 『어린 왕자』라는 소설이 생각난다. 『어린 왕자』의 '어린 왕자'는 누구인가? 그는 잃어버렸던 작가의 또 다른 모습, 바로 그것이다. 보이지 않는 것을 볼 수 있었고, 꿈과 이상을 가지고 있었던 또 다른 나이다. 『어린 왕자』의 화자는 그 또 다른 나를 잃어버린 채 지극히 현실적인 삶을 살아간다. 사막에 불시착을 당해서 죽음의 위협에 직면했을 때 작품의 화자는 그 '또 다른 나'를 만난다. 그 '또 다른 나'는 꿈을 가진 '나'이며 삶의 근본에 대해 질문을 하는 '나'이다. 생텍쥐페리는 그 '또 다른 나'를 어린 왕자라는 기막힌 캐릭터로 창조하여 불후의 명작을 남긴다.

문형렬의 『어느 이등병의 편지』 속 황동수는 바로 작가의 어린 왕자이다. 그 황동수라는 존재로 말미암아 작가가 겪은 군대생활은 의미 없이 보낸 어두운 청춘의 삶이 아니게 된다. 황동수라는 존재를 통해 작가는 그 '어두운 청춘의 시절'을 삶의 근본에 대해 질문하고 깨닫는 통과제의의 삶으로 바꾸어버린다. 작가의 마술이다.

생텍쥐페리의 『어린 왕자』에서 화자가 '어린 왕자'를 다시 자기 나라로 돌려보냈듯이 문형렬은 그 또 다른 나를 속세로 데려오지 않는다. 그래서 입영통지서를 황동수에게서 받던 그날 보았던 산수유를 향해 "정신이 타는 숲과 같았던 이는 황동수 바로 너다!"라고, "황동수, 이제 다시는 볼 수 없구나! 꽃 같은 네 몸도! 타는 숲 같은 정신도 만날 수 없다…"라고 외치며 여섯 개의 탄창에 든 실탄 120발을 산수유를 향해 날려 보낸다. 황동수는 군대 내내 함께 했던 나의 분신이기에, 또 다른 나이기에 함께 돌아올 수가 없다. 『어린 왕자』의 화자가 죽음의 위협 앞에서 극적으로 나타난 또 다른 나 '어린 왕자'를 다시 자기 별로 돌려보낸 것과 마찬가지다. 그래서 작가는 이렇게 쓴다.

> 내가 동부전선에서 가지고 나오고 싶었던 것은 해질녘, 하늘을 쏘아오르는 샛별과 동터오는 새벽하늘의 빛나는 꿈이었지만 결국 얼룩진 그리움처럼 흐려지는 눈빛만을 가져 나오고 말았다. 나는 그 시절로부터 소리 없이 멀어져 갔다. 아니, 그 시절을 하나의 장식처럼 기억하고 있기 때문에 되돌아보면 한갓 얼룩진 그리움으로밖에 간직하지 못한 지금이 오히려 내게는 진정한 실명기失明期인지도 모른다. 거칠게 파고들었던 눈보라의 적막했던 체온의 편린들은 아직도 한순간이나마 가슴을 섬광처럼 타오르게 하지만, 정말, 내가 그곳에서 무엇인가를 가슴에 품어 안았다면 그것은 지금 내 몸 속 어디에서 빛을 밝히고 있을까.(「실명기」)

황동수는 화자의 꿈속에 존재하는 인물이다. 그는 잊어버리면 안 되는 별 같은 존재이다. 작품의 말미에 화자를 삶으로 인도하던 "푸르게 빛나는 샛별"(「산수유와 자동소총」) 같은 존재다. 그럼으로써 그는 작품 속에서 일종의 신화가 된다. 영원히 사라지면 안 되고 사라질 수도 없는 신화가 된다. 그가 신화가 됨으로써 그와 함께했던 작품 속의 모든 인물들, 화자인 하길오와 선임하사 지중삼, 군수장교 백중기, 포 영감, 금옥이, 금출이, 계순이, 그리고 그 외의 많은 병사들도 전설이 되고 신화가 된다. 그들은 모두 구체적인 삶을 살았던 개별 인물들이지만 그들은 또한 이 세상에 언제고 존재하고 존재할 수밖에 없는 수많은 사람들을 대표하는 인물이 된다. 그리고 이 소설은 철책선 전방에서 일정 기간 근무했던 작가 개인의 일기가 아니라 이 땅의 모든 병사들에게 보내는 편지가 된다.

그러니 작가는 아주 자신 있게 "별로 내세울 것도 없지만 꽃분홍처럼 고왔던 병사들과 이름 없이 사라져간 얼굴들, 서화리검문소 앞에서 군복을 입은 사내가 눈앞에 불쑥 나타나기를 하염없이 기다리던 연인, 그리고 지금도 휴전선 앞에 우뚝 서 있는 수많은 병사와 선임하사, 장교들에게 이 소설을 바친다"라고 「작가의 말」에 쓸 수 있게 된다. 하지만 어찌 '서화리검문소 앞에서 군복을 입은 사내가 눈앞에 불쑥 나타나기를 하염없이 기다리던 연인, 그리고 지금도 휴전선 앞에 우뚝 서 있는 수많은 병사와 선임하사, 장교들'뿐이리오. 옛날이 되었건 지금이건, 그리고 인제, 원통, 양구가 아니라 전국 어디에서건 푸른 군복을 입고 군생활을 했던 모든 사람들, 지금도 하고 있는 모든 사람들에게 바친들 무슨 손색이 있으리오. 그의 이 젊음의 편지, 삼십 년 전에 시작해서 이제 끝을 본 이 젊음의 편지를 내가 떨리는 마음으로 받아볼 수 있는 것도 그 때문이다.

문형렬 장편소설

어느 이등병의 편지

지은이_ 문형렬
펴낸이_ 조현석
펴낸곳_ 북인
디자인_ 푸른영토

1판 1쇄_ 2021년 02월 18일
출판등록번호_ 313 - 2004 - 000111
주소_ 121 - 842 서울 마포구 서교동 467 - 4, 301호
전화_ 02 - 323 - 7767
팩스_ 02 - 323 - 7845

ISBN 979-11-6512-028-3 03810